商貿普通話

shāng mào pǔ tōng huà

第三版

陳瑞端
馬克芸
袁振華
曾潔 編著

中華教育

前言

2005 年夏天，香港理工大學中國語文教學中心編寫了一套高級普通話教材，取名為《商貿普通話》，分為上、下兩冊，由香港中華書局出版。當時的設想，是要為普通話已經有一定基礎、需要在日常工作中經常與內地人士溝通往來的學習者，提供一套結合實際語言活動、包含社會文化元素的學習材料。

二十年匆匆過去，回顧這套教材，我們發覺當年的一些設想，不論是在 2016 年再版時，還是在今時今日，依然管用；誠然，第一版和第二版的內容，有部分已經過時，需要修訂。以下我們就這兩方面，作一些説明。

首先，當年我們提出：高級普通話課程應該培養的能力，是學習者能夠根據交際目的和場合的需要，恰如其分地運用普通話的不同表達方式，完成各種交際任務。因此，強調交際目的、重視言語功能、對言語背後所隱含的文化因素給予一定重視，就成為我們編寫教材時的指導思想。

二十年來，不管是在學校範圍內，還是在社會應用層面，普通話都越來越普及。普通話於 1998 年進入學校課程成為核心科目後，一般中學畢業生都受過九年普通話訓練，具備不錯的普通話基礎；而就算是社會人士，能使用普通話應付日常交際的也不在少數。香港人口普查結果顯示，以普通話作為日常交談語言的人口比例，由 2011 年的 47.8% 穩步上升至 2021 年的 54.2%；其中，以服務行業使用普通話的情況最為普遍，而服務業從業員的普通話水平提升之快，更是有目共睹的。在這樣的語言環境下編寫普通話教材，比較合理的安排，是把內容範圍設定在中高水平的商務應對上。語音操練、詞彙累積、粵普語法對應，不應該再成為這種程度的普通話教材所涵蓋的學習內容；運用普通話不同的表達方式，發揮不同的交際功能，以達到特定的交際目的，才應該是訓練的重點。今天看來，《商貿普通話》第一版所秉持的指導思想，仍然值得繼續遵循，並且應該因為社會普通話水平的提高而進一步強調；這是第一個方面。

中國的經濟在這二十年間發展迅速，社會生活也發生了巨大變化；我們身邊出現了不少新事物，產生了不少新話題。如果一套涉及商貿交往的普通話教材，不能及時更新，為學習者提供貼近生活的內容，就難以發揮應有的效能，也無法得到學習者的認同。二十年前我們還需要指導人們在與內地親友、同事或生意夥伴交往時如何互相稱呼，如何寒暄應酬，如何進行簡單的商業談判；今天，當在內地與香港穿梭奔忙已經成為不少香港人的工作常態時，教材的內容就必須在話題的深度和廣度上都有所發展進步，不能停留在當年所設計的模式上。

此外，在教材的結構編排上，雖然本書還是沿用第一版每課課文包含「功能語句」、「情景對話」和「短文」三個板塊的形式，但是內容有所更新調整。第一版的三個板塊着力在「功能語句」跟「情景對話」之間的銜接。首先是每一課都介紹一兩種不同的言語功能，涵蓋同一功能由隨意到莊重的不同表達方式；而有關的言語功能，則儘量在後面的課文部分有所呼應。第二版把重點放在從不同角度探討同一個話題，而不再着重語句的不同表意色彩。考慮到學習者能力的提升，本書沿用了第二版的做法，擴充了部分功能語句的長度，把一些語句延伸為小語段，以表達更加豐富的內容。同時，「功能語句」、「情景對話」和「短文」三個板塊的內容互相呼應，以便為學習者在同一個話題下提供更多的討論視角，以訓練他們使用普通話表達信息更為豐富、形式更為複雜的內容的能力；這是第二個方面。

最後要指出的是，商貿場合的應對雖然一般都比較正規，但是本教材每課都會介紹十個口語詞，以便學習者掌握更加地道的普通話；畢竟，與生意夥伴的私下應酬交往，也是商貿應對的一部分。這些口語詞最能貼近當下的民情、民風和熱門話題，帶有明顯的時代烙印，適量地掌握，能使學習者的普通話顯得更加生動傳神。

我們希望通過以上的內容安排，為學習者提供一套有實用價值的高級普通話教材；內容如有思慮不周之處，請讀者不吝指正。

編者謹識

2025 年 4 月

目錄

第一課

「一帶一路」與物流業

聆聽錄音

一 功能語句

請運用加了底線的功能句式造句。

Qīwàng hé Qǐngqiú
期望和請求

1. Fēicháng xīwàng guìgōngsī gěi wǒmen yí gè míngquè de dáfù
非常希望貴公司給我們一個明確的答覆，
néng zài shíèr yuè sì hào qián fāhuò dào Tǔ'ěrqí
能在十二月四號前發貨到土耳其。

2. Wǒmen zuì dà de yuànwàng jiùshì zhè tào diànxìn shèbèi kěyǐ
我們最大的願望，就是這套電信設備可以
zài Xī Yà shùnlì tóuchǎn
在西亞順利投產。

3. Wǒmen qīwàng Běi Fēi de chéngbāoshāng nénggòu lǚxíng héyuē bǎo-
我們期望北非的承包商能夠履行合約，保
zhèng jiànzhù gōngchéng de jìndù hé zhìliàng
證建築工程的進度和質量。

4. Xīwàng nín tǐliàng wǒmen de chǔjìng kǎolǜ yíxià wǒmen de
希望您體諒我們的處境，考慮一下我們的
qǐngqiú
請求。

5. Yàoshi bǎ Zhōngruó hángyùn gōngsī de guójì bànshìchù shè zài
要是把中國航運公司的國際辦事處設在
Xiānggǎng nà jiù tài hǎo le
香港，那就太好了！

6 Rúguǒ Sīlǐlánkǎ de gōngsī kěyǐ xiān bǎ dìngjīn huì dào wǒ gōngsī de zhàng shang jiù zài hǎo búguò le
如果斯里蘭卡的公司可以先把訂金匯到我公司的賬上，就再好不過了！

7 Néng bu néng qǐng nín bāngbāng máng tōngróng yíxià jiāo kuǎn de rìqī zài kuānxiàn jǐ tiān
能不能請您幫幫忙，通融一下，交款的日期再寬限幾天？

8 Wǒmen xiǎng tí gè yāoqiú jízhuāngxiāng de zhuāngchuán dìdiǎn ānpái zài Quánzhōu fāngbiàn bu fāngbiàn
我們想提個要求，集裝箱的裝船地點安排在泉州，方便不方便？

9 Wǒmen zài Zhōngdōng néngyuán tóuzī xiàngmù de gǔquán bǐlì zài tígāo bǎi fēn zhī wǔ yǒu méiyǒu kěnéng
我們在中東能源投資項目的股權比例，再提高百分之五，有沒有可能？

10 Yàoshi nǐmen de chǎnpǐn yánzhì chénggōng Ōuzhōu de dújiā dàilǐquán jiù jiāo gěi wǒmen xíng bu xíng
要是你們的產品研製成功，歐洲的獨家代理權就交給我們，行不行？

二 情景對話

Tuòzhǎn Wùliúyè Duìnèi
拓展物流業（對內）

Jiǎ
甲：

Guójiā tíchūle Yí dài yí lù de fāzhǎn chàngyì Xiānggǎng shì guójì duì Zhōngguó de wùliú tiàobǎn yàoshi wǒ-
國家提出了「一帶一路」的發展倡議，香港是國際對中國的物流跳板，要是我

men hé Shànghǎi Guǎngdōng děng yánhǎi zìmàoqū hézuò
們和上海、廣東等沿海自貿區合作，
kāituò wùliúyè yǒu méiyǒu kěnéng
開拓物流業，有沒有可能？

Yǐ
乙：

Wǒmen gōngsī yǒu zhuānyè de réncái wánshàn de wùliú
我們公司有專業的人才、完善的物流
yùnshū wǎngluò gǎo wùliú yě yǒu shí nián le jīlěi le
運輸網絡，搞物流也有十年了，積累了
bù shǎo jīngyàn yǒu liánghǎo de jīchǔ wǒ kàn kěyǐ shì
不少經驗，有良好的基礎，我看可以試
yi shì
一試。

Jiǎ
甲：

Shì a wǒmen zài Xiānggǎng wùliú hángyè li suīrán bú
是啊，我們在香港物流行業裏，雖然不
suàn shì lóngtóu lǎodà páimíng yě zài qián sān míng yǐnèi le
算是龍頭老大，排名也在前三名以內了。

Yǐ
乙：

Búguò wǒmen duì nèidì de shìchǎng hái bú tài shúxi suī-
不過我們對內地的市場還不太熟悉，雖
rán yǐqián wǒmen hé nèidì jiāotōngyùnshūbù de guānyuán dǎ-
然以前我們和內地交通運輸部的官員打
guo jiāodao dàn liǎojiě háishi tài shǎo
過交道，但了解還是太少。

Jiǎ
甲：

Xiànzài wǒmen zhīdào de dōu shì yìxiē Yí dài yí lù
現在我們知道的都是一些「一帶一路」
zhèngcè fǎguī zhī lèi de dōngxi huòzhě yìxiē chōuxiàng de
政策法規之類的東西，或者一些抽象的
gàiniàn duì shìchǎng shíjì cāozuò fǎn'ér bútài zhīdào
概念，對市場實際操作反而不太知道，
nǐ shuō gāi zěnme rùshǒu
你說該怎麼入手？

Yǐ
乙：

Yǒu gè fāngfǎ kěyǐ yángcháng-bìduǎn
有個方法可以揚長避短。

Jiǎ
甲：

Shénme fāngfǎ Nǐ shuōshuo kàn
甚麼方法？你説説看。

Yǐ
乙：

Nǐ kàn nèidì yǒu hěn duō shílì xiónghòu de kuàjìng yùnshū gōngsī hé cāngchǔ gōngsī tāmen shúxi nèidì shìchǎng
你看，內地有很多實力雄厚的跨境運輸公司和倉儲公司，他們熟悉內地市場。

Rúguǒ wǒmen néng xuǎnzé yìxiē kèhù duō qiánzhì hǎo de gōngsī zuò yèwù duìjiē jiù zài hǎo búguò le
如果我們能選擇一些客戶多、潛質好的公司做業務對接，就再好不過了！

Jiǎ
甲：

Duì Nèidì shì yí gè gāozēngzhǎng de pángdà shìchǎng wùliúyè fāzhǎn xùnsù
對！內地是一個高增長的龐大市場，物流業發展迅速。

Xiānggǎng wùliú gōngsī zài zījīn-liàn zīxùnliú guǎnlǐ fúwù děng fāngmiàn yǒu yōushì
香港物流公司在資金鏈、資訊流、管理服務等方面有優勢。

Rúguǒ wǒmen néng gèqǔ-suǒcháng jiù kěyǐ kāituò nèidì shìchǎng tóngshí bāngzhù nèidì qǐyè zǒu chūqu
如果我們能各取所長，就可以開拓內地市場，同時幫助內地企業走出去。

Yǐ
乙：

Wǒ hé nèidì de yìxiē wùliú gōngsī dàoshì yǒu yèwù lián-xì qiānxiàn-dāqiáo de shìr jiù jiāo gěi wǒ ba
我和內地的一些物流公司倒是有業務聯繫，牽線搭橋的事兒就交給我吧。

Jiǎ
甲：

Xíng nà jiù qǐng nǐ liúyì zhǎo yi zhǎo Zhǎo duì le shìchǎng
行，那就請你留意找一找。找對了市場
fāngxiàng cái néng dǎkāi xīn júmiàn zhè shìr nǐ kě děi jǐn-
方向，才能打開新局面，這事兒你可得緊
zhe diǎnr
着點兒。

Yǐ
乙：

Hǎo wǒ mǎshàng ānpái rén qù bàn xīwàng néng chéngshìr
好，我馬上安排人去辦，希望能成事兒。

Qiàtán Wùliúyè Duìwài
洽談物流業（對外）

Jiǎ
甲：

Zhāngzǒng guójiā dǎzào Yí dài yí lù de Èrshíyī
張總，國家打造「一帶一路」的「二十一
shìjì hǎishàng sī chóu zhī lù jiāng cuīshēng xīn de hángyùn
世紀海上絲綢之路」，將催生新的航運
shìchǎng Néng bu néng qǐng nín gěi wǒmen jièshào yíxià
市場。能不能請您給我們介紹一下，
Tiānjīn zài xīnxíngshì xià hángyùn shìchǎng de qíngkuàng kànkan
天津在新形勢下航運市場的情況，看看
wǒmen yǒu shénme hézuò de kōngjiān
我們有甚麼合作的空間？

Yǐ
乙：

Hǎo wǒmen hùxiāng jiāoliú Tiānjīn Gǎng zuòwéi Yí dài
好，我們互相交流。天津港作為「一帶
yí lù de zhuǎnkǒu shūniǔ gǎng shì Zhōngguó běifāng de
一路」的轉口樞紐港，是中國北方的
guójì hángyùn zhōngxīn yǐ hǎiwài chūkǒu yèwù wéi zhǔ
國際航運中心，以海外出口業務為主。

Xiānggǎng nénggòu qǔdào Tiānjīn jiāqiáng hé Jīng-Jīn-Jì jīngjì-
香港能夠取道天津，加強和京津冀經濟
quān yǐjí Rìběn Hánguó de liánxì ér Tiānjīn yě néng
圈以及日本、韓國的聯繫，而天津也能
jièzhù Xiānggǎng tuòzhǎn Dōngnán Yà shìchǎng
藉助香港拓展東南亞市場。

Jiǎ
甲：

Wǒmen xīwàng suízhe Yí dài yí lù màoyì wǎngluò de
我們希望隨着「一帶一路」貿易網絡的
kāifàng Xiānggǎng hángyùnyè kěyǐ jìnrù nèidì shìchǎng
開放，香港航運業可以進入內地市場，
hé Tiānjīn de hángyùnyè tóngbù fāzhǎn
和天津的航運業同步發展。

Yǐ
乙：

Guìgōngsī de kuàjìng yèwù biànjí Yà-Fēi-Ōu wùliú wǎng-
貴公司的跨境業務遍及亞非歐，物流網
luò wánshàn guójì hángyùn jīngyàn fēngfù zài jìshù hé
絡完善，國際航運經驗豐富，在技術和
rényuán péixùn fāngmiàn kěyǐ gěi wǒmen hěn duō jièjiàn
人員培訓方面，可以給我們很多借鑒。

Jiǎ
甲：

Xiānggǎng shì Yàzhōu de guójì hǎiyùn zhōngxīn Chúle chuántǒng
香港是亞洲的國際海運中心。除了傳統
gǎngkǒu hé hángyùn yèwù zhī wài wǒmen hái tígōng gè lèi
港口和航運業務之外，我們還提供各類
yìtiáolóng hǎiyùn fúwù bāokuò chuánbó guǎnlǐ
「一條龍」海運服務，包括船舶管理、
hǎiyùn bǎoxiǎn cáiwù jí fǎlǜ zhòngcái děng
海運保險、財務及法律仲裁等。

Yǐ
乙：

Xiānggǎng dìlǐ wèizhì yōuyuè hǎiyùn fúwù gōngyìng wánbèi
香港地理位置優越、海運服務供應完備。
Yàoshi wǒmen hángyùn gōngsī de guójì bànshìchù néng shè zài
要是我們航運公司的國際辦事處能設在

Xiānggǎng nà jiù tài hǎo le Wǒmen kěyǐ shànyòng Xiānggǎng
香港，那就太好了！我們可以善用香港
de guójìhuà hángyùn fúwù xīyǐn wàiguó chuándōng hé chuán-
的國際化航運服務，吸引外國船東和船
bó gōngsī jìnzhù Tiānjīn hé guójì jiēguǐ
舶公司進駐天津，和國際接軌。

Jiǎ
甲：

Zánmen lái gè qiángqiángliánshǒu děng nǐmen de hǎiwài yèwù
咱們來個強強聯手，等你們的海外業務
tuòzhǎn le Dōngnán Yà shìchǎng de hángyùn dàilǐ jiāo gěi wǒ-
拓展了，東南亞市場的航運代理交給我
men xíng bu xíng
們，行不行？

Yǐ
乙：

Qiúzhī-bùdé Wǒmen qīwàng Tiānjīn hángyùnjiè kěyǐ hé
求之不得。我們期望天津航運界可以和
Xiānggǎng xiéshǒu hézuò duìjiē gāozēngzhí hángyùn yèwù
香港攜手合作，對接高增值航運業務。

Jiǎ
甲：

Xiànzài wànshì-jùbèi zhǐqiàn-dōngfēng zài kāituò xīn yè-
現在萬事俱備，只欠東風，在開拓新業
wù de yíngyùn zījīn fāngmiàn nǐmen zěnme jiějué
務的營運資金方面，你們怎麼解決？

Yǐ
乙：

Zhè ge nín fàngxīn wǒmen kěyǐ shēnqǐng Yà Tóu Háng
這個您放心，我們可以申請「亞投行」
de zījīn zhīchí tāmen yínháng tóuzī Yàzhōu de jījiàn
的資金支持，他們銀行投資亞洲的基建
shèshī zuìcháng kěyǐ zuò sānshíwǔ nián de chángqī dàikuǎn
設施，最長可以做三十五年的長期貸款，
néng mǎnzú wǒmen jiànshè gǎngkǒu jīchǔ shèshī de róngzī
能滿足我們建設港口基礎設施的融資
xūqiú
需求。

Jiǎ
甲：

Guójiā de Yí dài yí lù gěi wǒmen dàiláile màoyì
國家的「一帶一路」給我們帶來了貿易
chàngtōng zījīn róngtōng de shāngjī qīwàng Xiānggǎng
暢通、資金融通的商機，期望香港、
Tiānjīn de hángyùn wùliú kěyǐ jìnyíbù jiāqiáng hézuò
天津的航運物流可以進一步加強合作。

Yǐ
乙：

Zhè shìr jiù zhème qiāodìng le xīwàng wǒmen hézuò
這事兒就這麼敲定了，希望我們合作
shùnlì gòngtóng chuàngzào yí gè shuāngyíng de júmiàn
順利，共同創造一個雙贏的局面。

三 短文

Yí dài yí lù
一帶一路

Yí dài yí lù shì Zhōngguó guójiā zhǔxí Xí Jìnpíng yú
「一帶一路」是中國國家主席習近平於
èr líng yī sān nián tíchū de jīngjì hézuò chàngyì jièzhù gǔdài
二零一三年提出的經濟合作倡議，藉助古代
Sī chóu zhī lù de lìshǐ fúhào fāzhǎn Zhōngguó yǔ Yí
「絲綢之路」的歷史符號，發展中國與「一
dài yí lù yánxiàn guójiā dìqū de jīngjì hézuò huǒbàn guānxi
帶一路」沿線國家地區的經濟合作夥伴關係，
shì Zhōngguó duìwài fāzhǎn de zhòngyào cèlüè
是中國對外發展的重要策略。

Sī chóu zhī lù jīngjìdài jiǎnchēng Yí dài
「絲綢之路經濟帶」簡稱「一帶」，
zhǔyào yǒu sān tiáo lùlù zǒuxiàng yī shì Zhōngguó jīng Zhōng Yà
主要有三條陸路走向：一是中國經中亞、

Éluósī zhì Ōuzhōu èr shì Zhōngguó jīng Zhōng Yà Xī Yà zhì
俄羅斯至歐洲；二是中國經中亞、西亞至
Bōsīwān Dìzhōnghǎi yán'àn sān shì Zhōngguó zhì Dōngnán Yà
波斯灣、地中海沿岸；三是中國至東南亞、
Nán Yà Ér Èrshíyī shìjì hǎishàng sī chóu zhī lù jiǎnchēng
南亞。而「二十一世紀海上絲綢之路」簡稱
Yí lù zhǔyào yǒu liǎng tiáo hǎilù zǒuxiàng yī shì cóng
「一路」，主要有兩條海路走向：一是從
Zhōngguó yánhǎi gǎngkǒu guò Nánhǎi dào Yìndùyáng yánshēn dào Ōuzhōu
中國沿海港口過南海到印度洋，延伸到歐洲；
èr shì cóng Zhōngguó yánhǎi gǎngkǒu guò Nánhǎi dào Nán Tàipíngyáng Yí
二是從中國沿海港口過南海到南太平洋。「一
dài yí lù yǐ Wǔ Tōng jí zhèngcè gōutōng shèshī liántōng
帶一路」以「五通」，即政策溝通、設施聯通、
màoyì chàngtōng zījīn róngtōng mínxīn xiāngtōng wéi zhǔyào nèiróng
貿易暢通、資金融通、民心相通為主要內容。
Yǐ gòngshāng gòng jiàn gòngxiǎng wéi yuánzé jījí lìyòng xiànyǒu
以共商、共建、共享為原則，積極利用現有
shuāngduō biān hézuò jīzhì tuījìn yánxiàn guójiā fāzhǎn zhànlüè de
雙多邊合作機制，推進沿線國家發展戰略的
xiānghù duìjiē gòngtóng dǎzào zhèngzhì hùxìn jīngjì rónghé
相互對接，共同打造政治互信、經濟融合、
wénhuà bāoróng de lìyì gòngtóngtǐ mìngyùn gòngtóngtǐ hé zérèn
文化包容的利益共同體、命運共同體和責任
gòngtóngtǐ
共同體。

Wèi tuīdòng Yí dài yí lù Zhōngguó qiāntóu chénglì Sī-
為推動「一帶一路」，中國牽頭成立「絲
lù Jījīn hé Yàzhōu Jīchǔ Shèshī Tóuzī Yínháng Sī-
路基金」和「亞洲基礎設施投資銀行」。「絲
lù Jījīn wèi Yí dài yí lù yánxiàn jīchǔ shèshī jiànshè
路基金」為「一帶一路」沿線基礎設施建設、
zīyuán kāifā chǎnyè jí jīnróng hézuò děng xiàngmù tígōng tóuzī
資源開發、產業及金融合作等項目提供投資
zhīchí Yàzhōu Jīchǔ Shèshī Tóuzī Yínháng mǎnzú Yàzhōu
支持。「亞洲基礎設施投資銀行」滿足亞洲

duì jīchǔ shèshī jiànshè de róngzī xūyào jùjiāo yú Yàzhōu de
對基礎設施建設的融資需要，聚焦於亞洲的

jījiàn fāzhǎn jí qítā shēngchǎn lǐngyù bāokuò néngyuán hé diànlì
基建發展及其他生產領域，包括能源和電力、

yùnshū hé diànxùn nóngcūn jīchǔ shèshī hé nóngyè fāzhǎn gōng-
運輸和電訊、農村基礎設施和農業發展、供

shuǐ hé wèishēng shèshī huánjìng bǎohù hé chéngshì fāzhǎn
水和衛生設施、環境保護和城市發展。

四 詞語

(1) 商貿專業詞彙

róngzī 融資	shūniǔ 樞紐	jiēguǐ 接軌
zìmàoqū 自貿區	gāozēngzhí 高增值	zījīnliàn 資金鏈
zīxùnliú 資訊流	jīngjìdài 經濟帶	wùliú tiàobǎn 物流跳板
yùnshū wǎngluò 運輸網絡		

(2) 口語詞句 朗讀並理解下列句子，並運用加線的詞語造句。

1. Zhè jiā gōngsī chuàngyè sān nián jiù chéngwéile hángyè de lóngtóu lǎodà
   這家公司創業三年，就成為了行業的龍頭老大。

   龍頭老大：領頭人，排名第一。

2. Shāngqíng shuō biàn jiù biàn nǐ xíngdòng yào lìsuo
   商情說變就變，你行動要利索。

   利索：靈活敏捷。

③ Xià zhōu jiù yào kāi fābùhuì le nǐ kě děi jǐnzhe diǎnr
下周就要開發佈會了，你可得緊着點兒。

緊着點兒：加緊。

④ Yǒu tā chūmǎ xīwàng néng chéngshìr
有他出馬，希望能成事兒。

成事兒：辦成事情，成功。

⑤ Wǒmen de hézuò shì qiángqiángliánshǒu yídìng néng chénggōng
我們的合作是強強聯手，一定能成功。

強強聯手：強者和強者聯合。

⑥ Zhè zhuāng mǎimai jiù àn zhè ge jiàqián qiāodìng le
這樁買賣，就按這個價錢敲定了。

敲定：確定下來，決定。

⑦ Jīntiān pāibǎn qiānzì míngtiān gōngchéng jiù shàngmǎ
今天拍板簽字，明天工程就上馬。

拍板：主事人作出決定。

⑧ Gēn zhè zhǒng rén dǎjiāodao kě yào dīfangzhe diǎnr
跟這種人打交道，可要提防着點兒。

打交道：交際來往，聯繫。

⑨ Zhè jiàn shì yóu jǐ gè dānwèi shāngliangzhe bàn shéi lái qiāntóu
這件事由幾個單位商量着辦，誰來牽頭？

牽頭：出面負責。

⑩ Nǐ hé tāmen yǒu jiāoqing qiānxiàn-dāqiáo de shìr jiù jiāo gěi nǐ ba
你和他們有交情，牽線搭橋的事兒就交給你吧。

牽線搭橋：從中撮合，使雙方建立關係。

五 聆聽練習

請根據錄音選擇一個正確的答案。

1. 哪一個不是香港參與共建「一帶一路」展現所長的行業？

A. 金融銀行
B. 保險諮詢
C. 建築建造
D. 運輸物流 ________

2. 哪一項不是「一帶一路」基建項目的國際化融資渠道？

A.「亞投行」
B. 絲路基金
C. 紐約股市
D. 離岸人民幣市場 ________

3. 香港某些行業能在「一帶一路」中發揮作用，它們的共同優勢是甚麼？

A. 地理位置優越
B. 擁有國際標準
C. 提供專業服務
D. 國際網絡完善 ________

4. 香港成為內地企業在「一帶一路」中的「超級聯繫人」，是指香港聯繫：

A. 亞洲和歐洲
B. 亞洲和非洲
C. 亞洲和美洲
D. 亞洲和澳洲 ________

5. 香港參與構建「一帶一路」的定位是：

A. 適應世界潮流
B. 配合內地發展
C. 幫助投資者
D. 與國家共贏 ________

六 說話練習

模擬對話

香港公司的代表和內地「一帶一路」沿線的公司洽談合作物流業務，提出合作的期望和請求。

分組討論

「一帶一路」怎樣為香港各行業帶來新機遇？香港各行業怎樣通過「一帶一路」去拓展新市場？

第二課
銀行信用和管理體系

聆聽錄音

一 功能語句

請運用加了底線的功能句式造句。

Chéngnuò hé Bǎozhèng
承諾和保證

1. Zhè jiàn shì jiù jiāo gěi wǒ ba, dāying nín de shìr, wǒ yídìng bàndào!
這件事就交給我吧，答應您的事兒，我一定辦到！

2. Nǐmen bú bì dānxīn, shòuhòu fúwù hé yuángōng péixùn dōu yóu wǒmen fùzé.
你們不必擔心，售後服務和員工培訓都由我們負責。

3. Wǒmen zhèng zhuājǐn shíjiān bànlǐ gè zhǒng yínháng shǒuxù, yí bàn-hǎo jiù lìjí tōngzhī nín.
我們正抓緊時間辦理各種銀行手續，一辦好就立即通知您。

4. Nín jiù fàngxīn ba, xià xīngqī sān dàikuǎn zhǔn néng ànshí huìdào guìgōngsī de zhànghù shang.
您就放心吧，下星期三貸款準能按時匯到貴公司的賬戶上。

5. Wǒmen yínháng de xìnyù zài Xiānggǎng yǒukǒujiēbēi, qǐng nǐmen xiāngxìn, wǒmen shuōdàozuòdào.
我們銀行的信譽在香港有口皆碑，請你們相信，我們說到做到。

6 Dìnghuò de shìr nín jiù bié cāoxīn le wǒ mǎshàng pài rén qù
訂貨的事兒您就別操心了，我馬上派人去
bàn bǎozhèng néng wánchéng rènwu
辦，保證能完成任務。

7 Ànzhào guójì guànlì rúguǒ chǎnpǐn zhìliàng chūxiàn wèntí
按照國際慣例，如果產品質量出現問題，
wǒmen bǎozhèng jiēshòu tuìhuò
我們保證接受退貨。

8 Zhè ge wǒ kěyǐ dǎ bāopiào yíqiè shǒuxù yóu wǒmen dàibàn
這個我可以打包票，一切手續由我們代辦，
bù shōu rènhé éwài fèiyòng
不收任何額外費用。

9 Jīngguò zhè xiē nián de chángqī hézuò nín yīnggāi zhīdào wǒmen
經過這些年的長期合作，您應該知道我們
chǎnpǐn de zhìliàng juéduì shì shàngchéng de
產品的質量絕對是上乘的。

10 Jǐ júzhǎng yǒu néngnai bànshì wěndang yóu tā qīnzì zhuā zhè
紀局長有能耐、辦事穩當，由他親自抓這
ge xiàngmù kěndìng méi wèntí
個項目，肯定沒問題。

Kāi-shōu Zhīpiào
開收支票

Jiǎ
甲：

Nín hǎo qǐngwèn shì Héngfēng Yínháng ma
您好，請問是恆豐銀行嗎？

Yǐ
乙：

Shì de qǐngwèn yǒu shénme kěyǐ bāng nín
是的，請問有甚麼可以幫您？

Jiǎ
甲：

Wǒ shì Xīnxīng Gōngsī kuàijìbù de wǒmen gōngsī jīntiān
我是新星公司會計部的，我們公司今天
shàngwǔ kāichū yì zhāng zhīpiào gěi kèhù zhīhòu fāxiàn
上午開出一張支票給客戶，之後發現
zhīpiào de dà-xiǎoxiě jīn'é bù yízhì dàxiě jīn'é shì
支票的大小寫金額不一致，大寫金額是
Gǎngbì sìwàn èrqiān jiǔbǎi sānshíbā yuán ér xiǎoxiě shì
港幣肆萬貳仟玖佰叁拾捌圓，而小寫是
sìwàn liǎngqiān jiǔbǎi bāshísān yuán yāoqiú zhǐfù gāi
四萬兩千九百八十三元，要求止付，該
zěnme bàn shǒuxù ne
怎麼辦手續呢？

Yǐ
乙：

Wǒ kěyǐ zài diànnǎo shang xiān dòngjié zhè zhāng zhīpiào nǐmen
我可以在電腦上先凍結這張支票，你們
zài dào yínháng lái bǔbàn shǒuxù qiānmíng zuòshí hòu jiù kě-
再到銀行來補辦手續，簽名作實後就可
yǐ bǎ zhīpiào zuòfèi
以把支票作廢。

Jiǎ
甲：

Rúguǒ jīntiān chípiàorén názhe zhè zhāng zhīpiào qù yínháng duì-
如果今天持票人拿着這張支票去銀行兑
xiàn zěnme bàn
現怎麼辦？

Yǐ
乙：

Zhè ge nín jǐnguǎn fàngxīn zhǐyào zhīpiào chǔyú dòngjié zhuàng-
這個您儘管放心，只要支票處於凍結狀
tài shéi dōu méifǎ jìnxíng jiāoyì
態，誰都沒法進行交易。

Jiǎ
甲：

Zhèyàng wǒ jiù fàngxīn le xiàwǔ wǒ jiù qù yínháng bǔbàn
這樣我就放心了，下午我就去銀行補辦
shǒuxù máfan nín le
手續，麻煩您了。

Yǐ
乙：

Bú kèqi Jiànyì nǐmen yǐhòu kěyǐ jǐnliàng jiǎnshǎo shǐ-
不客氣。建議你們以後可以儘量減少使
yòng shǒuxiě zhīpiào bùfáng yòng zhīpiàojī dǎyìn zhīpiào
用手寫支票，不妨用支票機打印支票，
zhèyàng róngyì héduì hái kěyǐ fángzhǐ zhīpiào bèi túgǎi
這樣容易核對，還可以防止支票被塗改。

Jiǎ
甲：

Wǒmen gōngsī guīmó xiǎo shèbèi bǐjiào jiǎndān méiyǒu
我們公司規模小，設備比較簡單，沒有
zhīpiàojī
支票機。

Yǐ
乙：

Wǒmen yínháng xiànzài yǒu yì zhǒng diànzǐ zhīpiào fúwù zài
我們銀行現在有一種電子支票服務，在
wǎngluò shang tiánxiě zhīpiào zīliào àn yíxià ànniǔ zhī-
網絡上填寫支票資料，按一下按鈕，支
piào jiù jiāoshōu le fēicháng shěngshìr
票就交收了，非常省事兒。

Jiǎ
甲：

Dànshì wànyī chūxiàn màochōng qiānmíng de wèntí kě jiù zāo-
但是萬一出現冒充簽名的問題，可就糟
gāo le
糕了！

Yǐ
乙：

Zhè ge wèntí nín bú yòng dānxīn diànzǐ zhīpiào cǎiyòng shùmǎ qiānmíng hé mìmǎ jiāmì de fāngshì yínháng yònghù qiānchū de diànzǐ zhīpiào gēn shítǐ zhīpiào jùyǒu tóngyàng de fǎlǜ xiàolì
這個問題您不用擔心，電子支票採用數碼簽名和密碼加密的方式，銀行用戶簽出的電子支票，跟實體支票具有同樣的法律效力。

Jiǎ
甲：

Nà tài hǎo le zhè bìmiǎnle zhīpiào yíshī bèi wěizào hé màoyòng de fēngxiǎn yě jiǎnshǎole wǒmen qīnshēn dào yínháng zhǐfù hé cúnrù zhīpiào de máfan
那太好了！這避免了支票遺失、被偽造和冒用的風險，也減少了我們親身到銀行止付和存入支票的麻煩。

Qǐyè Dàikuǎn
企業貸款

Jiǎ
甲：

Huà jīnglǐ nǐ hǎo a
華經理，你好啊！

Yǐ
乙：

Rén lǎobǎn nín hǎo yǒu shénme wǒ kěyǐ xiàoláo de
任老闆您好，有甚麼我可以效勞的？

Jiǎ
甲：

Wǒ shì zhuānmén lái zhǎo nǐ de zuìjìn nǐmen yínháng shōujǐnle wǒmen gōngsī de xìnyòngzhèng édù wǒ xiànzài shì xìn-
我是專門來找你的，最近你們銀行收緊了我們公司的信用證額度，我現在是信

yòngzhèng kāi bu chūqu yuáncáiliào yòu mǎi bu jìnlai nòng
用證開不出去，原材料又買不進來，弄
de wǒ kuài yào tíngchǎn le zhēn ràng wǒ zhuāxiā
得我快要停產了，真讓我抓瞎！

Yǐ
乙：

Nín bié zháojí tīng wǒ jiěshì Shàng gè yuè kànle nǐmen
您別着急，聽我解釋。上個月看了你們
gōngsī de niánbào fāxiàn zuìjìn yì nián nǐmen gōngsī de
公司的年報，發現最近一年你們公司的
yèjì bú tài lǐxiǎng yòu yí zài chāochū tòuzhī édù
業績不太理想，又一再超出透支額度，
wǒmen yě shì bùdéyǐ cái zhèyàng zuò de
我們也是不得已才這樣做的。

Jiǎ
甲：

Nǐ zhīdào wǒmen gōngsī zài nèidì shèchǎng qián yí duàn
你知道，我們公司在內地設廠，前一段
shíjiān yuáncáiliào jiàgé shàngzhǎng Rénmínbì shēngzhí
時間，原材料價格上漲，人民幣升值，
shǐ chéngběn yě shàngshēng zhè xiē kèguān yīnsù bú shì yìshí-
使成本也上升，這些客觀因素不是一時
bànhuìr jiù néng jiějué de Wǒmen zhèng nǔlì jiàngdī chéng-
半會兒就能解決的。我們正努力降低成
běn suōjiǎn kāizhī guǎnbǎo guò bu liǎo duō jiǔ wǒmen
本，縮減開支，管保過不了多久，我們
jiù kěyǐ zhuǎnkuīwéiyíng
就可以轉虧為盈。

Yǐ
乙：

Wǒmen mùqián zhǐshì àn guīdìng shōujǐn xìndài nèidì de
我們目前只是按規定收緊信貸，內地的
fāzhǎn yírì-qiānlǐ tóuzī hěn kuài huì shōudào huíbào jiā-
發展一日千里，投資很快會收到回報，加
shàng Rénmínbì huìjià rìjiàn wěndìng píng nín de yǎnguāng hé
上人民幣匯價日漸穩定，憑您的眼光和
shílì xiāngxìn nǐmen yídìng hěn kuài huì zǒuchū dīgǔ de
實力，相信你們一定很快會走出低谷的。

Jiǎ
甲：

Háishi qǐng nǐ xiàng shàngcéng zhǔguǎn fǎnyìng yíxià wǒmen de
還是請你向上層主管反映一下我們的
shíjì qíngkuàng zài mùqián de kùnjìng xià duì wǒmen
實際情況，在目前的困境下，對我們
pīhé de xìndài'é zuìhǎo háishi wéichí bú biàn yǐ
批核的信貸額最好還是維持不變，以
bǎozhèng wǒmen de xiànjīnliú Suīrán wǒmen bú shì dà
保證我們的現金流。雖然我們不是大
gōngsī dàn wǒmen yíxiàng xìndài jìlù liánghǎo huán-
公司，但我們一向信貸記錄良好，還
kuǎn shì jiǎng xìnyòng yǒu bǎozhàng de
款是講信用、有保障的。

Yǐ
乙：

Wǒmen hézuò zhème duō nián wǒ xiàngxìn nín yídìng nénggòu
我們合作這麼多年，我相信您一定能夠
shuō dào zuò dào Wǒ huì xiàng gāocéng zhǔguǎn shuōmíng yíxià
說到做到。我會向高層主管說明一下，
xiàcì zài kàn nǐmen de cáiwù bàobiǎo shí nǐmen de yè-
下次再看你們的財務報表時，你們的業
jì méizhǔnr néng fúhé yínháng dàikuǎn guīdìng nà shíhou
績沒準兒能符合銀行貸款規定，那時候，
wǒmen yídìng huì zài fàng kuǎn fāngmiàn tígōng gèng duō gèng dà
我們一定會在放款方面提供更多、更大
de yōuhuì
的優惠。

Jiǎ
甲：

Jìrán Rénmínbì xìndài édù shōujǐn Gǎngbì dàikuǎn lì-
既然人民幣信貸額度收緊，港幣貸款利
lǜ shì duōshao
率是多少？

Yǐ
乙：

Gǎngbì dàikuǎn de niánlìlǜ yóu Xiānggǎng yínháng gēnjù shìchǎng
港幣貸款的年利率由香港銀行根據市場

qíngkuàng zìjǐ juédìng xiàn jiēduàn Gǎngbì dàikuǎn niánlìlǜ
情况自己決定，現階段港幣貸款年利率
dàyuē shì bǎi fēn zhī sān dào sì nèidì yínháng Rénmínbì
大約是百分之三到四，內地銀行人民幣
dàikuǎn de niánlìlǜ shì yāngháng guīdìng de dàyuē shì bǎi
貸款的年利率是央行規定的，大約是百
fēn zhī liù dào qī
分之六到七。

Jiǎ
甲：

Gǎngbì dàikuǎn de niánlìlǜ bǐ Rénmínbì chàbuduō dī yí-
港幣貸款的年利率比人民幣差不多低一
bàn tóngyàng dàikuǎn yìbǎiwàn yuán jiàzhí de Rénmínbì
半，同樣貸款一百萬元價值的人民幣，
suàn yi suàn yì nián kěyǐ jiéshěng yínháng dàikuǎn lìxī sān-sì-
算一算一年可以節省銀行貸款利息三四
wàn na nà wǒ néng bu néng shēnqǐng Gǎngbì dàikuǎn
萬哪。那我能不能申請港幣貸款？

Yǐ
乙：

Gǎngbì dàikuǎn yīnggāi shuō shì búcuò de xuǎnzé búguò nèi-
港幣貸款應該說是不錯的選擇，不過內
dì shíshī wàibì guǎnzhì nín bù néng zài nèidì yínháng zuò
地實施外幣管制，您不能在內地銀行做
Gǎngbì dàikuǎn Àn guīdìng wǒmen yínháng dàoshì kěyǐ
港幣貸款。按規定，我們銀行倒是可以
zài Shēnzhèn Qiánhǎi Zìmàoqū bǎ Xiānggǎng de Rénmínbì cúnkuǎn
在深圳前海自貿區把香港的人民幣存款
fàngdài gěi nǐmen gōngsī jiějué nǐmen de ránméizhījí
放貸給你們公司，解決你們的燃眉之急。

Jiǎ
甲：

Tīng nǐ zhème yì shuō wǒ jiù fàngxīn le nà jiù bàituō
聽你這麼一說，我就放心了，那就拜託
nǐ le wǒ děng nǐ de hǎo xiāoxi
你了，我等你的好消息。

Yínháng Cúnkuǎn Bǎozhàng
銀行存款保障

Xiānggǎng yínháng cúnkuǎn bǎozhàng de yóulái kěyǐ zhuīsù dào
香港銀行存款保障的由來，可以追溯到
yī jiǔ jiǔ yī nián de Guójì Shāngyè Xìndài Yínháng dǎobì shìjiàn
一九九一年的國際商業信貸銀行倒閉事件，
shìjiàn yǐnfā duō jiā Xiānggǎng yínháng chūxiàn jǐduì Yī jiǔ jiǔ qī
事件引發多家香港銀行出現擠兑。一九九七
nián de Yàzhōu Jīnróng Fēngbào èr líng líng bā nián de quánqiú jīnróng
年的亞洲金融風暴、二零零八年的全球金融
wēijī hòu dà bùfen cúnhù zhīchí zài Xiānggǎng tuīxíng cúnkuǎn bǎo-
危機後，大部分存戶支持在香港推行存款保
zhàng jìhuà rènwéi zhè ge jìhuà néng shǐ tāmen zài yínháng de chǔ-
障計劃，認為這個計劃能使他們在銀行的儲
xù dédào gèng tuǒshàn wěndang de bǎozhàng
蓄得到更妥善穩當的保障。

Zài Xiānggǎng cúnkuǎn bǎozhàng jìhuà xia rúguǒ cānyù jìhuà
在香港存款保障計劃下，如果參與計劃
de chípái yínháng dǎobì cúnhù kěyǐ zài yínháng dǎobì hòu de
的持牌銀行倒閉，存戶可以在銀行倒閉後的
liù xīngqī nèi huòdé zuì gāo bāshíwàn Gǎngyuán de bǔcháng ér
六星期內，獲得最高八十萬港元的補償，而
bāshíwàn yuán yǐxià de cúnkuǎn kěyǐ huòdé quánshù bǔcháng Rèn-
八十萬元以下的存款可以獲得全數補償。任
hé fúhé zīgé de cúnkuǎn dōu huì shòu dào bǎozhàng bāokuò suǒyǒu
何符合資格的存款都會受到保障，包括所有
chángjiàn de yǐ rènhé huòbì wéi dānwèi de cúnkuǎn
常見的、以任何貨幣為單位的存款。

Chúle bǎozhàng zhōng-xiǎo cúnhù de cáichǎn wài cúnkuǎn bǎozhàng
除了保障中小存戶的財產外，存款保障
zhìdù gèng zhǔyào de mùdì shì bǎozhàng yínháng Yóuyú yínháng kù-
制度更主要的目的是保障銀行。由於銀行庫

cún xiànjīn yínglì dī tāmen dàduō huì bǎ xiànjīnliàng jiàngdī dào
存現金盈利低，他們大多會把現金量降低到
fúhé cúnkuǎn zhǔnbèi jīn'é de zuì dī shuǐpíng yídàn zāo dào jǐ-
符合存款準備金額的最低水平，一旦遭到擠
duì xiànjīn bùzú jiù huì lìng yínháng xìnyòng pòchǎn nǎizhì dǎobì
兑，現金不足就會令銀行信用破產乃至倒閉。
Yóu zhèngfǔ tígōng de cúnkuǎn dānbǎo cuòshī néng yǒuxiào de jiāqiáng
由政府提供的存款擔保措施，能有效地加強
shìmín duì yínháng tǐxì de xìnxīn bǎochí yínháng tǐxì wěndìng
市民對銀行體系的信心，保持銀行體系穩定。

Zhōngguó yínhángyè jīnróng jīgòu zhǔyào bāokuò zhèngcèxìng yín-
中國銀行業金融機構主要包括政策性銀
háng guóyǒu shāngyè yínháng gǔfènzhì shāngyè yínháng chéngshì
行、國有商業銀行、股份制商業銀行、城市
shāngyè yínháng yóuzhèng chǔxù yínháng hé wàizī yínháng qíyú
商業銀行、郵政儲蓄銀行和外資銀行，其餘
wéi nóngcūn shāngyè yínháng nóngcūn hézuò yínháng nóngcūn xìnyòng-
為農村商業銀行、農村合作銀行、農村信用
shè děngděng Yídàn yǒu bǐjiào xiǎo de yínháng bèi táotài chūxiàn dǎo-
社等等。一旦有比較小的銀行被淘汰出現倒
bì jīnróng shìchǎng shì yǒu kěnéng chūxiàn hùnluàn qíngkuàng de Guò-
閉，金融市場是有可能出現混亂情況的。過
qù nèidì de yínháng fāshēng chángfù wēijī dōu shì yóu guójiā lái
去內地的銀行發生償付危機，都是由國家來
chéngdān gōngzhòng cúnkuǎn de péifù zérèn Rán'ér dāng nèidì de jīn-
承擔公眾存款的賠付責任。然而當內地的金
róngyè zhúbù shìchǎnghuà lèisì de ānpái zhújiàn biàn de bù kě-
融業逐步市場化，類似的安排逐漸變得不可
xíng le Yīncǐ luòshí cúnkuǎn bǎozhàng zhìdù néng wèi jīnróng
行了。因此，落實存款保障制度，能為金融
gǎigé tígōng ānquánwǎng shì jīnróng wěndìng de jīshí
改革提供安全網，是金融穩定的基石。

四 詞語

(1) 商貿專業詞彙

duìxiàn 兌現	zhǐfù 止付	dòngjié 凍結
chǔxù 儲蓄	jǐduì 擠兌	xiànjīnliú 現金流
ānquánwǎng 安全網	xìndài édù 信貸額度	diànzǐ zhīpiào 電子支票
cúnkuǎn bǎozhàng 存款保障		

(2) 口語詞句

朗讀並理解下列句子，並運用加線的詞語造句。

1. Tā zhè ge rén tèbié yǒu néngnai, nǐ zhè cì zhǎo duì rén le.
   他這個人特別有能耐，你這次找對人了。
   有能耐：有本事，本領大。

2. Tā bànshì shífēn wěndang, zhè shír nǐ jiù fàngxīn jiāo gěi tā hǎo le.
   她辦事十分穩當，這事兒你就放心交給她好了。
   穩當：穩重妥當。

3. Nǐ bié dānxīn, méizhǔnr míngtiān jiù yǒu jiéguǒ le.
   你別擔心，沒準兒明天就有結果了。
   沒準兒：說不定，有可能。

4. Wǒmen lǎobǎn xiànglái shuōhuàsuànhuà, dāying ní de shìr yídìng zuò dào.
   我們老闆向來說話算話，答應你的事兒一定做到。
   說話算話：講信用，信守承諾。

⑤ Bié tú shěngshìr zánmen háishi lǎolǎoshishi àn chéngxù zǒu ba

別圖省事兒，咱們還是老老實實按程序走吧。

省事兒：減少辦事手續，方便。

⑥ Xiàngmù qiānshè de rényuán tài duō le lìyì néng bu néng bǎipíng shéi néng dǎbāopiào

項目牽涉的人員太多了，利益能不能擺平誰能打包票？

打包票：事先作出保證。

⑦ Wénjiàn xūyào chóngchóng shěnpī yìshí-bànhuìr kǒngpà bàn bu xiàlai

文件需要重重審批，一時半會兒恐怕辦不下來。

一時半會兒：短時間。

⑧ Zánmen yàoshi zhǔnbèi bù chōngfèn dàoshí huídá bù liǎo rénjia de tíwèn kě jiù zhuāxiā le

咱們要是準備不充分，到時回答不了人家的提問，可就抓瞎了。

抓瞎：事前沒有準備而臨時忙亂着急。

⑨ Zhǐyào zhào wǒ gāngcái shuō de qù zuò guǎnbǎo méicuòr

只要照我剛才說的去做，管保沒錯兒。

管保：完全有把握，保證。

⑩ Nǐ hái xìn bu guò wǒ Bǎ xīn fàng zài dùzi li ba bú huì yǒu wèntí de

你還信不過我？把心放在肚子裏吧，不會有問題的。

把心放在肚子裏：讓人放心，不用擔心。

五 聆聽練習

請根據錄音選擇一個正確的答案。

1. 電子支票有甚麼優點？

   A. 新穎
   B. 保密
   C. 既經濟又安全
   D. 既環保又方便
   ____

2. 以下哪一項不是付款人簽發電子支票必須做的事？

   A. 登錄網上銀行
   B. 通過雙重認證
   C. 預先以密碼加密
   D. 取得收款人的同意
   ____

3. 怎樣有效防止電子支票被篡改？

   A. 採用 PDF 格式
   B. 採用數碼簽署
   C. 通過雙重認證
   D. 通過內部核實
   ____

4. 以下哪一項不是使用電子支票要注意的事？

   A. 不要輸入任何個人資料
   B. 確保支票上的資料正確
   C. 使用安全的電子傳送渠道
   D. 及時刪除電腦或電話內的電子支票
   ____

5. 以下哪一項是簽發電子支票的過程？

   i. 銀行發出附有數碼簽署的電子支票
   ii. 付款人登入網上銀行賬戶選擇電子支票服務
   iii. 付款人下載電子支票以電子方式傳送給收款人
   iv. 付款人輸入收款人姓名、支票日期和支票金額
   A. i → ii → iii → iv
   B. ii → i → iv → iii
   C. ii → iv → i → iii
   D. iv → ii → iii → i
   ____

模擬對話

公司代表和銀行職員進行貸款和還款的保證和承諾。

分組討論

請談談使用網上銀行服務的利與弊。

第三課

居住模式的改變

聆聽錄音

一 功能語句

請運用加了底線的功能句式造句。

Quànshuō hé Dīngzhǔ
勸說和叮囑

1. Fángdìchǎn shìchǎng qiānbiàn-wànhuà, wǒ jiànyì nǐ háishi shènzhòng
房地產市場千變萬化，我建議你還是慎重
yìxiē, zài bǐjiào kànkan, zěnmeyàng
一些，再比較看看，怎麼樣？

2. Wǒ quàn nǐmen shāngliang yíxià, jìsuàn yíxià chéngběn, zài jǐn-
我勸你們商量一下，計算一下成本，再儘
kuài gěi wǒmen yí gè dáfù
快給我們一個答覆。

3. Jībùkěshī, shíbúzàilái, rúguǒ wǒ shì nǐ, wǒ mǎ-
機不可失，時不再來，如果我是你，我馬
shàng jiù fù dìngjīn le
上就付定金了。

4. Zhè ge jiàgé yǐjīng hěn hélǐ le, rúguǒ nǐmen búyào,
這個價格已經很合理了，如果你們不要，
hái yǒu bié de kèhù děngzhe ne
還有別的客戶等着呢。

5. Wǒ shuō nǐ ya, zuì hǎo háishi ràng tā xiě yí gè xiéyì, bù-
我說你呀，最好還是讓他寫一個協議，不
rán shíjiān chángle jiù wàng le
然時間長了就忘了。

6. Qǐng nín lái de shíhou, bié wàngle dàishàng yínháng běnpiào lián fù-
請您來的時候，別忘了帶上銀行本票連副

běn yí shì liǎng fèn
本，一式兩份。

7 Hé tāmen dǎ jiāodao yídìng yào zhǎng gè xīnyǎnr bújiàn fángchǎnzhèng zhèngběn bù néng qiān hétong
和他們打交道一定要長個心眼兒，不見房產證正本不能簽合同。

8 Qiānyuē de shíhou kě děi cāliàng yǎnjing kàn qīngchu yàoshi huò bú duì bǎn nà kě fànbuzháo
簽約的時候可得擦亮眼睛看清楚，要是貨不對辦，那可犯不着。

9 Běijīng de tiānqì bǐ Xiānggǎng gānzào duō le jìde duō hē shuǐ duō chī shuǐguǒ
北京的天氣比香港乾燥多了，記得多喝水、多吃水果。

10 Dàole Běijīng jiù dǎ gè diànhuà huílai shěngde wǒ lǎo diànji nǐ
到了北京就打個電話回來，省得我老惦記你。

二 情景對話

Gòumǎi Nèidì Fángchǎn
購買內地房產

Jiǎ
甲：

Nǐ shuō wèishénme nàme duō Xiānggǎngrén huí nèidì mǎi fángzi
你說為甚麼那麼多香港人回內地買房子？

Yǐ
乙：

Piányi ya jìn jǐn nián nèidì fángzi de zhìliàng pèitào
便宜呀，近幾年內地房子的質量、配套

shèshī wùyè guǎnlǐ yuè lái yuè wánshàn ér fángjià kě-
設施、物業管理越來越完善，而房價可
néng zhǐ shì Xiānggǎng de shí fēn zhī yī Zěnmeyàng xiǎng bu
能只是香港的十分之一。怎麼樣，想不
xiǎng mǎi
想買？

Jiǎ
甲：

Mǎi nǎr de fángzi zuì hésuàn a Wǒ zhǐshì yí gè pǔ-
買哪兒的房子最合算啊？我只是一個普
tōng de gōngxīnzú guì de mǎi bu qǐ wǒ kě bùxiǎng dāng
通的工薪族，貴的買不起，我可不想當
fángnú
房奴。

Yǐ
乙：

Wǒ jiànyì nǐ háishi mǎi Zhūjiāng Sānjiǎozhōu de dàxíng wūyuàn
我建議你還是買珠江三角洲的大型屋苑
ba píngjūn měi chǐ cái yìqiān wǔ Gǎngbì mǎi yí gè qī-
吧，平均每呎才一千五港幣，買一個七
bǎi chǐ zuǒyòu de dānyuán cái yìbǎi duō wàn zhè ge jià-
百呎左右的單元，才一百多萬，這個價
qian zài Xiānggǎng mǎi fángzi lián gè shǒuqī dōu búgòu
錢在香港買房子，連個首期都不夠。

Jiǎ
甲：

Zhè bǐ wǒ zài Xiānggǎng de wōjū kuānchang duō le kěshì zài
這比我在香港的蝸居寬敞多了，可是在
nèidì mǎi fángzi wǒ yě méifǎr tiāntiān qù zhù a wǒ hái
內地買房子我也沒法兒天天去住啊，我還
děi zài Xiānggǎng shàngbān nà bú shì diūkōng làngfèi le ma
得在香港上班，那不是丟空浪費了嗎？

Yǐ
乙：

Nǐ xiǎngxiang kàn nèidì xiāofèi shuǐpíng dī chīhēwánlè
你想想看，內地消費水平低，吃喝玩樂
dōu bǐ Xiānggǎng piányi Nǐ zhōuyī dào zhōuwǔ zài Xiānggǎng shàng-
都比香港便宜。你周一到周五在香港上

bān zhōumò fàngjià huíqù dùjià láihuí yǒu chē yǒu chuán
班，周末放假回去度假，來回有車有船，
jiāotōng hěn fāngbiàn kòuchú jiāotōng fèiyòng háishi juéde
交通很方便，扣除交通費用，還是覺得
huásuàn
划算。

Jiǎ
甲：

Shuō de yě shì Wǒmen gōngsī de Lǎo Lǐ qùnián tuìxiū
說的也是。我們公司的老李去年退休，
zài Huìzhōu mǎile ge liǎngqiān duō chǐ de sān céng biéshù yǎnglǎo
在惠州買了個兩千多呎的三層別墅養老，
tú de jiù shì nàr línjìn tōngwǎng Shēnzhèn Guǎngzhōu Gànzhōu
圖的就是那兒臨近通往深圳、廣州、贛州、
Xiàmén de gāotiězhàn yǒu lùsè yuánlín měijǐng méishìr
廈門的高鐵站，有綠色園林美景，沒事兒
de shíhou zài zìjiā tiāntái huāyuán yǎngyǎng huā zhòng-
的時候，在自家天台、花園養養花、種
zhòng cài rìzi bié tí guòde duō měi le
種菜，日子別提過得多美了。

Yǐ
乙：

Jībùkěshī shíbúzàilái wǒ yǒu ge péngyou shì dì-
機不可失，時不再來，我有個朋友是地
chǎn gōngsī de zhōngjiè dàilǐ qián bù jiǔ wǒ cái wěituō tā
產公司的中介代理，前不久我才委託他
bāng wǒ wùsè yí tào Zhūhǎi de fángzi Wǒ shídì shìchá-
幫我物色一套珠海的房子。我實地視察
guò xīn lóupán huánjìng shūshì zǒu Gǎng-Zhū-Ào Dàqiáo
過新樓盤，環境舒適，走港珠澳大橋，
cóng Xiānggǎng dào Zhūhǎi yí gè xiǎoshí dōu yòngbuliǎo Wǒ jiàn-
從香港到珠海一個小時都用不了。我建
yì nǐ yě zài nàr mǎi zánmen zuò ge bànr
議你也在那兒買，咱們做個伴兒。

Jiǎ
甲：

Hǎo a nà nǐ yě qǐng tā bāng wǒ wùsè yítào Duìle
好啊，那你也請他幫我物色一套。對了，

Xiānggǎngrén zài nèidì mǎi fángzi xūyào bàn nǎ xiē shǒuxù
香港人在內地買房子需要辦哪些手續？

Yǐ
乙：

Yào qù gè shì gōngānjú bànlǐ Jìngwài Gèrén Zài Jìngnèi
要去各市公安局辦理《境外個人在境內
Jūliú Zhuàngkuàng Zhèngmíng zhǐyào tígōng shēnfènzhèng
居留狀況證明》，只要提供身份證、
huíxiāngzhèng hūnyīn zhuàngkuàng děng zhèngmíng jiù kěyǐ le
回鄉證、婚姻狀況等證明就可以了。

Jiǎ
甲：

Zài qiāndìng fángwū mǎimài hétong shí xūyào zhùyì xiē
在簽訂房屋買賣合同時，需要注意些
shénme
甚麼？

Yǐ
乙：

Yídìng yào kàn qīngchu kāifāshāng shìfǒu tígōngle yóu guótǔ-
一定要看清楚開發商是否提供了由國土
jú bānfā de Shāngpǐnfáng Yùshòu Xǔkězhèng děng pīwén
局頒發的《商品房預售許可證》等批文，
tèbié yào liúyì hétong yǒu méiyǒu lièmíng jiāolóu rìqī
特別要留意合同有沒有列明交樓日期、
bàn fángchǎnzhèng de qīxiàn hé tǔdì shǐyòng niánxiàn yǒu méi-
辦房產證的期限和土地使用年限，有沒
yǒu fùshàng fángzi de shèshī túzhǐ zuò píngzhèng
有附上房子的設施圖紙作憑證。

Jiǎ
甲：

Nǐ zhè xiē kě dōu shì jīngyàn zhī tán a Xíng wǒ jiù gēn-
你這些可都是經驗之談啊！行，我就跟
zhe nǐ zhè ge lǎo péngyou mǎi fángzi dàngzuò chángxiàn tóuzī
着你這個老朋友買房子，當作長線投資
hǎo le
好了。

Yǐ
乙：

Tīng wǒ de nǐ zài nèidì shēngzhí qiánlì dà de dìfang mǎi-
聽我的，你在內地升值潛力大的地方買
hǎole fángzi kěyǐ yìbiān dùjià yìbiān děng shēngzhí
好了房子，可以一邊度假，一邊等升值，
jiānglái zài mài huò zhuǎnzū chūqù bǔtiē zài Xiānggǎng mǎi fáng-
將來再賣或轉租出去，補貼在香港買房
zi de zhīchū
子的支出。

Zūzhù Nèidì Zhùzhái
租住內地住宅

Jiǎ
甲：

Jīnr de tiānqì búcuò lántiān báiyún wǒ láile Běijīng
今兒的天氣不錯，藍天白雲，我來了北京
jǐ gè yuè zhèyàng de hǎo tiānqì hái zhēn bù duō jiàn
幾個月，這樣的好天氣還真不多見。

Yǐ
乙：

Shì a jīntiān méi wùmái Běijīng de tiānqì bǐ Xiānggǎng
是啊，今天沒霧霾，北京的天氣比香港
gānzào nín kě děi duō hē shuǐ duō chī shuǐguǒ
乾燥，您可得多喝水、多吃水果。

Jiǎ
甲：

Yǒu jiàn shìr xiǎng gēn nǐ dǎting yíxià zài Běijīng zū fángzi
有件事兒想跟你打聽一下，在北京租房子
shì shénme hángqíng
是甚麼行情？

Yǐ
乙：

Zěnme Jīnglǐ bùxiǎng zhù jiǔdiàn le Háishi zhù fúwù-
怎麼？經理不想住酒店了？還是住服務

shì jiǔdiàn shūfu nín kěyǐ xiǎngshòu jiǔdiàn de gèzhǒng shè-
式酒店舒服，您可以享受酒店的各種設
shī hé fúwù
施和服務。

Jiǎ
甲：

Shūfu shì shūfu hái děi tì gōngsī shěng diǎnr qián a Wǒ
舒服是舒服，還得替公司省點兒錢啊。我
gāng bèi pài dào Běijīng de shíhou bù zhīdào yèwù de qián-
剛被派到北京的時候，不知道業務的前
jǐng zěnmeyàng līn gè bāo jiù rùzhùle jiǔdiàn Méi xiǎng-
景怎麼樣，拎個包就入住了酒店。沒想
dào yèwù kāizhǎn de zhème shùnlì kànlái yào zuò chángqī
到業務開展得這麼順利，看來要做長期
pàizhù de dǎsuan le chángzhù jiǔdiàn zǒng bú shì ge bànfǎ
派駐的打算了，長住酒店總不是個辦法。

Yǐ
乙：

Běijīng de fángjià yě bù piányí dàjiāwǎng Běi-Shàng-Guǎng-Shēn
北京的房價也不便宜，大家往北上廣深
de yíxiàn chéngshì bèn lāgāole Běijīng de fángjià Nín
的一線城市奔，拉高了北京的房價。您
yào zū fángzi wǒ kàn bù nán yīnwèi hěn duō xīn fángzi
要租房子，我看不難，因為很多新房子
dū shì yǒu rén mǎi méi rén zhù
都是有人買，沒人住。

Jiǎ
甲：

Zūjīn ne
租金呢？

Yǐ
乙：

Zhè yào kàn fángzi de dìduàn wèizhi le Yí tào yìbǎi píng-
這要看房子的地段位置了。一套一百平
mǐ jīngzhuāng de sān jūshì shāo piān yìdiǎnr de dōu yào bā-jiǔ-
米精裝的三居室，稍偏一點兒的都要八九

qiān zuǒyòu xiàng nín zhù de dìr shǔyú Běijīng zhōngxīn chéngqū
千左右，像您住的地兒屬於北京中心城區，
zěnme shuō yě děi èr-sān wàn ba
怎麼說也得二三萬吧。

Jiǎ
甲：

Nà yě bǐ tiāntiān zhù jiǔdiàn piányi wǒ bǐjiào yíxià háng-
那也比天天住酒店便宜，我比較一下行
qíng kànkan yǒu méiyǒu hé xīnyì de fángzi zài shuō
情，看看有沒有合心意的房子再說。

Yǐ
乙：

Wǒ gěi nín jièshào gè xìnyù hǎo de dàxíng dìchǎn zhōngjiè gōng-
我給您介紹個信譽好的大型地產中介公
sī kě qiānwàn bié qīngxìn wǎngshàng sīrén dàilǐ de guǎnggào
司，可千萬別輕信網上私人代理的廣告。
Qiān zūfáng hétong shí zhǎng gè xīnyǎnr yídìng yào zhǎo tā-
簽租房合同時長個心眼兒，一定要找他
men yào fángchǎnzhèng fùyìnjiàn zǐxì liúyì wéiyuē zérèn
們要房產證複印件，仔細留意違約責任，
zuì hǎo quèrèn yíxià wùyè guǎnlǐfèi shìfǒu yóu fángdōng chū
最好確認一下物業管理費是否由房東出，
wùyè wéixiū zěnme shōufèi
物業維修怎麼收費。

Jiǎ
甲：

Tīng nǐ zhème shuō wǎngshàng de sīrén dàilǐ bú kàopǔ
聽你這麼說，網上的私人代理不靠譜？

Yǐ
乙：

Wǒ yǒu gè gēmenr tōngguò wǎngshàng sīrén dàilǐ zūfáng
我有個哥們兒，通過網上私人代理租房
bèi kēng le yì chá nà ge dàilǐ gēnběn méi zài gōngshāngjú
被坑了，一查那個代理根本沒在工商局
zhùcè bèi'àn tóusù wú mén yājīn dǎle shuǐpiāo
註冊備案，投訴無門，押金打了水漂，
zuìhòu chīle gè yǎbakuī
最後吃了個啞巴虧。

Jiǎ
甲：

Nǐ tì wǒ liánxì yí gè kàopǔ de dìchǎn zhōngjiè ba zū
你替我聯繫一個靠譜的地產中介吧，租
fángzi de shìr jiù bàituō nǐ le shì chéng zhīhòu qǐng nǐ
房子的事兒就拜託你了，事成之後請你
chīfàn
吃飯。

Yǐ
乙：

Fàngxīn ba zhè shìr róngyì zhàobàn
放心吧，這事兒容易，照辦。

Gǎngrén Nèidì Zhìyè
港人內地置業

Nèidì jīngjì xùnsù fāzhǎn yě shǐde jìn jǐ nián lái nèi-
內地經濟迅速發展，也使得近幾年來內
dì de fángdìchǎn fāzhǎn xiāngdāng chàngwàng xīyǐnle bù shǎo jìngwài
地的房地產發展相當暢旺，吸引了不少境外
de mǎijiā bāokuò wéishù bù shǎo de Xiānggǎngrén dào nèidì
的買家，包括為數不少的香港人，到內地
zhìyè Mǎi zhuāntou bǎozhí yìzhí shì Xiānggǎngrén xīnmù
置業。「買磚頭」保值，一直是香港人心目
zhōng zuì bǎoxiǎn de tóuzī tújìng Jìnnián Ōu-měi de jīngjì yòu bǐ-
中最保險的投資途徑。近年歐美的經濟又比
jiào dòngdàng yīncǐ bù shǎo Xiānggǎng zījīn dōu pǎo dào nèidì fángdì-
較動蕩，因此不少香港資金都跑到內地房地
chǎn shìchǎng qù zhǎo chūlù Yìbān wàilái tóuzīzhě zhìyè de shí-
產市場去找出路。一般外來投資者置業的時
hou dōu huì kǎolǜ sān gè yīnsù yī wùyè běnshēn de shēngzhí
候，都會考慮三個因素：（一）物業本身的升值

nénglì èr zūjīn huíbàolǜ sān huìlǜ Zài zūjīn huí-
能力；（二）租金回報率；（三）匯率。在租金回
bào gāo Rénmínbì bú duàn shēngzhí lóushì biǎoxiàn huóyuè děng yǒu
報高、人民幣不斷升值、樓市表現活躍等有
lì tiáojiàn de qūshǐ xià hěn duō Xiānggǎngrén fēnfēn bǎ zījīn zhuǎn-
利條件的驅使下，很多香港人紛紛把資金轉
yí dào nèidì de wùyè shìchǎng shǒuxiān dāngrán shì zài Běijīng
移到內地的物業市場；首先當然是在北京、
Shànghǎi Guǎngzhōu Shēnzhèn děng yīxiàn chéngshì tóuzī jìér shì
上海、廣州、深圳等一線城市投資，繼而是
jùyǒu gāo zēngzhǎng qiánzhì de èr sānxiàn chéngshì
具有高增長潛質的二、三線城市。

Mùqián Běijīng wǔhuán fùjìn de pǔtōng fángchǎn měi píng-
目前，北京五環附近的普通房產，每平
fāngmǐ de jūnjià yǐjīng chāoguò wǔwàn yuán yìxiē zhìliàng bǐjiào-
方米的均價已經超過五萬元，一些質量比較
gāo de háozhái rùshǒu ménkǎn dòngzhé shàng qiānwàn Yīncǐ zhè xiē
高的豪宅，入手門檻動輒上千萬。因此這些
yǐwǎng zuì shòu Gǎngrén huānyíng de yīxiàn chéngshì xīyǐnlì yǐjīng
以往最受港人歡迎的一線城市，吸引力已經
dà bù rú qián Hěn duō Xiānggǎngrén bǎ mùguāng zhuǎnyí dào Guǎngdōng Huì-
大不如前。很多香港人把目光轉移到廣東惠
zhōu děng dì yìbǎiwàn zuǒyòu de fángchǎn jīngjì tiáo jiàn jiào hǎo de
州等地一百萬左右的房產，經濟條件較好的
rénqún zé gèng duō xuǎnzé Tiānjīn Chóngqìng Chéngdū Wǔhàn
人羣，則更多選擇天津、重慶、成都、武漢
děng fāzhǎn xùnsù de èrxiàn chéngshì Zhè xiē chéngshì dōu shì jìnnián
等發展迅速的二線城市。這些城市都是近年
guójiā zhòngdiǎn kāifā de dìfang jùyǒu hěn dà de fāzhǎn qiánlì
國家重點開發的地方，具有很大的發展潛力；
yīncǐ yìxiē jiàgé zài sānbǎiwàn dào wǔbǎiwàn Gǎngyuán zhī jiān de
因此一些價格在三百萬到五百萬港元之間的
lóufáng dōu shòu dào Gǎngrén de zhuīpěng
樓房，都受到港人的追捧。

Bú yào yǐwéi zhǐyǒu shàn yú yíngyùn dǎpīn de tóuzīzhě cái
不要以為只有善於營運打拼的投資者才

yǒu xìngqù shèzú nèidì de lóushì qíshí gòumǎizhě zhī zhōng
有興趣涉足內地的樓市，其實購買者之中，
háiyǒu yí bùfen shì wǔ-liùshí suì dǎsuan dào nèidì tuìxiū yǎng-
還有一部分是五六十歲、打算到內地退休養
lǎo de rénshì yǐjí yí bùfen èrshí duō suì de niánqīngrén
老的人士，以及一部分二十多歲的年輕人；
tāmen dàgài juéde zài Xiānggǎng méiyǒu kěnéng mǎi ánggui de fángzi
他們大概覺得在香港沒有可能買昂貴的房子，
suǒyǐ gāncuì dào nèidì zhìyè zuòwéi chángxiàn tóuzī Xiānggǎng
所以乾脆到內地置業，作為長線投資。香港
rén fǎlǜ yìshi bǐjiào gāo mǎi fángzi de shíhou yě qīngxiàng yú
人法律意識比較高，買房子的時候也傾向於
gòumǎi chǎnquán qīngxī guǎnlǐ wánshàn pèitào qíquán de lóufáng
購買產權清晰，管理完善、配套齊全的樓房
xiàngmù Dāngqián bùzhǐ shì nèidì rén huì lái Xiānggǎng zhìyè
項目。當前，不只是內地人會來香港置業，
Xiānggǎng de mínzhòng tóngyàng kěyǐ zài nèidì dāngshang yèzhǔ Nèi-
香港的民眾，同樣可以在內地當上業主。內
dì yǔ Xiānggǎng de jīngjì jiāowǎng yǐjīng yuè lái yuè pínfán hé
地與香港的經濟交往，已經越來越頻繁和
jǐnmì
緊密。

四 詞語

(1) 商貿專業詞彙

fángchǎnzhèng 房產證	gōngxīnzú 工薪族	guótǔjú 國土局
zhōngjiè dàilǐ 中介代理	zhuàngkuàng zhèngmíng 狀況證明	zhùcè bèiàn 註冊備案
pèitào shèshī 配套設施	shèshī túzhǐ 設施圖紙	wéiyuē zérèn 違約責任
yùshòu xǔkězhèng 預售許可證		

(2) 口語詞句　朗讀並理解下列句子，並運用加線的詞語造句。

1. Tā zhè rén xīnyǎnr hǎo shì gè zhídé jiāowǎng de péngyou
他這人心眼兒好，是個值得交往的朋友。
心眼兒：心地。

2. Niánqīngrén méiyǒu gōngzuò jīngyàn nǐ fànbuzháo zhèyàng zhǐzé tāmen
年輕人沒有工作經驗，你犯不着這樣指責他們。
犯不着：沒必要。

3. Yào zài nàme gāo de jiàwèi chíhuò kǒngpà bù hésuàn
要在那麼高的價位持貨，恐怕不合算。
不合算：所費人力物力較大而收效較小。

4. Xiānggǎng de fángjià tèbié gāo hěn duō rén dāngle yíbèizi fángnú
香港的房價特別高，很多人當了一輩子房奴。
房奴：房子的奴隸。

5. Zhè jiù shì wǒ de wōjū cái sānbǎi lái chǐ nǐ kě bú yào jiànxiào
這就是我的蝸居，才三百來呎，你可不要見笑。
蝸居：比喻極為狹小的居室。

6. Zhè pī xiāoshòuyuán dōu jīngguò tiāoxuǎn hé péixùn juéduì kàopǔ
這批銷售員都經過挑選和培訓，絕對靠譜。
靠譜：表示可靠，值得信賴。

7. Wǎngshàng yǒu hěn duō bùliáng de tuīxiāo shǒufǎ yí bù xiǎoxīn jiù kěnéng bèi kēng le
網上有很多不良的推銷手法，一不小心就可能被坑了。
被坑：被欺騙。

8. Huòwù yí zhìxiāo wǒ tóu jìnqù de zījīn quán dōu dǎle shuǐpiāo
貨物一滯銷，我投進去的資金，全都打了水漂。

打了水漂：白白投入而沒有收穫。

9. Zhè bǐ jīngfèi wǒmen yídìng huì xiǎng bànfǎ bú huì ràng nǐ chī yǎbakuī
這筆經費我們一定會想辦法，不會讓你吃啞巴虧。

吃啞巴虧：自己受損吃虧，不敢聲張。

10. Nàr jiǔdiàn zhùsù hé yǐnshí dōu piányi kòuchúle láihuí jīpiào de qián háishi huá de lái
那兒酒店住宿和飲食都便宜，扣除了來回機票的錢，還是划得來。

划得來：划算，合算，值得。

五 聆聽練習

請根據錄音選擇一個正確的答案。

1. 服務式公寓與普通酒店的最大區別是：

A. 設施更加齊備
B. 價格更加便宜
C. 更有居家特色
D. 更加容易管理
______

2. 比起服務式公寓，酒店式公寓的裝修風格是：

A. 精緻豪華
B. 簡潔自由
C. 高檔氣派
D. 具個性化
______

3. 以下哪一項對於酒店式公寓的描述不正確？

A. 顧客是知名跨國企業的高級員工
B. 戶型面積為幾十平米到幾百平米
C. 不同戶型有不同的格調
D. 價格比同類酒店高一些 ________

4. 以下哪一項不是錄音內容提到酒店式公寓會提供的服務？

A. 洗衣服
B. 換被單
C. 免費寬頻
D. 收拾房間 ________

5. 以下哪一項是酒店式公寓的收費模式？

A. 房費已經包含所有費用
B. 房費之外另行收取水、電、煤氣費用
C. 房費之外另行收取寬頻及物業管理費
D. 屋內設施受損也須由租客承擔維修費 ________

模擬對話

你作為香港公司的代表被派駐內地，想在內地城市購買或租住房屋，內地同事勸說你並向你叮囑注意事項。

分組討論

談談本港房地產市場的情況，你對於港人到內地投資房地產有甚麼看法？

第四課
社交媒體與人際交往

聆聽錄音

請運用加了底線的功能句式造句。

Tǎojiào hé Jiǎngjiě
討教和講解

1a Zhìyuǎn nǐmen dàxuéshēng jiànduō-shíguǎng xiǎng qǐngjiào yíxià shénme jiào Fànshèjiāo Shídài
志遠，你們大學生見多識廣，想請教一下，甚麼叫「泛社交時代」？

1b Nǐ bú shì xǐhuan tōngguò WhatsApp hé Wēixìn gēn péngyou liánxì ma Qúnzǔ lǐ de chéngyuán yǒushìr méishìr de jiù fā gè xìnxī chuán xiē zhàopiānr shénme de Nǐ rúguǒ yuànyì yě kěyǐ bǎ xìnxī hé zhàopiānr gōngkāi fābiǎo zài mǒu xiē píngtái shàng rènhé mòshēngrén dōu kěyǐ gěi nǐ diǎn zàn hé liúyán Wǎngshàng hái yǒu xiē qúnzǔ shì wéirào yìxiē zhǔtí chénglì de chéngyuán kěnéng dōu bú rènshi dàn yǒu gòngtóng àihào bǐrú dōu xǐhuan yǎng māo huòzhě xǐhuan chī chāshāo fàn jiù kěyǐ wéirào yǎng māo huò chāshāo fàn lā gè qún jiāohuàn xiāngguān
你不是喜歡通過WhatsApp和微信跟朋友聯繫嗎？羣組裏的成員有事兒沒事兒的就發個信息，傳些照片兒甚麼的。你如果願意，也可以把信息和照片兒公開發表在某些平台上，任何陌生人都可以給你點讚和留言。網上還有些羣組是圍繞一些主題成立的，成員可能都不認識，但有共同愛好，比如都喜歡養貓，或者喜歡吃叉燒飯，就可以圍繞養貓或叉燒飯拉個羣，交換相關

de xìnxī bā gānzi dǎ bu zháo de rén jiù zhèyàng jiànlìle
的信息，八竿子打不着的人就這樣建立了
shèjiāo guānxi Zhè jiù jiào Fànshèjiāo Shídài
社交關係。這就叫「泛社交時代」。

2a tuīguǎngbù de tóngshì shuō lìyòng shèjiāo méitǐ zuò chǎnpǐn xuān-
推廣部的同事說：利用社交媒體做產品宣
chuán hé tuīguǎng shěngxīn yòu shěngqián zhēn shì zhèyàng ma
傳和推廣，省心又省錢，真是這樣嗎？

2b Bǐ qǐ chuántǒng guǎnggào shōufèi bù fěi zài shèjiāo méitǐ shàng tuī-
比起傳統廣告收費不菲，在社交媒體上推
guǎng chǎnpǐn fèiyòng quèshí dīlián de duō Dànshì shěngxīn dào
廣產品，費用確實低廉得多。但是省心倒
bù yídìng yào dádào hǎo de xuānchuán xiàoguǒ shèjiāo wǎngluò
不一定；要達到好的宣傳效果，社交網絡
shì xūyào nàixīn jīngyíng de bùjǐn yào zài méitǐ shàng chuánbō yǔ
是需要耐心經營的，不僅要在媒體上傳播與
chǎnpǐn xiāngguān de xìnxī hái bìxū gēn kèhù bǎochí liánghǎo
產品相關的信息，還必須跟客戶保持良好
de duìhuà lǐjiě tāmen de àihào hé xiāofèi xíngwéi duì
的對話，理解他們的愛好和消費行為，對
tāmen de fǎnkuì zuòchū jíshí de huíyìng cái néng yíngdé hǎo
他們的反饋作出即時的回應，才能贏得好
de kǒubēi cùjìn chǎnpǐn xiāoshòu bù néng dǎ mǎhuyǎn
的口碑，促進產品銷售，不能打馬虎眼。

3a Tīngshuō shìjiè shàng jiējìn bā chéng guójiā lǐngdǎorén dōu yōngyǒu shè-
聽說世界上接近八成國家領導人都擁有社
jiāo méitǐ zhànghào shènzhì hái bǎ shèjiāo wǎngluò biànchéng wàijiāo
交媒體賬號，甚至還把社交網絡變成外交
huódòng píngtái wèishénme lián zhèngzhì rénwù dōu rèzhōng cǐ
活動平台，為甚麼連政治人物都熱衷此
dào nín néng jiěshi jiěshi ma
道，您能解釋解釋嗎？

3b Yǒu xiē shèjiāo méitǐ zhùcè yònghù dòngbudòng jiù shàng yì rén
有些社交媒體註冊用戶動不動就上億人，
hěn duō zhèngzhì rénwù lìyòng zhè xiē méitǐ xuānchuán zhèngcè yǐng-
很多政治人物利用這些媒體宣傳政策，影

xiǎng miàn gòu kuān Tāmen hái kěyǐ tōngguò fā biǎo yìxiē ruǎnxìng
響面夠寬。他們還可以通過發表一些軟性
nèiróng lìrú gèrén shēnghuó diǎndī gēn mínzhòng tàojìnhu
內容，例如個人生活點滴，跟民眾套近乎，
zhēngqǔ hǎo gǎn Nǐ kàn yǒu zhèngkè wèile zhēngqǔ xuǎnpiào bù-
爭取好感。你看有政客為了爭取選票，不
xī dào zìjǐ yuánběn dǎyā de píngtái shàng kāi zhànghù jiù zhī-
惜到自己原本打壓的平台上開賬戶，就知
dào shèjiāo wǎngluò de yǐngxiǎnglì yǒu duō dà le
道社交網絡的影響力有多大了。

4a Jùshuō hěn duō Xiānggǎng míngxīng dōu dào nèidì zhíbō dài huò lāo
據說很多香港明星都到內地直播帶貨撈
jīn qián zhēn de nàme róngyì zhuàn ma
金，錢真的那麼容易賺嗎？

4b Nǐ shuō ne Nèiháng rén kàn méndao wàiháng rén kàn rènao
你說呢？內行人看門道，外行人看熱鬧。
Zài wàiháng rén kàn lái nà xiē míngxīng hǎoxiàng dōu rì jìn dǒu
在外行人看來，那些明星好像都日進斗
jīn qíshí dài huò zhǔbō chúle yào shú dú gè zhǒng chǎnpǐn de
金，其實帶貨主播除了要熟讀各種產品的
màidiǎn zhī wài hái xūyào píngjiè tāmen de míngqì hé yǎn-
賣點之外，還需要憑藉他們的名氣和演
jì dàiqǐ zhíbōjiān de qìfen Bú shì suǒyǒu míngxīng dōu
技，帶起直播間的氣氛。不是所有明星都
yǒu zhè zhǒng néngnai de yǒu de rén mài lái mài qù jiù màile gè
有這種能耐的；有的人賣來賣去就賣了個
jìmò yì chǎng xiàlai cái yī-liǎngbǎi rén wéiguān hái
「寂寞」，一場下來才一兩百人圍觀，還
lào gè bèi wǎngmín suān de xiàchǎng ne
落個被網民酸的下場呢！

5a Nín kàn wǒmen zhè ge wǎngzhàn huāle bù shǎo xīnsi zuò nèiróng
您看我們這個網站花了不少心思做內容，
wèishéme liúliàng shàng bu qù Tīngshuō kěyǐ mǎi liúliàng yào-
為甚麼流量上不去？聽說可以買流量，要
bù wǒmen yě shìshi
不我們也試試？

5b Zhǔyè de nèiróng hái búcuò dàn nǐ kěnéng méiyǒu wéirào sōu-
主頁的內容還不錯，但你可能沒有圍繞搜
suǒ yǐnqíng zuò yèmiàn de yōuhuà ràng gèng duō nèiróng bèi sōusuǒ
索引擎做頁面的優化，讓更多內容被搜索
yǐnqíng zhuā qǔ guānjiàncí páimíng luòhòu liúlǎn de rén shǎo
引擎抓取，關鍵詞排名落後，瀏覽的人少，
liúliàng jiù shàng bu qù Hěnduō rén quèshí huì mǎi liúliàng dàn
流量就上不去。很多人確實會買流量，但
nà shì zuòbì de xíngwéi yídàn bèi cháchū jiù débùchángshī
那是作弊的行為，一旦被查出就得不償失；
bié xiā zhēteng le
別瞎折騰了。

Zìméitǐ Fēnxiǎng Píngtái
自媒體分享平台

Xiǎoróu
小柔：

Yàohuī jiējiǎo de chácāntīng zuìjìn yǒu shénme xīn huāyàng
耀輝，街角的茶餐廳最近有甚麼新花樣
ma Weishenme jīntiān yì wūzi jǐmǎnle rén Hái dà
嗎？為甚麼今天一屋子擠滿了人？還大
bùfen shì nèidì yóukè Jǐ gè xīngqí méi qù wèishén-
部分是內地遊客。幾個星期沒去，為甚
me tā túrán jiān biànchéng yóukè shèngdì le
麼它突然間變成遊客聖地了？

Yàohuī
耀輝：

Nǐ shuō Chénjì ya Hài Rénjia xiànzài shàngle Yóu-
你說「陳記」呀？嗐！人家現在上了油
mádì jiēfang měishíbǎng dàibiǎozuò shì yúdàn fěn hé zhū-
麻地街坊美食榜，代表作是魚蛋粉和豬
shǒu miàn Xiǎohóngshū tuījiè de
手麪，「小紅書」推介的。

Xiǎoróu
小柔：

Qǐngjiào yíxià Xiǎohóngshū shì shá
請教一下，「小紅書」是啥？

Yàohuī
耀輝：

Jù wǒ liǎojiě Xiǎohóngshū shì nèidì yí gè zìméi-
據我了解，「小紅書」是內地一個自媒
tǐ yíngxiāo hé shèjiāo píngtái yònghù kěyǐ fēnxiǎng gèzhǒng-
體營銷和社交平台，用戶可以分享各種
-gèyàng de chǎnpǐn xìnxī hé shǐyòng tǐyàn bāokuò bù shǎo
各樣的產品信息和使用體驗，包括不少
lǚyóu dìdiǎn jièshào hé yóulǎn jīnglì yǒu wénzì yòu yǒu
旅遊地點介紹和遊覽經歷，有文字又有
yǐngpiàn hái yǒu zhíbō gōngnéng Hěn duō rén jiù zài Xiǎo-
影片，還有直播功能。很多人就在「小
hóngshū shàng fēnxiǎng dào Xiānggǎng de lǚyóu gōnglüè hái yǒu
紅書」上分享到香港的旅遊攻略，還有
guānyú Xiānggǎng de fāngfāngmiànmiàn
關於香港的方方面面。

Xiǎoróu
小柔：

Nà bú shì tǐng hǎo de ma Miǎnfèi xuānchuán
那不是挺好的嗎？免費宣傳。

Yàohuī
耀輝：

Dànshì yònghù gè shuō gè de yǒu de xìnxī bù yídìng zhǔn-
但是用戶各說各的，有的信息不一定準
què yǒu de rén hái huì jièzhù píngtái xuàn fù huò fāfàng dài
確，有的人還會藉助平台炫富或發放帶
yǒu wùdǎo xìngzhì de ruǎn guǎnggào Píngtái shàng de xìnxī jiù
有誤導性質的軟廣告。平台上的信息就
céng yīnwèi kuādà huò xūjiǎ ér bèi nèidì de shìchǎng jiānguǎn
曾因為誇大或虛假而被內地的市場監管
bùmén chǔfáguo
部門處罰過。

Xiǎoróu
小柔：

Quèshí wǎngluò xìnxī bù kě jìn xìn. Dànshì wǒmen xiànzài
確實網絡信息不可盡信。但是我們現在
yòu dōu lì bù kāi gè zhǒng píngtái suǒ tígōng de xìnxī. Ài,
又都離不開各種平台所提供的信息。唉，
zhēn máodùn!
真矛盾！

Yàohuī
耀輝：

Nǐ yě bú yòng jiūjié, fánshì dōu yǒu liǎngmiàn; yí jù huà:
你也不用糾結，凡事都有兩面；一句話：
duō diǎnr lǐxìng pànduàn. Wǒmen bú shì yǒu jù lǎohuà ma
多點兒理性判斷。我們不是有句老話嗎——
jìn xìn shū bù rú wú shū. Shū shàng shuō de bù quán dōu duì;
盡信書不如無書。書上説的不全都對；
tóngyàng, wǎngluò shàng shuō de, yě bù quán duì. Búguò,
同樣，網絡上説的，也不全對。不過，
wǎngluò de sùdù hé róngliàng, háishi wèi wǒmen rènshi zhōu-
網絡的速度和容量，還是為我們認識周
wéi de shìwù hé cházhǎo zīliào dàilái bù shǎo hǎochù de.
圍的事物和查找資料帶來不少好處的。

Xiǎoróu
小柔：

Zhè yì diǎn wǒ kě shì zhēn tǐhuì dào le, érqiě bùguāng shì
這一點我可是真體會到了，而且不光是
cházhǎo zīliào, hái yǒu gè zhǒng shēnghuó shàng de biànlì! Wǒ
查找資料，還有各種生活上的便利！我
shàng gè xīngqī qùle Shēnzhèn guò zhōumò, xiǎngzhe xiàzǎi Wēi-
上個星期去了深圳過周末，想着下載微
xìn, hǎo gēn Shēnzhèn de péngyou liánxì, méi xiǎng dào tōngguò
信，好跟深圳的朋友聯繫，沒想到通過
Wēixìn chúle kěyǐ jiànlì shèjiāo quānzi, fā xìnxī,
微信除了可以建立社交圈子，發信息、
fā túpiàn hé yǐngxiàng, hái kěyǐ dǎ chē, dìng jiǔdiàn,
發圖片和影像，還可以打車、訂酒店、

mǎi chē piào shōu-fù kuǎn zhuǎn zhàng hé chǔlǐ gè zhǒng shēnghuó
買車票、收付款，轉賬和處理各種生活
jiǎo fèi zhēnshì tài fāngbiàn le
繳費，真是太方便了！

Yàohuī
耀輝：

Shì ya shèjiāo píngtái de wēilì kěyǐ dà de jīng rén
是呀，社交平台的威力可以大得驚人。
Jiù xiàng ba běnlái zhǐshì yí gè fēnxiǎng duǎn shìpín
就像 TikTok 吧，本來只是一個分享短視頻
de shèqún yìngyòng chéngshì dànshì shàngxiàn cái sì-wǔ nián
的社羣應用程式，但是上線才四五年，
zhùcè yònghù jiù yǒu èrshíyì Tā guǎng shòu quánqiú de nián-
註冊用戶就有二十億。它廣受全球的年
qīng rén huānyíng nà xiē shàngchuán de shìpín yǒu xiē zhǐ wèi
輕人歡迎，那些上傳的視頻，有些只為
yúlè dàn yě yǒu xiē bǔzhuōle gè zhǒng shēnghuó shíkuàng
娛樂，但也有些捕捉了各種生活實況，
méiyǒu yù shè de guāndiǎn hé lìchǎng cǎiqǔle gēn chuántǒng
沒有預設的觀點和立場，採取了跟傳統
zhǔliú méitǐ bù tóng de shìjiǎo hái chǎnshēngle yìxiē zhèng-
主流媒體不同的視角，還產生了一些政
zhì yǐngxiǎnglì ne
治影響力呢。

Xiǎoróu
小柔：

Nà kě bù wǎngluò shìjiè zhēn de shì wǔcǎi-bīnfēn yě
那可不，網絡世界真的是五彩繽紛，也
ràng rén yǎnhuā-liáoluàn na
讓人眼花繚亂哪。

Yàohuī
耀輝：

Bié zài wǎngluò shàng mílù jiù xíng
別在網絡上「迷路」就行。

Zhuànxiě Qiúzhí Lǚlì
撰寫求職履歷

Kǎijié
凱傑：

Huìsī néng bāng wǒ kànkan wǒ zhè lǚlì xiě de zěnme-
慧思，能幫我看看我這履歷寫得怎麼
yàng ma
樣嗎？

Huìsī
慧思：

Zěnme yào zhǎo gōngzuò Xiànzài de gōngzuò bù hǎo ma
怎麼，要找工作？現在的工作不好嗎？

Kǎijié
凱傑：

Yǒu diǎnr nì le Gōngsī jiù nàme jǐ gè rén jiē de
有點兒膩了。公司就那麼幾個人，接的
xiàngmù dōu shì xiǎoxíng de liúchéng yě dū chàbuduō
項目都是小型的，流程也都差不多，
juédé méi shénme tiǎozhànxìng
覺得沒甚麼挑戰性。

Huìsī
慧思：

Lái wǒ kànkan Éi zěnme xiàng liúshuǐzhàng sìde
來，我看看……欸，怎麼像流水賬似的，
bǎ xuélì hé gōngzuò jīngyàn liè gè qīngdān zhè jiù wán-
把學歷和工作經驗列個清單，這就完
shìr le
事兒了？

Kǎijié
凱傑：

Lǚlì bú jiùshì jièshào yíxià zìjǐ de jīnglì ma hái
履歷不就是介紹一下自己的經歷嘛，還
néng zěnme xiě
能怎麼寫？

Huìsī
慧思：

Nǐ rúguǒ xiǎng zài yí dà duī yìngzhēng de rén dāngzhōng tūchū zì-
你如果想在一大堆應徵的人當中突出自
jǐ qǐmǎ zhuàn gè miànshì de jīhuì nà jiù bù néng zhǐ
己，起碼賺個面試的機會，那就不能只
liè chū zìjǐ zài nǎr niànguo shū zài nǎr gōngzuòguo
列出自己在哪兒唸過書，在哪兒工作過，
ér yīnggāi jǐnliàng tūxiǎn zìjǐ de qiángxiàng lìrú tōngguò
而應該儘量突顯自己的強項，例如通過
zìjǐ chéngdānguo de zhíwù hé fùzéguo de gōngzuò zhǎn-
自己承擔過的職務和負責過的工作，展
shì zìjǐ de nénglì
示自己的能力。

Kǎijié
凱傑：

Wǒ cái gōngzuòle liǎng nián dì-yī cì xiǎng huàn gōngzuò xiě
我才工作了兩年，第一次想換工作，寫
lǚlì hái zhēn méi duōshǎo jīngyàn
履歷還真沒多少經驗。

Huìsī
慧思：

Nǐ kěyǐ zhǎo bāngmáng a Xiànzài wǎng shàng yǒu hǎo xiē
你可以找AI幫忙啊。現在網上有好些
píngtái yǒu zhè zhǒng gōngnéng nǐ zhǐ xūyào tiāoxuǎn yì zhǒng hé-
平台有這種功能，你只需要挑選一種合
shì de múbǎn shūrù gèrén xìnxī píngtái jiù huì gēn-
適的模板，輸入個人信息，平台就會根
jù nǐ suǒ tígōng de xìnxī zìdòng shēngchéng yí fèn lǚ-
據你所提供的信息，自動生成一份履
lì hái kěyǐ bāng nǐ xiě yí fèn xiàngmú-xiàngyàng de qiúzhí-
歷，還可以幫你寫一份像模像樣的求職
xìn ne
信呢。

Kǎijié
凱傑：

Zhēn shi zhèyàng ma Réngōng zhìnéng yǒu nàme lìhai
真是這樣嗎？人工智能有那麼厲害？
Bié kuādà-qící
別誇大其詞！

Huìsī
慧思：

Méi kuādà-qící jùshuō yǒu xiē píngtái shènzhì hái kěyǐ
沒誇大其詞，據說有些平台甚至還可以
xiě xiǎoshuō xiě jùběn zuò shī zuò cí yě kěyǐ huì
寫小說、寫劇本、作詩作詞，也可以繪
tú chuàngzuò dònghuà hé duǎnpiàn
圖、創作動畫和短片！

Kǎijié
凱傑：

Tā shénme dōu zuò le nà rénlèi hái néng zuò shá
它甚麼都做了，那人類還能做啥？

Huìsī
慧思：

fāzhǎn de sùdù quèshí yǒu diǎnr jīng rén Wàiguó yǒu
AI 發展的速度確實有點兒驚人。外國有
xiē yánjiū zhǐchū dàole èr líng sān líng nián quánshìjiè yù-
些研究指出，到了二零三零年全世界預
jì yǒu bāyì gè gōngzuò gǎngwèi kěnéng bèi jīqìrén qǔ-
計有八億個工作崗位可能被機器人取
dài Gēn yínháng kuàijì yóu wù xíngzhèng bǎoxiǎn
代。跟銀行、會計、郵務、行政、保險、
tǒngjì xiāoshòu děng fāngmiàn yǒuguān de zhíyè huì zuì xiān
統計、銷售等方面有關的職業會最先
xiāoshī
消失。

Kǎijié
凱傑：

Hái hǎo wǒ shì xué shèjì de yīnggāi hǎo yìdiǎnr ba
還好我是學設計的，應該好一點兒吧！

Huìsī
慧思：

Měiguó yí fèn yánjiū bàogào jiànyì cóng wǔ gè fāngmiàn lái píng-
美國一份研究報告建議從五個方面來評
gū nǐ de gōngzuò shìfǒu róngyì bèi qǔdài nà jiùshì
估你的工作是否容易被 AI 取代，那就是
zhuānyè chéngdù chuàngyì chéngdù gōutōng fùzádù yǒu
專業程度、創意程度、溝通複雜度、有
méiyǒu guǎnlǐ yuánsù hé gōngzuò bùzhòu shì fǒu chéngxùhuà
沒有管理元素和工作步驟是否程序化。
Niújīn Dàxué de yí gè yánjiū tuánduì tōngguò duì qībǎi duō
牛津大學的一個研究團隊通過對七百多
zhǒng zhíyè de fēnxī fāxiàn kèfú hé diàn xiāo rényuán shì
種職業的分析，發現客服和電銷人員是
zuì róngyì bèi qǔdài de yìshù zhìliáoshī zé shì zuì bù
最容易被取代的，藝術治療師則是最不
róngyì bèi qǔdài de
容易被取代的。

Kǎijié
凱傑：

Xìngkuī wǒ de zhuānyè suànshì gēn yìshù zhānle diǎnr biān
幸虧我的專業算是跟藝術沾了點兒邊……

Huìsī
慧思：

Huítóu kànkan nǐ de lǚlì ba lái gěi nǐ tuījiàn yí
回頭看看你的履歷吧，來，給你推薦一
gè píngtái
個 AI 平台。

Shèjiāo Méitǐ de Lìbì

社交媒體的利弊

Shuō qǐ shèjiāo méitǐ nǐ kěnéng huì liánxiǎngdào shǒuzhǐ de
說起社交媒體，你可能會聯想到手指的
wújìn huádòng diǎn zàn gēn tiě zhuǎnfā Zài shìjiè gè gè
無盡滑動、點讚、跟帖、轉發……在世界各個
jiǎoluò dàliàng yònghù měi tiān dōu zài gè zhǒng píngtái shàng liúlián wàng-
角落，大量用戶每天都在各種平台上流連忘
fǎn lècǐbùpí tā dàodǐ yǒu hé mírén zhī chù ne
返、樂此不疲，它到底有何迷人之處呢？

Shǒuxiān shèjiāo méitǐ yǐ qiánsuǒwèiyǒu de fāngshì jiāng rén-
首先，社交媒體以前所未有的方式將人
men jùjí zài yì qǐ Nǐ kěyǐ zài wǎngluò shàng yǔ shīsàn yǐ jiǔ
們聚集在一起。你可以在網絡上與失散已久
de péngyou chóngféng yǔ yíjū hǎiwài de jiārén wéixì qīnqíng
的朋友重逢，與移居海外的家人維繫親情，
yǔ cóng wèi móumiàn de rén chéngwéi xīnjiāo yě kěyǐ gēn shìjiè lìng
與從未謀面的人成為新交，也可以跟世界另
yì duān yǒu gòngtóng àihào xiāngtóng zhuānyè huò tóngyàng chǔjìng de rén
一端有共同愛好、相同專業或同樣處境的人
jiànlì shèqún hù tōng xìnxī hùxiāng zhīchí shǐ shēnchǔ yì-
建立社羣，互通信息，互相支持，使身處異
dì de fēnsàn gètǐ zhuǎnhuà wéi jùyǒu xíngdònglì de jiàzhí gòng-
地的分散個體，轉化為具有行動力的價值共
tóngtǐ Wúshù láizì sìmiànbāfāng de rénqún hái kěyǐ lì-
同體。無數來自四面八方的人羣，還可以利
yòng duǎnshìpín jiāohuàn shípǔ gēqǔ yīnpín cáiyì biǎoyǎn piàn-
用短視頻交換食譜、歌曲音頻、才藝表演片
duàn shēnghuó qùshì děngděng kāizhǎn bùtóng xíngshì de wénhuà duì-
段、生活趣事等等，開展不同形式的文化對
huà ràng wénmíng jiān de rènzhī bìlěi zài bùzhī-bùjué zhōng mànmàn
話，讓文明間的認知壁壘在不知不覺中慢慢

xiāojiě Jù tǒngjì èr líng èr sān nián quánqiú shèjiāo méitǐ yòng-
消解。據統計，二零二三年全球社交媒體用
hù tūpò sìshíbā yì xiāngdāng yú bǎi fēn zhī liùshí de rénlèi
戶突破四十八億，相當於百分之六十的人類
yǐ tōngguò shùzì niǔdài xiānghù liánjiē guò qù fáng'ài rénmen jiāo-
已通過數字紐帶相互連接，過去妨礙人們交
liú de kōngjiān jùlí de yǐngxiǎnglì yě zài zhúbù jiǎntuì
流的「空間距離」的影響力也在逐步減退。
Zhèng yīnwèi zhè zhǒng kuàyuè jùlí de tèxìng shèjiāo méitǐ néng bāng-
正因為這種跨越距離的特性，社交媒體能幫
zhù zhōng-xiǎo qǐyè jiēchù dào gèng guǎngfàn de kèhùqún cùjìn qǐ-
助中小企業接觸到更廣泛的客戶羣，促進企
yè yíngxiāo hé pǐnpái jiànshè wèi hěnduō xiǎo shāngjiā wǎnghóng děng
業營銷和品牌建設，為很多小商家、網紅等
tígōngle dīchéngběn de chuàngyè píngtái hé shāngjī
提供了低成本的創業平台和商機。

Qícì shèjiāo méitǐ jiù xiàng yì běn shùzì bǎikēquán-
其次，社交媒體就像一本數字「百科全
shū jiāng gè ménlèi de zhīshi jìnéng tūfā shìjiàn
書」，將各門類的知識、技能，突發事件、
xīnwén dòngtài gōnggòng xìnxī yǐ jí kuài de sùdù chuánbō gè dì
新聞動態、公共信息以極快的速度傳播各地，
ràng bùtóng jiēcéng de rén dōu yǒule fāshēng qúdào
讓不同階層的人都有了發聲渠道。

Dànshì shèjiāo méitǐ yě ràng yìxiē xūjiǎ xìnxī déyǐ
但是，社交媒體也讓一些虛假信息得以
zài wǎngluò shàng xùnsù liúchuán Èr líng èr líng nián Xīn-guān Yìqíng
在網絡上迅速流傳。二零二零年「新冠疫情」
qījiān Shìjiè Wèishēng Zǔzhī jiù fāxiànle chāoguò wǔqiān bābǎi
期間，世界衞生組織就發現了超過五千八百
tiáo yìqíng yáoyán zài shèjiāo méitǐ shàng kuòsàn dǎozhì duō guó mín-
條疫情謠言在社交媒體上擴散，導致多國民
zhòng wùfú xiāodújì kàngyì Cǐwài wǎngluò shàng de hǎiliàng xìn-
眾誤服消毒劑抗疫。此外，網絡上的海量信
xī róngyì shǐ rén míshī ràng rén nányǐ shāixuǎn zhòngdiǎn fēnbiàn
息容易使人迷失，讓人難以篩選重點，分辨

zhēn jiǎ Yǎnsuànfǎ zhǐ bǎ gèrén guānzhù de xìnxī tuīguǎng zhì yòng-
真假。演算法只把個人關注的信息推廣至用
hù miàn qián gèng yǒu jīhuì xíngchéng xìnxījiǎnfáng dǎozhì
戶面前，更有機會形成「信息繭房」，導致
yònghù shìyě xiázhǎi guāndiǎn gùhuà shènzhì shǐ tāmen de sī-
用戶視野狹窄，觀點固化，甚至使他們的思
wéi biàn dé piān jī Běijīng Dàxué èr líng èr èr nián de yánjiū fā-
維變得偏激。北京大學二零二二年的研究發
xiàn Zhōngguó qīngshàonián rì jūn huā sān diǎn èr gè xiǎoshí zài shèjiāo
現，中國青少年日均花三點二個小時在社交
méitǐ shàng zhè ge shícháng yǔ tāmen de jiāolǜ zhǐshù chéng xiǎnzhù
媒體上，這個時長與他們的焦慮指數呈顯著
zhèngxiāngguān Shèjiāo méitǐ de yánjiū yě xiǎnshì bǎi fēn zhī sān-
正相關。社交媒體的研究也顯示，百分之三
shí'èr de niánqīng nǚ yònghù yīn shēncái bǐjiào ér chǎnshēng yìyù qīng-
十二的年輕女用戶因身材比較而產生抑鬱傾
xiàng Gèng lìng rén dānyōu de shì shèjiāo méitǐ měi tiān jiēshōu hé
向。更令人擔憂的是，社交媒體每天接收和
chǔlǐ dàliàng yònghù de shùjù rúhé cúnchǔ hé shǐyòng zhèxiē
處理大量用戶的數據，如何存儲和使用這些
shùjù cúnzài hěnduō huīsè dìdài Jiǎrú méitǐ búdāng shǐyòng
數據存在很多灰色地帶。假如媒體不當使用
yònghù de shùjù huò bǎ shùjù zhuǎn shòu gěi wúliáng qǐyè jiāng
用戶的數據，或把數據轉售給無良企業，將
huì yánzhòng sǔnhài gōngzhòng lìyì
會嚴重損害公眾利益。

Shèjiāo méitǐ shì yì bǎ shuāngrènjiàn tā jì cùjìn-
社交媒體是一把「雙刃劍」，它既促進
le zhīshi gòngxiǎng què yě zhùzhǎngle qúntǐ de mángdòng xíngwéi
了知識共享，卻也助長了羣體的盲動行為。
Tā shì hǎo shì huài zàiyú yònghù rúhé shǐyòng gè gè píngtái
它是好是壞，在於用戶如何使用、各個平台
rúhé guǎnlǐ shèhuì shàng shìfǒu yǒu hélǐ de fǎguī duì wǎngluò
如何管理、社會上是否有合理的法規對網絡
zuìxíng jiāyǐ jiānguǎn
罪行加以監管。

四 詞語

(1) 商貿專業詞彙

diǎnzàn 點讚	liúliàng 流量	liànjiē 鏈接
liúlǎn 瀏覽	diǎnjīlǜ 點擊率	ruǎn guǎnggào 軟廣告
shèjiāo méitǐ 社交媒體	yídòng shìpín 移動視頻	sōusuǒ yǐnqíng 搜索引擎
zhíbō dài huò 直播帶貨		

(2) 口語詞句　朗讀並理解下列句子，並運用加線的詞語造句。

1. Tánle lǎo bàn tiān háishi tán bu lǒng, gāncuì lādǎo ba.
談了老半天還是談不攏，乾脆拉倒吧。
拉倒：算了，作罷。

2. Wǒ hǎo huà shuō jìn le, shàngmiàn jiùshì bù pī, méizhé!
我好話說盡了，上面就是不批，沒轍！
沒轍：沒辦法，無計可施。

3. Wǒ gēn nàxiē rén bā gānzi dǎ bu zháo, néng yǒu shénme jiāoqing?
我跟那些人八竿子打不着，能有甚麼交情？
八竿子打不着：比喻毫無關係。

4. Wǒ zuì bú shàncháng gēn bù shúxī de rén tàojìnhu, gōngguān gōngzuò bú shìhé wǒ.
我最不擅長跟不熟悉的人套近乎，公關工作不適合我。
套近乎：跟不相熟的人拉關係。

5 Nǐ bié yǒushìr méishìr de jiù wǎng tā diàn li pǎo rénjia kě-
你別有事兒沒事兒的就往他店裏跑，人家可
shì yào zuò shēngyi de
是要做生意的。

有事兒沒事兒：總是，帶有不耐煩的含意。

6 Lǎobǎn duì gōngzuò zhìliàng de yāoqiú hěn gāo nǐ kě bùnéng
老闆對工作質量的要求很高，你可不能
dǎ mǎhuyǎn
打馬虎眼。

打馬虎眼：故意裝糊塗，敷衍別人。

7 Zhè guǎnggào cí ma hái chà nàme diǎnr yìsi nǐ zài
這廣告詞嘛，還差那麼點兒意思，你再
zhuómo zhuómo
琢磨琢磨？

差那麼點兒意思：差點兒趣味、創意。

8 Gōngsī zhèxiē yuángōng yèwù nénglì bù gāo dàn yìjiàn
公司這些員工，業務能力不高，但意見
duōle qù zhēn bú ràng rén shěng xīn
多了去；真不讓人省心。

省心：不費心。

9 Nǐ shuō zhè shì shénme gēn shénme ma wǎngshàng zhèxiē quánbù
你説這是甚麼跟甚麼嘛，網上這些全部
dōu shì húshuō-bādào
都是胡説八道。

甚麼跟甚麼：不明白，帶有不滿、不耐煩的含意。

10 Wǎngluò shang zīxùn hěn fēngfù dànshì yě shǎo bu liǎo kēngmēng-
網絡上資訊很豐富，但是也少不了坑蒙
guǎipiàn de shìqing shǐyòng de shíhou yào xiǎoxīn
拐騙的事情，使用的時候要小心。

坑蒙拐騙：以欺騙的手段獲取錢財。

五 聆聽練習

請根據錄音選擇一個正確的答案。

1. 有關社交媒體的傳播情況，下列哪一項是正確的？

   A. 有 96% 的年青人使用社交媒體。
   B. 全球有過半人數使用交友軟件。
   C. 2005—2012 年間，通過網絡找到配偶的人數大增。
   D. 美國和香港都有離婚案件與使用社交網絡有關。

   ____

2. 社交媒體對當代人的人際關係產生了甚麼影響？

   A. 越來越多人通過社交媒體擴大朋友網絡。
   B. 夫婦的關係因為社交媒體而變得很脆弱。
   C. 人們對陌生人的防備程度大大降低。
   D. 使人與人之間充滿猜疑、妒忌和摩擦。

   ____

3. 以下有關社交媒體對商業活動模式的影響，哪一項最正確？

   A. 可以更容易蒐集客戶的意見。
   B. 可以迅速接觸大量用戶。
   C. 可以隨時張貼內容。
   D. 企業可以建立自己的網頁。

   ____

4. 跟傳統廣告比較，社交媒體有甚麼優勢？

   i. 方便網絡搜尋。
   ii. 方便建立鏈接。
   iii. 方便用戶表達意見。
   iv. 方便廣告信息傳達。
   A. i, ii
   B. ii, iii
   C. i, iii
   D. ii, iv

   ____

5. 以下哪一個標題，最能概括這段話語的主題？

A. 社交媒體的功能與禍害
B. 社交媒體與交際模式
C. 力量無窮的社交媒體
D. 人類生活的大變革

主題報告

請介紹一種常用的社交媒體，並講解一下它的功能與特點。

分組討論

你認為社交媒體給我們的生活帶來甚麼影響？使用的時候需要注意甚麼？

第五課
大首都經濟圈

聆聽錄音

一 功能語句

請運用加了底線的功能句式造句。

Jièshào hé Shuōmíng
介紹和說明

① Běijīng mùqián miànlín rénkǒu tài duō jiāotōng bú chàng kōngqì pǐnzhì chà děng duō gè nántí yīncǐ guójiā jiāsù fāzhǎn línjìn de Héběi Shěng dǎzào Dà Shǒudū Jīngjìquān yǐ cǐ lái shūhuǎn shǒudū de yìchū xiàoyìng

北京目前面臨人口太多、交通不暢、空氣品質差等多個難題，因此國家加速發展臨近的河北省，打造「大首都經濟圈」，以此來舒緩首都的「溢出」效應。

② Gēnjù chéngshì fāzhǎn tiáokòng nénglì hé fāzhǎn cèlüè Běijīng de xīběibù dōu shì shānqū fāzhǎn shòu dào dìxíng xiànzhì suǒyǐ zhǐ néng xiàng dōngnánbù dìqū kuòzhǎn

根據城市發展調控能力和發展策略，北京的西北部都是山區，發展受到地形限制，所以只能向東南部地區擴展。

③ Běijīng jiāng zhúbù xíngchéng gèng dà guīmó de xīnchéngshìqū chúle dàidòng Běijīng dōngnánbù de fāzhǎn shūjiě Běijīng zhōngxīn chéngqū de yōngjǐ wài hái nénggòu yǔ Tiānjīn dìqū liánchéng yí

北京將逐步形成更大規模的新城市區，除了帶動北京東南部的發展、疏解北京中心城區的擁擠外，還能夠與天津地區連成一

piàn xíngchéng gèng dà de chéngshì zǒuláng qūyù
片，形成更大的城市走廊區域。

4 Suǒwèi Dà Běijīng shì zhǐ Běijīng Tiānjīn liǎng gè zhíxiá-
所謂「大北京」，是指北京、天津兩個直轄
shì yǐjí fùjìn de Héběi Shíjiāzhuāng Tángshān Lángfáng
市，以及附近的河北石家莊、唐山、廊坊、
Qínhuángdǎo děng èrshí duō gè xiànshì zhěngtǐ miànjī yuē èrshí-
秦皇島等二十多個縣市，整體面積約二十
yī diǎn liù wàn píngfāng gōnglǐ
一點六萬平方公里。

5 Běijīng xīnchéngqū jiāng chéngwéi xiānjìn zhìzàoyè hé gāoduān fúwù-
北京新城區將成為先進製造業和高端服務
yè jīdì Wàiwéi de xīnqīhuán dìqū shì zhè xiē jīdì de
業基地。外圍的新七環地區是這些基地的
pèitào dìqū fāzhǎn móshì yǐ jīxiè zhìzào dùjià
配套地區，發展模式以機械製造、度假、
jūzhù lǚyóu děng wéi zhǔ
居住、旅遊等為主。

6 Běijīng yǐ běi de Tiānjīn Shīdì hé Běijīng yǐ nán de Báiyángdiàn
北京以北的天津濕地和北京以南的白洋淀
Shīdì jiāng chéngwéi Jīng-Jīn-Jì dìqū de liǎng dà shīdì shēngtài
濕地，將成為京津冀地區的兩大濕地生態
zìrán bǎohùqū
自然保護區。

7 Wèilái de Běijīng jiāng xíngchéng quāncéngshì hé zhóuxiàngshì de zōnghé
未來的北京將形成圈層式和軸向式的綜合
fāzhǎn móshì yǐ duō gè jīngjì jiégòu wéi zhōngxīn xiàng zhōu-
發展模式，以多個經濟結構為中心，向周
biān fúshè xíngchéng wǎngluòhuà géjú
邊輻射，形成網絡化格局。

8 Zài zhèngfǔ de dàlì tuīdòng hé shìchǎng xūqiú de zuòyòng xià
在政府的大力推動和市場需求的作用下，

Jīng-Jīn-Jì de hézuò bú duàn shēnrù Mùqián Jīng-Jīn-Jì sān dì
京津冀的合作不斷深入。目前京津冀三地
zhèngfǔ yǐ jiù jiànshè Dà Shǒudū Jīngjìquān dáchéng gòngshí
政府已就建設「大首都經濟圈」達成共識，
wèi Jīng-Jīn-Jì de quánmiàn hézuò fānkāi le xīnpiānzhāng
為京津冀的全面合作翻開了新篇章。

9 Jīng-Jīn-Jì sān dì yǒuyì tiáozhěng zhèngcè shíxiàn jiàoyù yī-
京津冀三地有意調整政策，實現教育、醫
liáo shèhuì bǎozhàng děng lǐngyù de hùtōng yǐ jiànlì yí gè
療、社會保障等領域的互通，以建立一個
xiétiáo gòng yíng de tǐzhì
協調共贏的體制。

10 Zài Dà Shǒudū Jīngjìquān jiànshè guòchéng zhōng hái yào fángzhǐ jí-
在大首都經濟圈建設過程中，還要防止極
huà xiàoyìng chūxiàn yīng jiǎnhuǎn gè zhǒng zīyuán xiàng Jīng-Jīn dìqū
化效應出現，應減緩各種資源向京津地區
jùjí bìmiǎn yǔ zhōubiān dìqū fāzhǎn de chājù jìnyíbù
聚集，避免與周邊地區發展的差距進一步
kuòdà
擴大。

Běijīng Chéngqū
北京城區

Kǎiqí
凱琪：

Wèi Xiǎo Xú wǒ yǐjīng chūmén shàngle dìtiě shísān hào
喂，小徐，我已經出門上了地鐵十三號
xiàn le cái xiǎng qǐlai hái méi wèn nǐmen jiā zài nǎ ge zhàn
線了，才想起來還沒問你們家在哪個站
xiàchē ne
下車呢！

Xiǎo Xú
小徐：

Ō nǐ zuò dào Hūjiālóu zhuǎn liù hào xiàn cháo Tōngzhōu Lùchéng
噢，你坐到呼家樓轉六號線朝通州潞城
de fāngxiàng dào Qīngnián Lù xiàlai bié chūzhàn gēn
的方向，到青年路下來，別出站，跟
Shūhóng huìhé nǐmen liǎ yíkuàir guòlai dào Tōngzhōu
淑紅會合，你們倆一塊兒過來，到通州
Běiguān Zhàn xiàchē chūkǒu Wǒ ràng Chūnzi qù jiē nǐ-
北關站下車，B出口。我讓春子去接你
men Sùmǐn Jiāfēng yǐjīng dào le Dà Liú Xiǎo Yán
們。素敏、家豐已經到了，大劉、小嚴
yě kuài dào le
也快到了。

Kǎiqí
凱琪：

Zhème yuǎn a qǐmǎ hái děi yí gè duō zhōngtóu Nǐmen
這麼遠啊，起碼還得一個多鐘頭！你們
zěnme bān nàr qù le Zhēn chéngle Wànlǐ Chángzhēng
怎麼搬那兒去了？真成了「萬里長征」
le Wǒ kàn zhōngwǔ néng gǎn dào jiù búcuò le
了！我看中午能趕到就不錯了。

Xiǎo Xú
小徐：

Hài shéi shuō bú shì ne Zhè bú shì chéngqū gǎizào ma
嗐，誰說不是呢？這不是城區改造嘛，
wǒmen Dōngchéngqū de yǒu bù shǎo dōu gěi ānzhì dào zhèr
我們東城區的有不少都給安置到這兒
le Tōngzhōu hái suàn yuǎn na Hǎoduō rénjiā bèi ānzhì de
了，通州還算遠哪？好多人家被安置得
gèng yuǎn dōu dào Dàxīng Fángshān qù le ne Nǐmen nèi
更遠，都到大興、房山去了呢！你們那
ge qū bù yě yíyàng ma
個區不也一樣嗎？

Kǎiqí
凱琪：

Bié shuō le wǒmen Xīchéng de zhùhù dōu ānzhì dào Chāng-
別說了，我們西城的住戶都安置到昌

píng Shùnyì qù le Wǒ yào búshì háizi shàngxué zū dào
平、順義去了。我要不是孩子上學租到
Píngguǒyuán de fángzǐ wǒmen yě zǎo bān Chāngpíng Huílóngguàn
蘋果園的房子，我們也早搬昌平迴龍觀
qù le
去了。

Yì xiǎoshí hòu
（一小時後……）

Xiǎo Xú
小徐：

Kǎiqí Shūhóng nǐmen zhōngyú dào le dàjiā dōu
凱琪、淑紅，你們終於到了，大家都
zài niàndao nǐmen liǎ ne kuài xǐxi shǒu rùxí děng
在唸叨你們倆呢！快洗洗手入席，等
nǐmen děng de cài dōu liáng le
你們等得菜都涼了。

Shūhóng
淑紅：

Wǒ hé Xiǎo Xú tāmen qùnián jiù tóngshì jùhuì jiànguo
我和小徐他們去年舊同事聚會見過，
Kǎiqí kěshì yǒu sì-wǔ nián bú jiàn le Dōu zhù zài yí gè
凱琪可是有四五年不見了。都住在一個
chéngshì wǒ bú xìn jiàn gè miàn zěn me jiù nàme nán
城市，我不信見個面怎麼就那麼難！

Xiǎo Xú
小徐：

Duì ya nǐ děi lǎoshi jiāodài qùnián wèishénme bù cān-
對啊，你得老實交代，去年為甚麼不參
jiā jùhuì Bùrán dehuà děnghuìr fájiǔ sān bēi
加聚會？不然的話，等會兒罰酒三杯。

Kǎiqí
凱琪：

Āiyō nǐ bù shuō qùnián hái hǎo yì tí qùnián wǒ jiù
哎喲，你不說去年還好，一提去年我就
biēqì nà bú shì liù hào xiàn hái méi tōng dào zhèr ma wǒ
憋氣！那不是六號線還沒通到這兒嘛，我
gēn Chén Hào liǎngkǒuzi jiù kāichē wǎng zhèr gǎn shéi xiǎng dàole
跟陳浩兩口子就開車往這兒趕，誰想到了

Dàběiyáo jiù gěi dǔ le dǔle zúzú yǒu shí duō gōnglǐ
大北窯就給堵了，堵了足足有十多公里
cháng jìn bù néng jìn tuì bù néng tuì gān zháojí yòu dòng
長，進不能進，退不能退，乾着急又動
bu liǎo hǎo bù róngyì pàn dào lù tōng le yí kàn shíjiān
不了，好不容易盼到路通了，一看時間，
yǐjīng guòqu sā zhōngtóu le Dé wǒmen hái lái gànmá
已經過去仨鐘頭了！得，我們還來幹嗎
ya Hài dǎdào huífǔ ba
呀？嗐，打道回府吧。

Xiǎo Xú
小徐：

Yào bù zěnme shuō shì Dà Shǒudū ne Nǐ chǒuchou xiànzài
要不怎麼説是大首都呢！你瞅瞅，現在
Běijīng yǒu duō dà ya Qǐ zhǐ liùhuán zhèr a zǎo yǐ
北京有多大呀！豈止六環，這兒啊，早已
shì qīhuán kāiwài lou Méi kànjian ma Zhè shì Tōngzhōu Běi-
是七環開外嘍！沒看見嗎？這是通州北
guān Guòqù ya zhè jiào Tōngxiàn kěshì lí Běijīng yuǎn-
關！過去呀，這叫通縣，可是離北京遠
zhe na Nǐmen méi tīngshuō ma Běijīng Shì zhèngfǔ jīgòu
着哪。你們沒聽説嗎？北京市政府機構
dōu yào bān dào zhèr lai le xiànzài zhèng guīhuà ne Kě-
都要搬到這兒來了，現在正規劃呢！可
bu zhèr hěn kuài yě gāi chéng Běijīng de zhōngxīnqū le
不，這兒很快也該成北京的中心區了。

Shūhóng
淑紅：

Á Qīhuán Nánguài dàjiā dōu zhù zài yí gè chéng li jiàn
啊？七環？難怪大家都住在一個城裏，見
gè miàn zhème nán ne Xiǎngqǐ zánmen zài yí gè dānwèi gōng-
個面這麼難呢！想起咱們在一個單位工
zuò nàhuìr tiāntiān xiàle bān jiù jīntiān nǐjiā míngtiān
作那會兒，天天下了班就今天你家、明天
wǒjiā de chuànménr nà shíhou sānhuán hái méi jiàn hǎo ne
我家地串門兒，那時候三環還沒建好呢！
Zánmen dōu zài Dōngchéng Xīchéng zhè yí piàn jìn de zǒu jǐ fēn-
咱們都在東城西城這一片，近的走幾分

zhōng jiù dào yuǎn de qíshang zìxíngchē bàn gè xiǎoshí yě jiù
鐘就到，遠的騎上自行車半個小時也就
chéng le nǎ xiàng xiànzài Hē Hǎo jiāhuo zuò dìtiě
成了，哪像現在？呵，好傢伙！坐地鐵，
bù dǔchē hái děi liǎ-sā zhōngtóu
不堵車，還得倆仨鐘頭！

Xiǎo Xú
小徐：

Hǎo le bié xiāliáo le jìrán zhème bù róngyì pèngmiàn
好了，別瞎聊了，既然這麼不容易碰面，
lái lái lái dòng kuàizi duānqi bēizi wèi wǒmen de
來來來，動筷子，端起杯子，為我們的
xiāngjù gānbēi
相聚，乾杯！

Zhòng
眾：

Gānbēi
乾杯！

Běijīng de Shēnghuó
北京的生活

Xiǎo Lín
小林：

Lǐ zhǔrèn hǎo Běijīng bǐ Xiānggǎng lěng duō le ba Kuài bǎ
李主任好！北京比香港冷多了吧？快把
yǔróngfú chuānshang ba xiǎoxīn zháoliáng
羽絨服穿上吧，小心着涼！

Lǐ zhǔrèn
李主任：

Hái hǎo lái xiāngzi gěi Xiǎo Yǔ ràng tā názhe Zán-
還好，來，箱子給小宇，讓他拿着。咱
men qù zuò dìtiě ba tīngshuō dǎdī yě miǎnbuliǎo dǔchē
們去坐地鐵吧，聽説打的也免不了堵車，
zài shuō wǒ yě xiǎng chángchang zài Běijīng zuò dìtiě de zīwèir
再説我也想嚐嚐在北京坐地鐵的滋味兒。

Xiǎo Yǔ
小宇：

Hǎo ba nà jiù tīng nín de qù zuò dìtiě Dìtiě qí-
好吧，那就聽您的，去坐地鐵。地鐵其
shí tǐng fāngbiàn de xiàle chē bú yòng chū zhàn zhíjiē shàng jiǔ
實挺方便的，下了車不用出站直接上九
hào xiàn zài zhuǎn liù hào xiàn jiù dào gōngsī le Zǒu ba
號線，再轉六號線就到公司了。走吧，
hǎo zài xiànzài bú shì shàng-xià bān de gāofēng shuō bu dìng hái
好在現在不是上下班的高峯，説不定還
yǒu zuòwèi ne
有座位呢。

Lǐ zhǔrèn
李主任：

Zhè dìtiě xiànlù hái tǐng fùzá zhuǎnlái zhuǎnqù kǒngpà dān-
這地鐵線路還挺複雜，轉來轉去恐怕耽
wù bù shǎo shíjiān Tīngshuō nǐ jiā lí gōngsī tǐng yuǎn de
誤不少時間。聽説你家離公司挺遠的，
měitiān shàngbān pǎo zhème yuǎn lù bú lèi ma
每天上班跑這麼遠路不累嗎？

Xiǎo Yǔ
小宇：

Shùnlì de huà děi yí gè bàn xiǎoshí Rúguǒ bú shùn
順利的話，得一個半小時。如果不順，
jiù méi diǎnr le tèbié shì zǎoshang gāofēng shíduàn jiù xiàng
就沒點兒了，特別是早上高峯時段，就像
dǎzhàng yǒu shíhou děngle liù-qī bān chē lèng shì jǐ bu
打仗，有時候等了六七班車，愣是擠不
shàngqù Chídào shì cháng yǒu de shì
上去！遲到是常有的事。

Lǐ zhǔrèn
李主任：

Nǐ yǐqián zhù de dìfang bú shì tǐng fāngbiàn de ma Hǎoxiàng
你以前住的地方不是挺方便的嗎？好像
bú yòng zhuǎnchē érqiě lùchéng hái bú suàn yuǎn nǐ wèishén-
不用轉車，而且路程還不算遠，你為甚
me yào bānjiā ne
麼要搬家呢？

Xiǎo Yǔ
小宇：

Yǐqián nàr hǎo shì hǎo, kě jià bu zhù zūjīn guì a! Sān-sì nián qián wǒ gāng bān dào nàr de shíhou, jiù nà liǎng shì yì tīng de fángzi měi yuè de zūjīn shì wǔqiān kuài, xiàn zài nín zhīdào duōshao qián ma? Yíwàn kuài!

以前那兒好是好，可架不住租金貴啊！三四年前我剛搬到那兒的時候，就那兩室一廳的房子每月的租金是五千塊，現在您知道多少錢嗎？一萬塊！

Lǐ zhǔrèn
李主任：

Xiǎo Yǔ, nǐ qián jǐ nián dàxué bìyè jiù lái Běijīng le ba? Zhè cái jǐ nián ya? Tīngshuō nǐ píngjūn yì nián duō jiù bān yí cì jiā, bù xián máfan ya? Háiyǒu, nǐ yuè bān yuè yuǎn le, měi tiān zhème xīnkǔ, zài lùshang jiù děi hàoqù sān-sì gè zhōngtóu, méi kǎolǜ mǎi liàng chē ma?

小宇，你前幾年大學畢業就來北京了吧？這才幾年呀？聽説你平均一年多就搬一次家，不嫌麻煩呀？還有，你越搬越遠了，每天這麼辛苦，在路上就得耗去三四個鐘頭，沒考慮買輛車嗎？

Xiǎo Yǔ
小宇：

Ài, wǒ dào shì xiǎng a! Kě Lǐ zhǔrèn nín shì bù zhīdào, zài Běijīng yào xiǎng mǎi liàng chē tán hé róngyì! Děi páiduì yáohào. Xiànzài Běijīng yīnwèi kōngqì zhìliàng chà, wùmái yánzhòng, xiànzhì sījiāchē shùliàng, yào xiǎng yáo dào hào ya, kěnéng děi děng dào hóur nián qù le, gēn zhòng liùhécǎi chà bu duō.

唉，我倒是想啊！可李主任您是不知道，在北京要想買輛車談何容易！得排隊搖號。現在北京因為空氣質量差，霧霾嚴重，限制私家車數量，要想搖到號呀，可能得等到猴兒年去了，跟中六合彩差不多。

Xiǎo Lín
小林：

Méi bànfǎ wǒ páiduì yáo hào yǐjīng páile liù nián le
沒辦法，我排隊搖號已經排了六年了，
dào xiànzài lián gè yǐngr hái méiyǒu ne Zhǔyào shì xiànzài
到現在連個影兒還沒有呢！主要是現在
Běijīng rénkǒu tài duō le Yǒu yí gè zuì xīn de tǒngjì shù-
北京人口太多了。有一個最新的統計數
zì shuō Běijīng xiànzài de chángzhù rénkǒu yǐjīng tūpòle
字說，北京現在的常住人口已經突破了
liǎngqiān yībǎiwàn
兩千一百萬。

Lǐ zhǔrèn
李主任：

Xiǎo Lín yí gè nǚháir yí gè rén zài wàimiàn gōngzuò
小林，一個女孩兒，一個人在外面工作，
bàba māma zài Dōngběi nàme yuǎn de dìfang bù xiǎng
爸爸、媽媽在東北那麼遠的地方，不想
jiā ma
家嗎？

Xiǎo Lín
小林：

Hài xiànzài zhè shídài gōngzuò zài nǎr nǎr jiù shì
嗐，現在這時代，工作在哪兒，哪兒就是
jiā Nín kànkan dìtiě shàng de zhè xiē rén yǒu jǐ gè shì
家。您看看地鐵上的這些人，有幾個是
Běijīng běndì de Kǒngpà bǎi fēn zhī jiǔshí yǐ shàng dōu shì
北京本地的？恐怕百分之九十以上都是
xiàng wǒ zhèyàng de wàidìrén Zài shuō wǒ zài zhèr yìdiǎnr
像我這樣的外地人。再說我在這兒一點兒
yě bù gūdān wǒ bú shì yǒu Xiǎo Yǔ ma
也不孤單，我不是有小宇嘛。

Lǐ zhǔrèn
李主任：

Nà yuánxiān nà xiē Běijīng Chéng li rén dōu qù nǎr le Wǒ
那原先那些北京城裏人都去哪兒了？我
shuō zhè yílù zěnme méi tīngjiàn zhèngzōng Jīngqiāng ne
說這一路怎麼沒聽見正宗京腔呢？

Xiǎo Yǔ
小 宇：

Yuánxiān de Běijīng Chéng li rén dōu bān dào zhōubiān de xiàn li qù
原先的北京城裏人都搬到周邊的縣裏去
le bei Zhè jiù shì xiànzài nín zài Běijīng Chéng li zǒu hěn
了唄。這就是現在您在北京城裏走，很
shǎo kàn dào lǎo Běijīngrén de yuángù dāngrán yě jiù tīng bu
少看到老北京人的緣故，當然也就聽不
jiàn Jīngqiāng le
見京腔了。

Lǐ zhǔrèn
李 主 任：

Tīng bu jiàn Jīngqiāng tǐng kěxī de Duì le Xiǎo Yǔ wǒ
聽不見京腔挺可惜的。對了，小宇，我
kàn zài Běijīng de shēnghuó tǐng nán de fángzi tài guì jiāo-
看在北京的生活挺難的，房子太貴，交
tōng yōngjǐ kōngqì yě bù hǎo yǒu méiyǒu xiǎngguo dào
通擁擠，空氣也不好，有沒有想過到
Xiānggǎng qù fāzhǎn
香港去發展？

Xiǎo Yǔ
小 宇：

Bù Lǐ zhǔrèn Wǒ nǎr dōu bú qù Wǒ hé Xiǎo Lín dōu
不，李主任。我哪兒都不去。我和小林都
xǐhuan zhèr de shǒudū fēnwéi Nín méi kàn xiànzài de kōngqì
喜歡這兒的首都氛圍。您沒看現在的空氣
zhìliàng yǐjīng hǎo duō le ma Zàishuō Běijīng zhōuwéi hái yào
質量已經好多了嗎？再說北京周圍還要
jiàn xǔduō gè wèixīng chéngshì dào nà shíhou Běijīng Chéng
建許多個衛星城市，到那時候，北京城
li de dàolù chàngtōng le lǜshuǐ qīngshān lántiān báiyún
裏的道路暢通了，綠水青山，藍天白雲
jiù gāi huílai le Suǒyǐ wǒmen yào zhāgēnr zài zhè dà
就該回來了！所以我們要扎根兒在這大
Běijīng
北京！

Běijīng de Fāzhǎn Jīyù
北京的發展機遇

Huáng jīnglǐ
黃經理：

Wáng dǒng zhè cì qù Běijīng shōuhuò bù xiǎo ba Yǒu shénme
王董，這次去北京收穫不小吧？有甚麼
hǎo xiāoxi ma
好消息嗎？

Wáng dǒng
王董：

Zhè cì kě kāile yǎnle Běijīng de jīngjì jiànshè yǒule
這次可開了眼了，北京的經濟建設有了
xīn de fāzhǎn sīlù xīn de guīhuà
新的發展思路，新的規劃。

Huáng jīnglǐ
黃經理：

Yí dài yí lù yě gěi Xiānggǎng dài lái bù shǎo shāngjī ba
「一帶一路」也給香港帶來不少商機吧？
Búguò zhè yě bú shì shénme xīnwén le guójiā Yí dài yí
不過這也不是甚麼新聞了，國家「一帶一
lù de jīngjì fāzhǎn zhànlüè qián jǐ nián jiù kāishǐ le
路」的經濟發展戰略，前幾年就開始了。

Wáng dǒng
王董：

Shì a zìcóng zhōngyāng gōngbùle Shísì-Wǔ Guīhuà Gāngyào
是啊，自從中央公佈了《十四五規劃綱要》
hòu jiù tíchūle zhīchí Gǎng-Ào gèng hǎo róngrù guójiā
後，就提出了「支持港澳更好融入國家
fāzhǎn dàjú de sīlù
發展大局」的思路。

Huáng jīnglǐ
黃經理：

Xiānggǎng de qǐyè yīnggāi zhuā zhù zhè cì jīhuì shēnhuà yǔ
香港的企業應該抓住這次機會，深化與
nèidì Àomén zhī jiān de hézuò Xiānggǎngrén jiù kěyǐ
內地、澳門之間的合作，香港人就可以

dào Dàwānqū qù fāzhǎn le
到大灣區去發展了。

Wáng dǒng
王董：

Nà dāngrán Chú le Shísì-Wǔ Guīhuà wài hái yǒu
那當然。除了「十四五規劃」外，還有
gèng hǎo de xiāoxi ne
更好的消息呢！

Huáng jīnglǐ
黃經理：

Ó Shénme xiāoxi Shuōlái tīngting
哦？甚麼消息？説來聽聽。

Wáng dǒng
王董：

Zhōngyāng hái tíchūle Dà Shǒudū gàiniàn jiù shì yào
中央還提出了「大首都」概念，就是要
bǎ Běijīng de fāzhǎn hé Tiānjīn Héběi de jiéhé qi-
把北京的發展和天津、河北的結合起
lai shǐ zhè xiē dìfang lián chéng piàn zǒu Jīng-Jīn-Jì yì-
來，使這些地方連成片，走「京津冀一
tǐhuà de fāzhǎn dàolù
體化」的發展道路。

Huáng jīnglǐ
黃經理：

Dà Shǒudū gàiniàn de jùtǐ nèiróng shì shénme
「大首都」概念的具體內容是甚麼？

Wáng dǒng
王董：

Jiùshì Běijīng jiāng fāzhǎn de gèng dà dàidòng zhōubiān dìqū
就是北京將發展得更大，帶動周邊地區
gongtóng fāzhǎn zhúbù xíngchéng yí gè Jīng-Jīn-Jì jīngjìquān
共同發展，逐步形成一個京津冀經濟圈。

Huáng jīnglǐ
黃經理：

Tài hǎo le Zhōngguó yǐjīng yǒu jǐ gè bù tóng de jīngjì-
太好了！中國已經有幾個不同的經濟

quān xiànzài yòu yǒule Jīng-Jīn-Jì jīngjìquān Zhōngguó jīng-
圈，現在又有了京津冀經濟圈，中國經
jì yīnggāi yòu yí cì téngfēi le Xiānggǎngrén néng cānyù qí-
濟應該又一次騰飛了，香港人能參與其
zhōng ma
中嗎？

Wáng dǒng
王董：

Dāngrán zài zhè tiáo jīngjì fāzhǎn de kuàichēdào shàng
當然，在這條經濟發展的快車道上，
Xiānggǎngrén yídìng yǒu yòngwǔ zhī dì Zánmen kě děi hǎohāor
香港人一定有用武之地。咱們可得好好兒
zhuā zhù zhè ge shāngjī shuǎi kāi bǎngzi dà gàn yì chǎng
抓住這個商機，甩開膀子大幹一場。

Huáng jīnglǐ
黃經理：

Yídìng Zánmen zhè ge suìshù zhè yě kěnéng shì zuì hòu
一定！咱們這個歲數，這也可能是最後
yí cì dà xiǎn shēnshǒu de jīhuì le xiànzài bú gàn gèng
一次大顯身手的機會了，現在不幹，更
dài hé shí
待何時？

三 短文

Dà Shǒudū Jīngjìquān Fāzhǎn Zhànlüè
大首都經濟圈發展戰略

Dà Shǒudū Jīngjìquān de gàiniàn yǔ Jīng-Jīn-Jì yì-
「大首都經濟圈」的概念，與京津冀一
tǐhuà jiànshè shì yímài-xiāngchéng de Zhǔyào shì zhǐ Běijīng Shì yǔ
體化建設是一脈相承的。主要是指北京市與
Tiānjīn Shì yǐjí Héběi Shěng de Shíjiāzhuāng Chéngdé Lángfáng
天津市，以及河北省的石家莊、承德、廊坊、

Bǎodìng Tángshān Zhuōzhōu děng èrshí duō gè xiànshì jiāng lián chéng yí
保定、唐山、涿州等二十多個縣市將連成一
piàn gòngtóng fāzhǎn Zhè kuài guǎngdà de qūyù zǒng miànjī yuē
片，共同發展。這塊廣大的區域，總面積約
èrshíyī diǎn liù wàn píngfāng gōnglǐ Jīng-Jīn-Jì shíxiànle jiànshè
二十一點六萬平方公里。京津冀實現了建設
Dà Shǒudū Jīngjìquān de mùbiāo
「大首都經濟圈」的目標。

Jiànshè Dà Shǒudū Jīngjìquān shì wèile ràng Jīng-Jīn-Jì dìqū chéngiāng zhī jiān nénggòu xiétiáo fāzhǎn zhè yě shì zài xīnshíqī tíchū de yí gè xīnshèxiǎng Sān dì de gòngtóng fāzhǎn móshì wèi Běijīng miáohuìle yì fú zuì měi de fāzhǎn lántú yīncǐ yě bèi chēngwéi Jīng-Sānjiǎo Tā yǔ Cháng-Sānjiǎo hé Zhū-Sānjiǎo yìqǐ gòngtóng xíngchéngle Zhōngguó zuì jù huólì de sān dà jīngjìquān Dànshì jìnnián lái Jīng-Jīn-Jì de jīngjì fāzhǎn qiánlì hái méiyǒu chōngfèn wājué chūlai zhè yí dìqū de jīngjì xiàoyì hé fāzhǎn sùdù hái yuǎnyuǎn bǐ bu shang Zhū-Sānjiǎo hé Cháng-Sānjiǎo Yào shǐ zhè ge xīnshēng de jīngjìquān fāhuī zuòyòng shèjìzhě xūyào yǒu yí tào wánbèi de guīhuà shǐ shǒudū zhōubiān dìqū de shēnghuó pǐnzhì bǐ de shang Běijīng shènzhì gāochū Běijīng zhèyàng cái néng zhēnzhèng xīyǐn zījīn hé réncái Lìrú zhōubiān de wèixīng chéngshì zài kōngqì zhìliàng jiāotōng tōngxùn zhù-

建設「大首都經濟圈」，是為了讓京津冀地區城鄉之間能夠協調發展，這也是在新時期提出的一個新設想。三地的共同發展模式，為北京描繪了一幅最美的發展藍圖；因此也被稱為「京三角」。她與「長三角」和「珠三角」一起，共同形成了中國最具活力的三大經濟圈。但是近年來，京津冀的經濟發展潛力還沒有充分挖掘出來，這一地區的經濟效益和發展速度還遠遠比不上「珠三角」和「長三角」。要使這個新生的經濟圈發揮作用，設計者需要有一套完備的規劃，使首都周邊地區的生活品質比得上北京，甚至高出北京，這樣才能真正吸引資金和人才。例如周邊的衛星城市在空氣質量、交通通訊、住

fáng ānpái děng fāngmiàn jiù yǒu tiáojiàn zuòde bǐ Běijīng hǎo rú-
房安排等方面，就有條件做得比北京好，如
guǒ néng zài jiàoyù jiùyè yīliáo shèbǎo děng fāngmiàn yě xiǎng-
果能在教育、就業、醫療、社保等方面也享
shòu yǔ Běijīng tóngděng de dàiyù nàme Dà Shǒudū Jīngjìquān
受與北京同等的待遇，那麼，大首都經濟圈
jiù huì chōngmǎn mèilì hé xīyǐnlì Yīncǐ mùqián bìxū zhìdìng
就會充滿魅力和吸引力。因此目前必須制定
zhèngcè jiākuài tuījìn Jīng-Jīn-Jì qūyù jiān de xiétiáo fāzhǎn
政策，加快推進京津冀區域間的協調發展，
cìjī zhōubiān gè gè wèixīng chéngshì de jīngjì huólì tígāo zhěng-
刺激周邊各個衛星城市的經濟活力，提高整
gè Jīng-Sānjiǎoqū de shìchǎng jìngzhēnglì jìnér dàidòng zhěng gè běi-
個京三角區的市場競爭力，進而帶動整個北
fāng dìqū de dà fāzhǎn
方地區的大發展。

(1) 商貿專業詞彙

shūjiě 疏解	tiáokòng 調控	Dà Shǒudū 大首都
Jīng-Jīn-Jì 京津冀	yìtǐhuà 一體化	chéngqū gǎizào 城區改造
jíhuà xiàoyìng 極化效應	yìchū xiàoyìng 溢出效應	wèixīng chéngshì 衛星城市
Cháng-Sānjiǎo jīngjìquān 長三角經濟圈		

(2) 口語詞句 朗讀並理解下列句子，並運用加線的詞語造句。

① Qiáo bǎ tā měi de dōu bù zhīdào zìjǐ xìng shénme le
瞧把他美的，都不知道自己姓甚麼了！

瞧把他美的：當人遇到好事時，因為這件事而感到很高興。

② Zán jiùshì xiāliáo wǒ méi bié de yìsi
咱就是瞎聊，我沒別的意思。

瞎聊：沒有根據地聊天。

③ Zhè dìfang bù nán zhǎo ba Jìzhu le gésān-chàwǔ de guò- lai kànkan
這地方不難找吧？記住了，隔三差五地過來看看。

隔三差五：每隔不久，時常。

④ Dàjiā dōu mángzhe tā yě bù zhīdào dā bǎ shǒu jiù gēn méi shìr rénr shìde
大家都忙着，他也不知道搭把手，就跟沒事兒人兒似的。

搭把手：伸手幫忙。

沒事兒人兒：事情與他無關。

⑤ Nǐ hái móceng shénme Rénjia dōu zhǎoshàng mén le hái zài zhèr hē kāfēi
你還磨蹭甚麼？人家都找上門了，還在這兒喝咖啡？

磨蹭：緩慢地向前行進，形容做事動作慢。

⑥ Nǐ chǒuchou bàogào li yǒu nàme duō cuòzì huànle shì nǐ néng jiēshòu ma
你瞅瞅，報告裏有那麼多錯字，換了是你，能接受嗎？

瞅瞅：看看。

⑦ Hē Shì bu shì xiànzài shēngyi zuò dà le jiàzi jiù duān qi-
呵！是不是現在生意做大了，架子就端起

lai le Bǎi shénme pǔr a

來了？擺甚麼譜兒啊！

端起來：態度及行為自高自大，裝腔作勢。

擺甚麼譜兒：擺甚麼架子，帶有指責、批評的意思。

8 Miànduì zhè zhǒng dà chǎngmiàn tā tèbié huì láishìr qiáo zhè dàochù zhǎo rénjia liáotiānr de jiàshi

面對這種大場面，他特別會來事兒，瞧這到處找人家聊天兒的架勢。

會來事兒：善於處理人際關係。

9 Hái bú huì zǒu ne jiù xiǎng pǎo shēngyi shì nàme hǎo zuò de Bié jìng xiāzhēteng

還不會走呢，就想跑，生意是那麼好做的？別淨瞎折騰！

瞎折騰：做一些沒意義或價值的事情。

10 Shuō qǐ nà jiàn shìr wǒ jiù biēqì yě guài zìjǐ tài dàyi le nàme róngyì jiù shàngdàng

說起那件事兒我就憋氣，也怪自己太大意了，那麼容易就上當。

憋氣：有委屈或煩惱而不能發泄。

五 聆聽練習

請根據錄音選擇一個正確的答案。

(1) 京津冀協同發展

1. 以下哪一項不是協同發展的主要內容？

A. 要素資源整合
B. 區域行政管理
C. 消除行政壁壘
D. 統籌社會事業

2. 區域內投資需要考慮甚麼因素？

A. 對接
B. 梗阻
C. 無序
D. 人口 ______

3. 以下哪一項是疏解非首都功能的內容？

A. 重協調
B. 甩包袱
C. 接包袱
D. 高投入 ______

4. 以下哪一項不是疏解非首都功能的機制？

A. 利益共享
B. 風險共擔
C. 市場意願
D. 財政互補 ______

5. 以下哪一項最能總結錄音的內容？

A. 疏解北京非首都功能
B. 統籌社會事業的發展
C. 建立利益共享的機制
D. 京津冀協同發展戰略 ______

（2）商機處處

1. 錄音中的一男一女最有可能是甚麼關係？

A. 陌生人
B. 表兄妹
C. 老同學
D. 前同事 ______

2. 錄音中的女人最有可能是哪兒的人？

A. 北京
B. 北方
C. 東北
D. 廣東 ______

3. 女人對男人說「你就偷着樂吧」這句話表達了甚麼意思？

A. 取笑
B. 讚賞
C. 嘲諷
D. 欽慕

4. 男人來北京的主要目的是甚麼？

A. 看朋友
B. 找商機
C. 遊山水
D. 看展覽

主題報告

蒐集並整理資料，然後分享對北京大首都經濟圈發展的認識和評論。

分組討論

結合最新的資訊，談談香港的經濟發展如何與國家的總規劃相配合。

第六課
興旺蓬勃的娛樂事業

聆聽錄音

一 功能語句

請運用加了底線的功能句式造句。

Tóngyì hé Fǎnduì
同意和反對

1. Nǐ shuō de duì jìnnián lái Xiānggǎng de yǐngshì fúwùyè yǐjīng jìnrù nèidì pángdà de yúlè méitǐ shìchǎng
你說得對，近年來香港的影視服務業已經進入內地龐大的娛樂媒體市場。

2. Wǒ tóngyì nǐ de fēnxī Zhōngguó diànyǐng piàofáng yǐ shì quánqiú piàofáng zēngzhǎng de zuì dà tuīdònglì diànyǐng chūkǒu bǎochíle zēngzhǎng de tàishì
我同意你的分析，中國電影票房已是全球票房增長的最大推動力，電影出口保持了增長的態勢。

3. Wénhuà chǎnyè yǐ chéngwéi guómín jīngjì Zhīzhùxìng Chǎnyè jìnjūn wénhuà chǎnyè yǐjīng chéngwéi tóuzīzhě de gòngtóng mùbiāo zài zhè fāngmiàn wǒmen de kànfǎ shì xiāngtóng de
文化產業已成為國民經濟「支柱性產業」，進軍文化產業已經成為投資者的共同目標，在這方面我們的看法是相同的。

4. Běijīng Huánqiú Yǐngchéng yìxiē xīn jiàn de yúlè shèshī jiāng xūyào
北京環球影城一些新建的娛樂設施將需要

bù shǎo pèitào fúwù guìfāng zhè fèn jiànyìshū gēn wǒmen de
不少配套服務，貴方這份建議書跟我們的
xiǎngfǎ zhènghǎo wěnhé
想法正好吻合。

5 Zánmen shì yīngxióng suǒjiàn lüè tóng wǒ guó xiūxián yúlè chǎnyè
咱們是英雄所見略同，我國休閒娛樂產業
de fāzhǎn zhídé zhòngdiǎn guānzhù
的發展值得重點關注。

6 Kǒngpà nín de gūjì tài bǎoshǒu le Rújīn nèidì yúlè shì-
恐怕您的估計太保守了。如今內地娛樂事
yè bàofāshì chéngzhǎng yǎnshēng chū de yǐngshì yúlè chǎn-
業「爆發式成長」，衍生出的影視娛樂產
yè yǐ yǒu jǐshíyì yuán Rénmínbì de shìchǎng
業已有幾十億元人民幣的市場。

7 Kànlái nǐmen duì wénhuà chǎnyè de dìngyì wèimiǎn guòyú xiá-
看來你們對文化產業的定義未免過於狹
zhǎi Wénhuà chǎnyè de chǎnpǐn bāokuò wénxué xìqǔ yīn-
窄。文化產業的產品包括文學、戲曲、音
yuè shèyǐng měishù jiànzhù gōngyè shèjì děng bù tóng
樂、攝影、美術、建築、工業設計等不同
xíngshì de yìshù chuàngzuò
形式的藝術創作。

8 Qǐng shù wǒ zhíyán hǎo de diànshì jiémù zhǔchírén yīnggāi
請恕我直言，好的電視節目主持人，應該
jùyǒu liánghǎo de sīxiǎng pǐnzhì dànshì nǐmen de biāozhǔn sì-
具有良好的思想品質，但是你們的標準似
hū tài kuānfàn le
乎太寬泛了。

9 Diànshìjù chuàngzuò yào bǎ tíshēng pǐnzhì zuòwéi shǒuyào rènwu
電視劇創作要把提升品質作為首要任務，
wǒmen shuāngfāng zài zhè fāngmiàn hái méiyǒu dáchéng gòngshí
我們雙方在這方面還沒有達成共識。

10 Nǐ nándào méi zhùyì dào nèidì jìnnián lái tuīchūle dà pī
你難道沒注意到？內地近年來推出了大批
jùyǒu Zhōngguó mínzú tèsè de diànshìjù tāmen zǒuchū guó-
具有中國民族特色的電視劇，它們走出國
mén yǐhòu qǔdéle shìjiè de rèntóng
門以後，取得了世界的認同。

Nèidì yǔ Xiānggǎng Yǎnyuán de Hùdòng hé Jiāoliú
內地與香港演員的互動和交流

Lǎo Féng
老馮：
Xiǎo Lǐ guònián huí lǎojiā yǒu shénme jiànwén
小李，過年回老家有甚麼見聞？

Xiǎo Lǐ
小李：
Zhè cì huí xiāngxia zuì xīyǐn wǒ de shì nèidì de diànshì jié-
這次回鄉下最吸引我的是內地的電視節
mù Nà yí gè xīngqī wǒ jiù māo zài jiāli kànle qī tiān
目！那一個星期我就貓在家裏看了七天
diànshì nǎr dōu méi qù
電視，哪兒都沒去。

Lǎo Féng
老馮：
Nèidì de diànshì jiémù yǒu nàme hǎokàn ma Shuōshuo kàn
內地的電視節目有那麼好看嗎？說說看，
ràng wǒ yě bǎobǎo ěrfú
讓我也飽飽耳福。

Xiǎo Lǐ
小李：
Zhè xiē tiān ya wǒ jìng kàn zōngyì jiémù le Dànián sānshí
這些天呀，我淨看綜藝節目了。大年三十

yì jiā rén biān chī tuánniánfàn biān kàn chūnjié liánhuān wǎnhuì
一家人邊吃團年飯邊看春節聯歡晚會，
yǒu gēqǔ wǔdǎo xiàngsheng xiǎopǐn děng Liú Déhuá
有歌曲、舞蹈、相聲、小品等，劉德華
yě yǎnchàngle gēqǔ ne
也演唱了歌曲呢！

Lǎo Féng
老馮：

Ó Zhème rènao Chúle chūnwǎn hái yǒu nǎ xiē zōng-
哦？這麼熱鬧！除了春晚，還有哪些綜
yì jiémù hǎokàn ne
藝節目好看呢？

Xiǎo Lǐ
小李：

Hǎokàn de duō le Wǒ xǐhuan kàn yóuxilèi de zhēnrénxiù
好看的多了！我喜歡看遊戲類的真人秀，
xiàng Wángpái duì Wángpái Bēnpǎo ba Xiōngdì dōu tǐng
像《王牌對王牌》、《奔跑吧兄弟》，都挺
yǒu yìsi de qīngsōng gǎoxiào ràng nǐ cóng tóu xiào dào wěi
有意思的，輕鬆搞笑，讓你從頭笑到尾！

Lǎo Féng
老馮：

Tīngshuō le Xiānggǎng yě bō le ne Wǒ xǐhuan chī dōngxi
聽說了，香港也播了呢。我喜歡吃東西
hé lǚyóu Nèidì yǒu méiyǒu zhè yí lèi de jiémù
和旅遊，內地有沒有這一類的節目？

Xiǎo Lǐ
小李：

Yǒu duō la Xiàng shénme Zhōngcāntīng Huā'ér
有，多啦！像甚麼《中餐廳》、《花兒
yǔ Shàonián Hái yǒu hǎoduō hǎo jiémù wǒ hái méi lái-
與少年》……還有好多好節目我還沒來
dejí kàn ne xiàng fǎngtán lèi qínggǎn lèi jìngjì xuǎn-
得及看呢，像訪談類、情感類、競技選
xiù lèi Xià cì huíjiā yídìng yào duō dāi yí duàn shíjiān
秀類……下次回家一定要多呆一段時間，
bǎ hǎo jiémù kàn gè gòu
把好節目看個夠。

Lǎo Féng
老馮：

Wǒ guònián kànle yí bù nèidì de diànyǐng nánpèijué shì
我過年看了一部內地的電影，男配角是
yí gè shúxi de Xiānggǎng yǎnyuán yǎnjì méi shuō de Nǐ
一個熟悉的香港演員，演技沒說的！你
shuō Xiānggǎng de míngxīng zěnme pāi qǐ nèidì diànyǐng le
說香港的明星怎麼拍起內地電影了？

Xiǎo Lǐ
小李：

Zhè nǐ jiù yǒu suǒ bù zhī le zǎo xiē nián jiù yǒu Xiānggǎng yǎn-
這你就有所不知了，早些年就有香港演
yuán huí nèidì pāixì xiànzài Xiānggǎng yǎn yuán huí nèidì gōng-
員回內地拍戲，現在香港演員回內地工
zuò yǐjīng bú shì shénme xīhan shìr le
作，已經不是甚麼稀罕事兒了。

Lǎo Féng
老馮：

Shì zhèyàng ma Wǒ yǐqián tīngshuō Xiānggǎng de hǎo yǎnyuán dōu
是這樣嗎？我以前聽說香港的好演員都
xīwàng jìnjūn Hǎoláiwù méi xiǎngdào xiànzài hǎo duō Xiānggǎng
希望進軍好萊塢，沒想到現在好多香港
yǎnyuán yuànyì dào nèidì qù pāi diànyǐng
演員願意到內地去拍電影。

Xiǎo Lǐ
小李：

Qǐzhǐ shì yuànyì jiǎnzhí shì qiúzhī-bùdé ne
豈止是願意，簡直是求之不得呢。

Lǎo Féng
老馮：

Wèishénme ne Nèidì de piànchóu gāo
為甚麼呢？內地的片酬高？

Xiǎo Lǐ
小李：

Yě bù wánquán shì zhǔyào shì nèidì de jīhuì duō hái
也不完全是，主要是內地的機會多，還

yǒu nèidì de rén yě duō yí bù liúshén jiù hóngbiàn dàjiāng-
有內地的人也多，一不留神就紅遍大江
nánběi le nǐ shuō shéi bú yuànyì qù ya
南北了，你說誰不願意去呀？

Lǎo Féng
老馮：

Ò yuánlái shì zhèyàng Nánguài xiànzài hěn duō nèidì de
哦，原來是這樣。難怪現在很多內地的
diànyǐng diànshìjù zōngyì jiémù dàxíng yǎnchū
電影、電視劇、綜藝節目、大型演出，
dōu yǒu Xiānggǎng yìrén de shēnyǐng
都有香港藝人的身影。

Xiǎo Lǐ
小李：

Duì Xiānggǎng dǎoyǎn pāi de diànyǐng yě yǒu bù shǎo nèidì
對，香港導演拍的電影，也有不少內地
yǎnyuán jiāméng
演員加盟。

Lǎo Féng
老馮：

Yǒule zhèyàng de jiāowǎng hé hézuò bùjǐn ràng Xiānggǎng de
有了這樣的交往和合作，不僅讓香港的
yǎnyuán yǒu gèng guǎngkuò de tiāndì shīzhǎn cáihuá yě cùjìn-
演員有更廣闊的天地施展才華，也促進
le Xiānggǎng yǔ nèidì yúlèyè de péngbó fāzhǎn
了香港與內地娛樂業的蓬勃發展。

Yúlè Shìyè de Shāngjī
娛樂事業的商機

Hóu jīnglǐ
侯經理：

Gāo dǎo zhè xiē nián nǐ lǎoshì Xiānggǎng hé nèidì pǎo lái pǎo
高導，這些年你老是香港和內地跑來跑
qù de huí Xiānggǎng de shíjiān yě méi gè zhǔnr lǎodādàng
去的，回香港的時間也沒個準兒，老搭檔

jiàn gè miàn yě bù róngyì le Zhēn nàme máng
見個面也不容易了。真那麼忙？

Gāo dǎo
高導：

Máng Nǐ hái bié shuō nèidì de jīhuì tài duō le zuò dōu zuò bu wán Zhè cì huílái jiù shì xiǎng gēn nǐ hǎohǎo héji héji běishàng fāzhǎn de shìr nǐ yǒu xìngqù ma
忙！你還別説，內地的機會太多了，做都做不完。這次回來就是想跟你好好合計合計北上發展的事兒，你有興趣嗎？

Hóu jīnglǐ
侯經理：

Ó Zhè shì wǒ yǒu xìngqù Pāixì bùzhǐ shì yǎnyuánmen de shì wǒmen gǎo mùhòu de yě yǒu bù shǎo shāngjī ba Zhèng xiǎng zhǎo nǐ dǎting yíxià hángqíng Zánmen zhǎo gè dìfang cuō yí dùn biān chī biān liáo wǒ zuò dōng
噢？這事我有興趣。拍戲不只是演員們的事，我們搞幕後的也有不少商機吧？正想找你打聽一下行情。咱們找個地方撮一頓，邊吃邊聊，我做東。

Gāo dǎo
高導：

Hóu jīnglǐ nǐ bù zhīdào ba nèidì zhè xiē nián pāishè tiáojiàn gǎishàn le bù shǎo gè dì xiāngjì jiànshèle bù shǎo yǐngshì jīdì nà xiē yǐngshì pāishè jīdì bùjǐn yǒu yīliú de jǐngguān hái yǒu pèitào de shèshī zhè jiù gěi zánmen chuàngzàole fāzhǎn de jīyù
侯經理，你不知道吧，內地這些年拍攝條件改善了不少，各地相繼建設了不少影視基地，那些影視拍攝基地不僅有一流的景觀，還有配套的設施，這就給咱們創造了發展的機遇。

Hóu jīnglǐ
侯經理：

Nà xiē yǐngshì pāishè jīdì de guīmó zěnmeyàng
那些影視拍攝基地的規模怎麼樣？

Gāo dǎo
高導：

Nèidì de yǐngshì jīdì gè yǒu tèsè, yǒu cèzhòng pāi gǔzhuāngxì de Héngdiàn Yǐngshì Chéng, yǒu pāi dàmò fēngqíng de Níngxià Xībù Yǐngshì Chéng, yǒu pāi Mínguó shíqī nèiróng de Shànghǎi Yǐngshì Lèyuán, yǒu pāi jūnlǚ shēnghuó hé gōngfupiānr de Zhuōzhōu Yǐngshì Jīdì, hái yǒu Zhōngshān、Wúxī、Huáiróu、Chángchūn …… dōu jiànqǐle pāishè jīdì.
內地的影視基地各有特色，有側重拍古裝戲的橫店影視城，有拍大漠風情的寧夏西部影視城，有拍民國時期內容的上海影視樂園，有拍軍旅生活和功夫片兒的涿州影視基地，還有中山、無錫、懷柔、長春……都建起了拍攝基地。

Hóu jīnglǐ
侯經理：

Zhème duō pāishè jīdì de jiànchéng, shuōmíng yǐngshì yúlè shìyè fāzhǎn xùnsù, péngbó xiàngshàng a! Nǐmen dāng dǎoyǎn de kě bù chóu xuǎnjǐng le, wǒmen gǎo hòuqī zhìzuò de zěnme yàng néng dǎrù nèidì shìchǎng?
這麼多拍攝基地的建成，說明影視娛樂事業發展迅速，蓬勃向上啊！你們當導演的可不愁選景了，我們搞後期製作的怎麼樣能打入內地市場？

Gāo dǎo
高導：

Nǐ nándào méi liúyì? Guójiā zhīchí Xiānggǎng de qǐyè dào nèidì fāzhǎn, nèidì měinián pāi zhème duō diànyǐng hé jùjí, kěndìng xūyào dàliàng de hòuqī zhìzuò, zánmen kěyǐ kāi yì jiā hòuqī zhìzuò gōngsī ya, nǐ shuō ne?
你難道沒留意？國家支持香港的企業到內地發展，內地每年拍這麼多電影和劇集，肯定需要大量的後期製作，咱們可以開一家後期製作公司呀，你說呢？

Hóu jīnglǐ
侯經理：

Duì! Duì! Hǎo zhǔyi, wǒ zěnme jiù méi xiǎngdào ne.
對！對！好主意，我怎麼就沒想到呢。

Shuō gān jiù gàn jībùkěshī a Zánmen bǎ gōngsī dì-
說幹就幹，機不可失啊！咱們把公司地
zhǐ xuǎn zài Shànghǎi hǎo ma
址選在上海好嗎？

Gāo dǎo
高導：

Háishi xuǎn zài Běijīng ba bìjìng shì shǒudū xìnxīliàng
還是選在北京吧，畢竟是首都，信息量
dà xìnxī chuánbō sùdù kuài biànyú wǒmen bǔzhuō
大，信息傳播速度快，便於我們捕捉
shāngjī
商機。

Hóu jīnglǐ
侯經理：

Nǐ shuō de yǒu dàolǐ kě Běijīng nàme dà jùtǐ xuǎn
你說的有道理，可北京那麼大，具體選
zài nǎr ne
在哪兒呢？

Gāo dǎo
高導：

Wǒ kàn jiù xuǎn zài Běijīng de Huáiróu ba Tīngshuō nàr de
我看就選在北京的懷柔吧。聽說那兒的
yǐngshì jīdì zhuānmén wèi yǐngshì hòuqī zhìzuò kāipìle yí
影視基地專門為影視後期製作開闢了一
gè qūyù xiànzài yǐ yǒu bùshǎo hòuqī zhìzuò gōngsī zài
個區域，現在已有不少後期製作公司在
nàr ānyíng-zhāzhài le
那兒安營紮寨了。

Hóu jīnglǐ
侯經理：

Zhège jiànyì fēicháng hǎo wǒ zànchéng Xīndòng bùrú xíng-
這個建議非常好，我贊成。心動不如行
dòng zánmen xiànzài jiù zhuājǐn shíjiān kāishǐ guīhuà ba
動，咱們現在就抓緊時間開始規劃吧。

Gāo dǎo
高導：

Zánmen xiǎngdào yíkuàir qù le nà wǒ xiān huíqu shōushi
咱們想到一塊兒去了。那我先回去收拾
shōushi míngtiān jiù fēi Běijīng ānpái chénglì gōngsī
收拾，明天就飛北京，安排成立公司
de shìr
的事兒。

三 短文

Zǒujìn Zhōngguó Diànyǐng
走進中國電影

Zài jīngjì fāzhǎn de tuīdòng xia Zhōngguó diànyǐng chǎnyè zài
在經濟發展的推動下，中國電影產業在
zuìjìn shínián chūxiànle qiánsuǒwèiyǒu de fāzhǎn tàishì Jìnrù
最近十年出現了前所未有的發展態勢。進入
èrshíyī shìjì yǐlái Zhōngguó yǐjīng zhújiàn chéngwéi quánqiú zuì
二十一世紀以來，中國已經逐漸成為全球最
dà de diànyǐng shìchǎng Gēnjù Měiguó Diànyǐng Xiéhuì de diàochá xiǎn-
大的電影市場。根據美國電影協會的調查顯
shì Zhōngguó yǐjīng liánxù sān nián chéngwéi quánqiú zuì dà de diànyǐng
示，中國已經連續三年成為全球最大的電影
piàocāng Zhuānjiāmen rènwéi jīnhòu shìjiè diànyǐng piàofáng zēngliàng
票倉。專家們認為，今後世界電影票房增量
de dàyuē bā chéng huì láizì Zhōngguó Bù shǎo tóuzīzhě kànzhǔnle
的大約八成會來自中國。不少投資者看準了
Zhōngguó pángdà de diànyǐng shìchǎng fēnfēn tóurù dàliàng zījīn
中國龐大的電影市場，紛紛投入大量資金，
shǐ diànyǐng zhìzuò de shùliàng xùnsù tíshēng dádào měi nián wǔbǎi
使電影製作的數量迅速提升，達到每年五百
bù yǐshàng Pángdà de zhìzuò liàng wèi diànyǐng rén tígōngle
部以上。龐大的製作量，為電影人提供了
guǎngkuò de fāzhǎn kōngjiān yě shǐ diànyǐng de lèixíng rìqū duōyàng-
廣闊的發展空間，也使電影的類型日趨多樣

huà diànyǐng chuàngzuò chūxiànle kōngqián fánróng de jǐngxiàng Jìnnián
化，電影創作出現了空前繁榮的景象。近年
tuīchū de Zhōngguó diànyǐng jì yǒu dà zhìzuò yě yǒngxiànle bù
推出的中國電影，既有大製作，也湧現了不
shǎo jīngpǐn Yào shǐ Zhōngguó diànyǐng jùbèi tèsè hěn duō diànyǐng
少精品。要使中國電影具備特色，很多電影
rén dōu huì jǐnliàng lìyòng shēnhòu de Zhōngguó mínzú wénhuà zīyuán zuò
人都會儘量利用深厚的中國民族文化資源作
sùcái yì fāngmiàn mǎnzú Zhōngguó rén de wénhuà xīnlǐ rèntóng
素材，一方面滿足中國人的文化心理認同，
lìng yì fāngmiàn yòu néng yǐ dútè de tícái hé tǐcái xīyǐn guówài
另一方面又能以獨特的題材和體裁吸引國外
de guānzhòng Xiānggǎng diànyǐng yè zài qī-bāshí niándài yě céngjīng xiāng-
的觀眾。香港電影業在七八十年代也曾經相
dāng xīngwàng dànshì jiǔshí niándài yǐhòu jìnrùle dīgǔ Zài
當興旺，但是九十年代以後進入了低谷；在
zǒuguo yí duàn dīmí de rìzi hòu dāngqián yǐ chóngxīn zhǎodàole
走過一段低迷的日子後，當前已重新找到了
chūlù chuǎngchūle yí piàn běishàng hépāi de xīn tiāndì huànfā
出路，闖出了一片北上合拍的新天地，煥發
chū wúxiàn shēngjī
出無限生機。

Fēisù fāzhǎn de diànyǐng shìchǎng shǐ diànyǐng wénhuà jiànjiàn
飛速發展的電影市場，使電影文化漸漸
shēnrù rénxīn Zhōngguó de diànyǐng zhújiàn chéngwéi shèhuì wénhuà de
深入人心。中國的電影逐漸成為社會文化的
yì zhǒng zhòngyào zàitǐ yuè lái yuè shòu dào rénmen de guānzhù Lìng-
一種重要載體，越來越受到人們的關注。另
wài diànyǐng chǎnyèhuà gǎigé yě zài jìn yí bù jiākuài Jīnhòu
外，電影產業化改革也在進一步加快。今後，
Huáyǔ diànyǐng chǎnyè jiāng yǐ tā de shùliàng zhìliàng hé piàofáng
華語電影產業將以它的數量、質量和票房，
xiàng shìjiè zhǎnxiàn chū tā fēngfùduōcǎi huànrányìxīn de fēngmào
向世界展現出它豐富多彩、煥然一新的風貌，
ràng shìjiè diànyǐng shìchǎng guāmùxiāngkàn
讓世界電影市場刮目相看。

四 詞語

(1) 商貿專業詞彙

tàishì 態勢	yǎnshēng 衍生	gòngshí 共識
piàocāng 票倉	tuīdònglì 推動力	dàzhìzuò 大製作
zōngyì jiémù 綜藝節目	ānyíng-zhāzhài 安營紮寨	bàofāshì chéngzhǎng 爆發式成長
zhīzhùxìng chǎnyè 支柱性產業		

(2) 口語詞句 朗讀並理解下列句子，並運用加線的詞語造句。

1. Bié lǎoshì māo zài jiā li zhuī jù, nǐ xiǎng zuò zháinán a?
別老是貓在家裏追劇，你想做宅男啊？
貓：蹲，閒待。

2. Wǒ tuījiàn nǐ qù kàn zhè bù diànyǐng, nǚzhǔjué de yǎnjì méi shuō de!
我推薦你去看這部電影，女主角的演技沒說的！
沒說的：沒有可以指責的缺點。

3. Nǐ hái bié shuō, zhè cì qù Huánqiú Yǐngchéng de lǚxíng zhēn búcuò!
你還別說，這次去環球影城的旅行真不錯！
你還別說：對以下所說的事情表示認可，強調事實上真的是這樣。

4. Tā liǎ shì yǐngtán shang de lǎodādàng le, yǎn qǐlai déxīnyìng-shǒu.
他倆是影壇上的老搭檔了，演起來得心應手。
老搭檔：經常協作或多年在一起共事的人。

5. Qiān hétong de shíjiān méi gè zhǔnr zhè zěnme xíng
簽合同的時間沒個準兒，這怎麼行？
沒個準兒：說不準，不能肯定。

6. Běishàng hépāi diànyǐng yǐ bú shì shénme xīhan shìr le
北上合拍電影已不是甚麼稀罕事兒了。
稀罕事兒：稀奇的事情。

7. Dàjiā héji yíxià zhè jiàn shì gāi zěnme chǔlǐ
大家合計一下，這件事該怎麼處理。
合計：盤算，商量。

8. Gēshǒu yí zài xuǎnxiù jiémù zhōng qǔdé míngcì jiù néng hóngtòu bànbiāntiān
歌手一在選秀節目中取得名次，就能紅透半邊天！
紅透半邊天：形容人的事業或名聲極盛。

9. Xuǎn juésè de tiáojiàn tài kuānfàn le néng bu néng jùtǐ yìdiǎnr
選角色的條件太寬泛了，能不能具體一點兒？
寬泛：只講大的方面而不針對具體對象。

10. Zǒu zánmen shàng fànguǎnr qù hěnhěn cuō yí dùn
走，咱們上飯館兒去狠狠撮一頓！
撮一頓：吃一頓飯。

五 聆聽練習

請根據錄音選擇一個正確的答案。

1. 中央電視台在哪一年第一次舉辦春節聯歡晚會？
   A. 1981 年
   B. 1983 年
   C. 1984 年
   D. 1987 年
   ______

2. 關於央視的系列晚會節目，以下哪一個節目沒有提到？

A. 歌舞
B. 戲曲
C. 相聲
D. 小品 ________

3. 關於綜藝晚會的演出，沒有提到哪一個節日？

A. 元旦
B. 端午
C. 中秋
D. 國慶 ________

4. 關於央視春晚，以下哪一項說法不正確？

A. 首屆春晚就開設了熱線電話
B. 央視春晚是全世界收視率最高的節目
C. 節目從大年三十的 8 點播到 12 點
D. 中央電視台有 5 個頻道會現場直播 ________

5. 春晚結尾的《難忘今宵》大合唱，是從哪一年開始一直沿用至今的？

A. 1983 年
B. 1985 年
C. 1986 年
D. 1990 年 ________

模擬對話

跟你的朋友互相介紹、評價一部內地和香港合拍的電影。

分組討論

請談談香港和內地電視綜藝節目的異同。

第七課

股市互通與前海發展

聆聽錄音

一 功能語句

請運用加了底線的功能句式造句。

徵詢和建議
Zhēngxún hé Jiànyì

1. Wǒ juéde Hù-Gǎngtōng chūqī lìliang yǒuxiàn nányǐ dǎpò cúnliàng zījīn bóyì de géjú duì dàpán de zhěngtǐ tuīdòng zuòyòng yě hěn yǒuxiàn Nín yǒu shénme kànfǎ
我覺得「滬港通」初期力量有限，難以打破存量資金博弈的格局，對大盤的整體推動作用也很有限。您有甚麼看法？

2. Guójì jīnróng dà'è shuō Rénmínbì chángyuǎn lái kàn huì dà fúdù biǎnzhí zhèzhǒng shuōfǎ kǒngpà shì zhàn bu zhù jiǎo de Zhè yì diǎn wǒ xiǎng guìfāng yě tóngyì ba
國際金融大鱷説人民幣長遠來看會大幅度貶值，這種説法恐怕是站不住腳的。這一點我想貴方也同意吧？

3. Hù-Gǎngtōng de tuīchū duìyú Zhōngguó zīběn shìchǎng de hóngguān yìyì shì duō fāngmiàn de Wǒ néng jiè zhè ge chǎnghé tīngting nín de fēnxī ma
「滬港通」的推出，對於中國資本市場的宏觀意義是多方面的。我能借這個場合聽聽您的分析嗎？

4. Nèidì qítā chéngshì yì-liǎng gè yuè cáinéng bàn xia lai de shì-
內地其他城市一兩個月才能辦下來的事

qing wǒmen Qiánhǎi zhèbiān liǎng-sān zhōu jiùnéng jiějué Wǒ xiǎng
情，我們前海這邊兩三周就能解決。我想
yǐ bànshì xiàolǜ gāo zuòwéi women de màidiǎn nín juéde kě-
以辦事效率高作為我們的賣點，您覺得可
xíng ma
行嗎？

5 Yǒu xiē pínglùn shuō Hù-Gǎngtōng gěi liǎng dì shìchǎng dàilái
有些評論說，「滬港通」給兩地市場帶來
de hǎochù yǒu liǎng diǎn bāokuò zēngjiā shìchǎng zījīn yǐjí
的好處有兩點，包括增加市場資金，以及
kuòzhǎn zījīn láiyuán Wǒ juédé tā duìyú tíshēng liǎng dì zài
擴展資金來源。我覺得它對於提升兩地在
guójì shìchǎng shang de dìwèi yě yǒu bāngzhù nín néng zài zhè fāng-
國際市場上的地位也有幫助，您能在這方
miàn shēnrù fēnxī yíxià ma
面深入分析一下嗎？

6 Yìlánzi Huòbì zhèngcè suīrán yǒu hǎochù dànshì yí-
「一籃子貨幣」政策雖然有好處，但是一
dàn Rénmínbì huìlǜ dīngzhùle yìlánzi de huòbì jiù huì
旦人民幣匯率盯住了一籃子的貨幣，就會
lìng Zhōngguó shīqù huòbì zhèngcè de dúlìxìng
令中國失去貨幣政策的獨立性。

7 Xiānggǎng yōngyǒu liánghǎo de guójì shāngyù hé jiànquán de fǎlǜ zhì-
香港擁有良好的國際商譽和健全的法律制
dù wǒ rènwéi duǎnqīnèi Běijīng Shànghǎi zài shāngyè fā-
度，我認為短期內，北京、上海在商業發
zhǎn shàng hěn nán chāoyuè Xiānggǎng
展上很難超越香港。

8 Rúguǒ Qiánhǎi de shāngyè móshì qǔdé chénggōng jiù kěyǐ bǎ
如果前海的商業模式取得成功，就可以把
shìdiǎn zhúbù kuòdà dào qítā nèilù chéngshì dàidòng guó nèi
試點逐步擴大到其他內陸城市，帶動國內
de jīngjì fāzhǎn
的經濟發展。

9 Xiānggǎng sù yǐ jiǎndān shuìzhì jí dī shuìlǜ wénmíng guójì
香港素以簡單稅制及低稅率聞名國際，
jì méiyǒu zēngzhíshuì yě méiyǒu xiāoshòushuì Zhè zhǒng shuìzhì
既沒有增值稅也沒有銷售稅。這種稅制
duì Zhōngguó nèidì lái shuō shì hěn mòshēng de Guójiā yòng Qián-
對中國內地來說是很陌生的，國家用前
hǎi zuòwéi shìdiǎn lái shíxíng Xiānggǎng de shuìzhì nǐ rènwéi
海作為試點來實行香港的稅制，你認為
shìfǒu yǒuxiào
是否有效？

10 Shìfǒu kěyǐ kǎolǜ jiāng Shēnzhèn de chuàngxīn kējì yǔ Xiānggǎng
是否可以考慮將深圳的創新科技與香港
de jīnróngyè jìn yí bù jiéhé cóngér zài Qiánhǎi dǎzào
的金融業進一步結合，從而在前海打造
chū yí gè Zhōngguó de Mànhādùn
出一個中國的「曼哈頓」？

Gǔpiào Tóuzī Shàng
股票投資（上）

Zhān xiǎojiě
詹小姐：
Lǎo Jiǎng zěnme qián yízhènzi tūrán shīzōng le
老蔣，怎麼前一陣子突然失蹤了？

Jiǎng xiānsheng
蔣先生：
Nǎr shì shīzōng Shì gōngsī pài wǒ qù Shànghǎi chū-
哪兒是「失蹤」？是公司派我去上海出
chāi Wǒ zǒu de jí láibují tōngzhī nǐ
差。我走得急，來不及通知你。

Zhān xiǎojiě
詹小姐：

Ò yuánlái shì zhèyàng Nèidì de jīngjì xiànzài zěnme-
哦，原來是這樣！內地的經濟現在怎麼
yàng la
樣啦？

Jiǎng xiānsheng
蔣先生：

Wǒ rènwéi nèidì jīngjì de fāzhǎn shìtóu háishi búcuò de
我認為內地經濟的發展勢頭還是不錯的！
Zuòwéi quánqiú dì-èr dà jīngjìtǐ Zhōngguó de jīngjì biǎo-
作為全球第二大經濟體，中國的經濟表
xiàn shòu quánqiú guānzhù Zǒnglǐ gāng fābiǎo de zhèngfǔ gōngzuò
現受全球關注。總理剛發表的政府工作
bàogào bǎ nèidì jīnnián jīngjì zēngzhǎng mùbiāo dìngwéi bǎi
報告，把內地今年經濟增長目標定為百
fēn zhī wǔ zuǒyòu
分之五左右。

Zhān xiǎojiě
詹小姐：

Bàozhǐ shang shuō nèidì gǔ huǒ de hěn Shàng-Zhèng Zhǐshù
報紙上説，內地A股火得很。「上證指數」
hǎoxiàng kuài shēng dào le wǔqiān diǎn Zhè kěshì zì líng bā nián
好像快升到了五千點。這可是自零八年
jīnróng hǎixiào yǐlái lìshǐ shang de zuì gāo wèi a
金融海嘯以來，歷史上的最高位啊！

Jiǎng xiānsheng
蔣先生：

Éi Kàn nǐ zhěngtiān dāi zài bàngōngshì lǐ kě xiāoxi hái
欸！看你整天呆在辦公室裏，可消息還
tǐng língtōng de Zhè shēngshì dōu shì nèidì tuīxíng kuānsōng huò-
挺靈通的！這升市都是內地推行寬鬆貨
bì zhèngcè hé Gǎigé Kāifàng de chéngguǒ Bù mán nǐ
幣政策和「改革開放」的成果。不瞞你
shuō wǒ yě mǎi le yìdiǎnr nèidì gǔ
説，我也買了一點兒內地A股。

Zhān xiǎojiě
詹小姐：

gǔ sheng de nàme huǒ zhè cì nín kě yào qǐng chīfàn le
A股升得那麼火，這次您可要請吃飯了！
Wǒ xiǎng mǎi yě mǎi bu dào a Nín shì qù Shànghǎi chūchāi shí
我想買也買不到啊！您是去上海出差時
shùndài mǎi de ma
順帶買的嗎？

Jiǎng xiānsheng
蔣先生：

Zhè nǐ jiù tài luòwǔ le Hù-Gǎngtōng dōu tōngle hěn
這你就太落伍了！「滬港通」都通了很
duō nián le nǐ hái bù zhīdào
多年了，你還不知道？

Zhān xiǎojiě
詹小姐：

Zhè Hù-Gǎngtōng shì zěnme huíshì a Nín shuō lái tīng-
這「滬港通」是怎麼回事啊？您說來聽
ting
聽。

Jiǎng xiānsheng
蔣先生：

Hù-Gǎngtōng jiùshì zhǐ Shànghǎi hé Xiānggǎng gǔpiào shìchǎng
「滬港通」就是指上海和香港股票市場
hùxiāng liútōng mǎimài Ràng Xiānggǎng tóuzīzhě kěyǐ mǎimài
互相流通買賣。讓香港投資者可以買賣
Shànghǎi shàngshì de gǔ Nèidì rén yě kěyǐ mǎi mài Gǎng-
上海上市的A股。內地人也可以買賣港
jiāosuǒ shàngshì de gǔ
交所上市的H股。

Zhān xiǎojiě
詹小姐：

Nà Xiānggǎngrén jiù yǒu gèng duō tóuzī xuǎnzé le
那香港人就有更多投資選擇了？

Jiǎng xiānsheng
蔣 先 生：

Duì Búguò Hù-Gǎngtōng yǒu tóuzī xiànzhì lìrú
對！不過「滬港通」有投資限制，例如
Gǎngrén mǎi gǔ jiù xiànzhì měirì tóuzī édù wéi yìbǎi
港人買A股就限制每日投資額度為一百
sānshíyì yuán Rénmínbì lìngwài zhǐ xiàn yú gòumǎi zhǐ-
三十億元人民幣；另外，只限於購買指
dìng de gǔpiào Érqiě liǎng dì gǔshì zài jiāoyì jiésuàn
定的股票。而且，兩地股市在交易結算、
fǎguī shuìxiàng hé fèiyòng dōu yǒu qūbié Tóuzī qián yí-
法規、稅項和費用都有區別。投資前一
dìng yào liǎojiě xiāngguān fēngxiǎn
定要了解相關風險。

Zhān xiǎojiě
詹 小 姐：

Nín shuō de duì Xiànzài de gǔshì zhēnshì fēnggāo-làngjí
您說的對！現在的股市真是風高浪急，
zánmen wúlùn shì tóuzī gǔ háishi Gǎng-gǔ dōu děi xiǎoxīn
咱們無論是投資A股還是港股都得小心
wéi shàng
為上！

Gǔpiào Tóuzī Xià
◆◆ 股票投資（下） ◆◆

Zhān xiǎojiě
詹 小 姐：

Xiànzài Xiānggǎng de gǔshì lóushì dōu bù zěnmeyàng qián
現在香港的股市、樓市都不怎麼樣，錢
fàng zài yínháng lìxī yě hěn dī Shǒu lǐmiàn de qián zhēn
放在銀行，利息也很低。手裏面的錢真
bù zhīdào gāi zěnme tóuzī cái hǎo
不知道該怎麼投資才好？

Jiǎng xiānsheng
蔣 先 生：

Ài gǔshì zhè wányìr zhēnshì kàn bu tòu Qùnián nèidì
唉，股市這玩意兒真是看不透。去年內地

gǔ hé Gǎng-gǔ hái shēng de nàme lìhai xiànzài zěnme
A 股和港股還升得那麼厲害，現在怎麼
quán dōu dǎo le
全都倒了？

Zhān xiǎojiě
詹小姐：

Duì a Nèidì de gǔ céngjīng dàfú shàngshēng Shàng-
對啊！內地的 A 股曾經大幅上升，「上
Zhèng Zōng-Zhǐ shàngshēngle zúzú bǎi fēn zhī wǔshísān Shēn-
證綜指」上升了足足百分之五十三，「深
Zhèng Chéng-Zhǐ yě shàngshēngle bǎi fēn zhī sānshísì pǎoyíng
證成指」也上升了百分之三十四，跑贏
quánqiú de gǔpiào shìchǎng a
全球的股票市場啊！

Jiǎng xiānsheng
蔣先生：

Jiāshàng Hù-Gǎngtōng kāitōng Zhōng-Gǎng liǎng dì tóuzīzhě
加上「滬港通」開通，中港兩地投資者
kěyǐ mǎimài duìfāng jiāoyìsuǒ shàngshì de gǔpiào Nèidì
可以買賣對方交易所上市的股票。內地
zījīn gèng kěyǐ tòuguò Hù-Gǎngtōng liúrù gǎng-gǔ
資金更可以透過「滬港通」流入港股，
Héng-Zhǐ céngjīng shēng dào liǎngwàn bāqiān duō diǎn de gāo-
「恒指」曾經升到兩萬八千多點的高
wèi Zhè kě shì èr líng líng bā nián jīnróng hǎixiào yǐlái de
位。這可是二零零八年金融海嘯以來的
xīn gāo a
新高啊。

Zhān xiǎojiě
詹小姐：

Kě bú shì ma Wǒ yǒu gè péngyou dǎnzi zhēn dà bǎ zì-
可不是嗎！我有個朋友膽子真大，把自
jǐ zhù de lóufáng yě yāgěile yínháng lái jièqián chǎogǔ
己住的樓房也押給了銀行來借錢炒股。
Běn xiǎng hěnhěn de zhuàn yì bǐ jiù tízǎo tuìxiū Ài kě-
本想狠狠地賺一筆就提早退休。唉，可
xī a rén suàn bù rú tiān suàn
惜啊，人算不如天算！

Jiǎng xiānsheng
蔣 先 生：

Zhèng suǒwèi cái bú rù jímén gǔpiào tóuzī zhè wán-
正所謂「財不入急門」，股票投資這玩
yìr kě zhēn děi xiǎoxīn wéi shàng a
意兒，可真得小心為上啊！

Zhān xiǎojiě
詹小姐：

Xiànzài gǔshì shì bù xíng le xīnnián yì kāishǐ jiù chūshī
現在股市是不行了，新年一開始就出師
búlì a Èr yuè shíwǔ hào Héng-Zhǐ hái diēdàole
不利啊。二月十五號「恒指」還跌到了
yíwàn bāqiān èrbǎi qīshíbā diǎn Bǐ shí gè yuè qián zú-
一萬八千二百七十八點。比十個月前足
zú xiàdiēle yíwàn duō diǎn
足下跌了一萬多點！

Jiǎng xiānsheng
蔣 先 生：

Nà mǎi gǔpiào bù xíng zài Xiānggǎng mǎi zhuāntou zěnmeyàng
那買股票不行，在香港買「磚頭」怎麼樣？

Zhān xiǎojiě
詹小姐：

Lóushì yě bèi gǔshì tuōlěi le Gǔshì xiàdiē jiāshàng
樓市也被股市拖累了。股市下跌，加上
jīngjì qiánjǐng bù mínglǎng lóushì bǐqǐ qùnián shí yuè de
經濟前景不明朗，樓市比起去年十月的
gāowèi yě xiàdiēle bǎi fēn zhī shí zuǒyòu Zhuānjiā yùcè
高位也下跌了百分之十左右。專家預測
shuō hái huì jìxù xiàdiē ne
説，還會繼續下跌呢。

Jiǎng xiānsheng
蔣 先 生：

Zhè niántou méitǐ shang suǒwèi de zhuānjiā zhēn de bù
這年頭媒體上所謂的「專家」，真的不
zhīdào gāi xiāngxìn shéi Yǒu de shuō zǎo mǎi zǎo xiǎngshòu chí
知道該相信誰？有的説早買早享受，遲

mǎi guì liǎngbǎiwàn na Yǒu de shuō zhǐyào shì zìzhù gōng
買 貴 兩 百 萬 吶 。有 的 説 只 要 是 自 住 ，供
de qǐ dàikuǎn suíshí mǎi dōu kěyǐ Yǒu de shuō nìng mǎi
得 起 貸 款 ，隨 時 買 都 可 以 。有 的 説 寧 買
dāngtóu qǐ mò mǎi dāngtóu diē Ài háishi děng diēdìng-
當 頭 起 ，莫 買 當 頭 跌 。唉 ，還 是 等 跌 定
le zài shuō ba
了 再 説 吧 。

Zhān xiǎojiě
詹 小 姐：

Nín méi tīngguo gǔshén Bāfēitè zěnme shuō ma Zuì hǎo de
您 沒 聽 過 股 神 巴 菲 特 怎 麼 説 嗎 ？最 好 的
tóuzī shíjī jiùshì dāng dà bùfen rén dōu kǒnghuāng de shíhou
投 資 時 機 就 是 當 大 部 分 人 都 恐 慌 的 時 候，
nín jiù kěyǐ zài tānlán yìdiǎnr
您 就 可 以 再 貪 婪 一 點兒 。

Jiǎng xiānsheng
蔣 先 生：

Kěshì yǒu xiē Gǎng-gǔ zhuānjiā shuō xiàn jiēduàn cóng dī wèi rù
可 是 有 些 港 股 專 家 説 ，現 階 段 從 低 位 入
huò bó fǎntán jiù yóurú kōng zhōng jiē dāo a Nǐ jiù
貨 博 反 彈 就 猶 如「空 中 接 刀」啊 。你 就
zhēn de xiāngxìn zìjǐ kěyǐ cóng xiàdiē de gǔshì hé lóushì
真 的 相 信 自 己 可 以 從 下 跌 的 股 市 和 樓 市
zhōng huòlì
中 獲 利 ？

Zhān xiǎojiě
詹 小 姐：

Zhè ge ma Dàjiā yìbiān hē chá yìbiān zài yánjiū
這 個 嘛 …… 大 家 一 邊 喝 茶 ，一 邊 再 研 究
yánjiū ba
研 究 吧 。

Jìngzhēng hé Hùbǔ
競爭和互補

Jiǎ
甲：

Xiānggǎng zhè xiàzi yùdào de tiǎozhàn kě dà le
香港這下子遇到的挑戰可大了！

Yǐ
乙：

Zěnme la Yí dà qīngzǎo gāng kànwán bàozhǐ jiù chóuméi-kǔ-
怎麼啦？一大清早剛看完報紙就愁眉苦
liǎn de
臉的。

Jiǎ
甲：

Zhèxiē nián Shànghǎi jīngjì fāzhǎn dé zhème kuài huì bu
這些年，上海經濟發展得這麼快，會不
huì hěn kuài jiù chāoyuè Xiānggǎng ne
會很快就超越香港呢？

Yǐ
乙：

Bú huì ba Xiānggǎng shì guójì jīnróng zhōngxīn yōngyǒu fēi-
不會吧！香港是國際金融中心，擁有非
cháng wánbèi de jīnróng lí'àn shìchǎng xìtǒng zài jiāshàng
常完備的金融離岸市場系統；再加上
Yì guó liǎng zhì de zhèngcè shǐdé Xiānggǎng de zhèngzhì
「一國兩制」的政策使得香港的政治、
jīnróng huánjìng dōu hé Shànghǎi bù tóng
金融環境都和上海不同。

Jiǎ
甲：

Yě shì Āi nǐ tīngshuō guò Qiánhǎi ma jiùshì Shēnzhèn
也是。哎，你聽説過前海嗎？就是深圳
Shì Qiánhǎi Shēn-Gǎng xiàndài fúwùyè hézuòqū
市前海深港現代服務業合作區。

Yǐ
乙：

Zhè Qiánhǎi yǒu shénme lìhai de Shuōlái tīngting
這前海有甚麼厲害的？說來聽聽。

Jiǎ
甲：

Nèidì xīwàng bǎ Qiánhǎi fāzhǎn chéngwéi chuàngxīn jīnróng hé zī
內地希望把前海發展成為創新金融和資
xùn kējì de xīn qū Mùqián zài Qiánhǎi zhùcè de qǐyè
訊科技的新區。目前在前海註冊的企業
yǐjīng chāoguòle shíwàn jiā Dà bùfen shì nèidì qǐyè
已經超過了十萬家。大部分是內地企業，
Gǎng-zī hé wàizī qǐyè yě chāoguòle yìqiān wǔbǎi jiā
港資和外資企業也超過了一千五百家。
Dāngzhōng bāokuò jīnróng kējì wùliú xìnxī děng hángyè
當中包括金融、科技、物流、信息等行業。

Yǐ
乙：

Nà dìfang zài nǎr Dà ma
那地方在哪兒？大嗎？

Jiǎ
甲：

Qiánhǎi jiù zài Shēnzhèn Shékǒu cóng Xiānggǎng shìqū dǎchē guò-
前海就在深圳蛇口，從香港市區打車過
qù dǐng duō liùshí fēnzhōng Dìfang kě dà le zhàn dì dà-
去頂多六十分鐘。地方可大了，佔地大
gài yìbǎi èrshí píngfāng gōnglǐ xiāngdāng yú yí gè bàn Wān-
概一百二十平方公里，相當於一個半灣
zǎi qū nàme dà
仔區那麼大。

Yǐ
乙：

Jìrán yǒu Xiānggǎng hé Shànghǎi wèi shénme hái yào gǎo shénme
既然有香港和上海，為甚麼還要搞甚麼
Qiánhǎi ne
前海呢？

Jiǎ
甲：

Qiánhǎi zhè ge gàiniàn shì zhōngyāng zhèngfǔ zài Shíèr-wǔ Guī-
前海這個概念是中央政府在「十二五規
huà nèi tíchū de shì zài Shēnzhèn tèqū tèbié dǎzào
劃」內提出的，是在深圳特區特別打造
de yí gè Shēn-Gǎng hézuò qūyù mùbiāo shì bǎ tā fāzhǎn
的一個深港合作區域，目標是把它發展
chéng Yà-Tài dìqū zhòngyào de shēngchǎn fúwùyè zhōngxīn hé shì-
成亞太地區重要的生產服務業中心和世
jiè fúwù màoyì jīdì Shuō bái le Zhōngguó zhèngfǔ zhī-
界服務貿易基地。說白了，中國政府知
dào guónèi yǒuxiē zhèngcè rénshì dōu bǐjiào fēngbì lì-
道國內有些政策、人事都比較封閉，例
rú Rénmínbì quánmiàn kāifàng zhèngcè jīngjì guǎnzhì lǐ-
如人民幣全面開放、政策、經濟管治理
niàn děng dōu xūyào gǎigé dànshì yòu bùnéng yícùérjiù
念等都需要改革，但是又不能一蹴而就，
suǒyǐ jiù xiǎng tōngguò Qiánhǎi zuò shìdiǎn Suīrán shuō guójiā
所以就想通過前海做試點。雖然說國家
wúyì yǐ Qiánhǎi shènzhì Běijīng Shànghǎi qǔdài Xiānggǎng
無意以前海、甚至北京、上海取代香港。
Zhìshǎo bú shì duǎn shíjiān nèi jiù kěyǐ qǔdài dàn zuòwéi
至少不是短時間內就可以取代，但作為
jīnróng cóngyèyuán wǒ háishi yǒu diǎn dānxīn Nǐ kàn
金融從業員，我還是有點擔心。你看，
Xiānggǎng hái yǒuxì ma
香港還有戲嗎？

Yǐ
乙：

Nǐ zhè shì qǐrén-yōutiān Xiānggǎng shì gè lǎozìhào zhè
你這是杞人憂天！香港是個老字號，這
yìbǎi duō nián jiànlì de bùzhǐ shì gāolóu dàshà háiyǒu
一百多年建立的不只是高樓大廈，還有
yōuliáng de guójì shāngyù hé wánbèi de jīngjì fǎlǜ zhìdù
優良的國際商譽和完備的經濟法律制度。
Wǒ kàn na rúguǒ Qiánhǎi chénggōng zhōngyāng zhèngfǔ huì bǎ
我看吶，如果前海成功，中央政府會把
shìdiǎn kuòdà dào Zhōngguó gèng duō dìfang jièshí bìdìng huì
試點擴大到中國更多地方，屆時必定會

dàidòng Zhōngguó guónèi jīngjì
帶動中國國內經濟。

Jiǎ
甲：

Nǐ shuō de duì Zhèng suǒwèi Zhōngguó hǎo Xiānggǎng hǎo Xiānggǎng de jīngjì bèikào Zhōngguó chángyuǎn dōu huì shòu huì yú nèidì zhěngtǐ jīngjì zēngzhǎng Suǒyǐ duǎnqī lái shuō wǒmen hái shi yàoxué hǎo pǔtōnghuà
你說得對。正所謂中國好，香港好！香港的經濟背靠中國，長遠都會受惠於內地整體經濟增長。所以短期來說，我們還是要學好普通話。

Yǐ
乙：

Nǐ zhè shì shénme yìsi
你這是甚麼意思？

Jiǎ
甲：

Wǒ shì shuō rúguǒ wǒmen de pǔtōnghuà xué hǎo le hái kě yǐ zuò chē qù Qiánhǎi gōngzuò fǎnzhèng bú tài yuǎn
我是說如果我們的普通話學好了，還可以坐車去前海工作，反正不太遠！

三 短文

Qiánhǎi —— ZàiZào Xīn Xiānggǎng
前海——再造新香港

Èr líng yī èr nián qī yuè yī rì Xiānggǎng huíguī zǔguó shíwǔ zhōunián zhī jì Běijīng xuānbù quánmiàn qǐdòng Shēnzhèn Shì Qiánhǎi Shēn-Gǎng xiàndài fúwùyè Hézuòqū yào zàizào xīn Xiānggǎng
二零一二年七月一日，香港回歸祖國十五周年之際，北京宣佈全面啟動深圳市前海深港現代服務業合作區，要再造「新香港」。

Qiánhǎi hézuòqū jí Zhōngguó Gǎigé Kāifàng jí Xiānggǎng tèqū
前海合作區集中國「改革開放」及香港特區
zhìdùhuà jiànshè jīngyàn chuàngjiàn jīnróng fǎzhì réncái xīn
制度化建設經驗，創建金融、法治、人才新
tèqū Xiānggǎng de zhuānyè rénshì rú yīshēng kuàijìshī lǜ-
特區。香港的專業人士如醫生、會計師、律
shī děng kě huò zhuānyè rènzhèng Gǎngzī kě shèlì dúzī de guójì
師等可獲專業認證；港資可設立獨資的國際
xuéxiào hé yīyuàn děng tūpò xiànyǒu de kuàngjià xiànzhì
學校和醫院等，突破現有的框架限制。

Qiánhǎi hézuòqū wèiyú Shēnzhèn xībù Shékǒu Bàndǎo xīcè
前海合作區位於深圳西部蛇口半島西側、
Zhūjiāng Kǒu dōng'àn yóu Shuāngjiè Hé Yuèliàng Wān Dàdào Māwān
珠江口東岸，由雙界河、月亮灣大道、媽灣
Dàdào hé Qiánhǎi Wān hǎidī ànxiàn héwéi ér chéng Qiánhǎi shuǐ shēn
大道和前海灣海堤岸線合圍而成。前海水深
gǎng kuān yǔ Shēnzhèn Guójì Jīchǎng zhǐ yǒu èrshí fēnzhōng chēchéng
港寬，與深圳國際機場只有二十分鐘車程，
Xiānggǎng Tiānshuǐwéi Yuánlǎng dìqū jìn zài zhǐchǐ xiāngxìn bìdìng lā-
香港天水圍、元朗地區近在咫尺，相信必定拉
dòng Xiānggǎng jí Guǎngzhōu de fāzhǎn yě bìdìng chéngwéi Dàwānqū nǎizhì
動香港及廣州的發展，也必定成為大灣區乃至
quánguó de zhōngxīn Qiánhǎi Hézuòqū chéngzàizhe Shēnzhèn wèilái sān-
全國的中心。前海合作區承載着深圳未來三
shí nián jìxù xiān xíng xiān shì dāndāng kēxué fāzhǎn páitóubīng de
十年繼續先行先試、擔當科學發展排頭兵的
lìshǐ shǐmìng Hézuòqū zhān dì miànjī yuē yìbǎi èrshí píngfāng
歷史使命。合作區佔地面積約一百二十平方
gōnglǐ bāokuò Qiánhǎi Wān Bǎoshuìgǎngqū jūn yóu tiánhǎi zàodì
公里，包括前海灣保稅港區，均由填海造地
ér chéng Qiánhǎi Hézuòqū wèilái fāzhǎn dìngwèi wéi Yuè-Gǎng xiàndài
而成。前海合作區未來發展定位為粵港現代
fúwùyè chuàngxīn hézuò shìfànqū zhǔyào chéngdān sì gè fāngmiàn
服務業創新合作示範區，主要承擔四個方面
de gōngnéng xiàndài fúwùyè tǐzhì jīzhì chuàngxīnqū xiàndài
的功能：現代服務業體制機制創新區、現代

fúwùyè fāzhǎn jùjíqū Xiānggǎng yǔ nèidì jǐnmì hézuò xiān-
服務業發展聚集區、香港與內地緊密合作先
dǎoqū Dàwānqū dìqū chǎnyè shēngjí yǐnlǐngqū zhòngdiǎn fā-
導區、大灣區地區產業升級引領區，重點發
zhǎn chuàngxīn jīnróng xiàndài wùliú kējì jí zhuānyè fúwù
展創新金融、現代物流、科技及專業服務、
zīxùn děng xiàndài fúwùyè Yǒu rén shuō zhèlǐ jiāng shì wèilái
資訊等現代服務業。有人說這裏將是未來
Zhōngguó de Mànhādùn
中國的「曼哈頓」。

(1) 商貿專業詞彙

biǎnzhí 貶值	bóyì 博弈	zhǐshù 指數
jīngjìtǐ 經濟體	hézuòqū 合作區	zhìdùhuà 制度化
zīběn shìchǎng 資本市場	jīnróng hǎixiào 金融海嘯	gǔpiào hùtōng 股票互通
yìlánzi huòbì 一籃子貨幣		

(2) 口語詞句 朗讀並理解下列句子，並運用加線的詞語造句。

① Xiǎo Liú zuòshì bú kàopǔr lǎobǎn dōu bùgǎn zhòngyòng tā
小劉做事不靠譜兒，老闆都不敢重用他。

不靠譜兒：說話辦事讓人不放心。

② Nǐ zhè shì dǎ cābiānrqiú bú àn chéngxù bànshì
你這是打擦邊兒球，不按程序辦事！

打擦邊兒球：比喻有意做在規定的界線邊緣而不違反規定的事。

3 Wǒ hái yǐwéi duō dà diǎn shìr ne bú jiù qián ma kāi gè
我還以為多大點事兒呢，不就錢嘛，開個
jià
價！

多大點事兒：事情很小，不用擔心。

4 Zhè kuǎn xīn tuīchū de gāokējì wányìr xùnsù chéngwéi shìchǎng
這款新推出的高科技玩意兒迅速成為市場
rè xiāo chǎnpǐn
熱銷產品。

玩意兒：有趣的小事物，也泛指東西。

5 Shuō bái le Xiānggǎng de jīngjì jiùshì kàozhe zìyóu màoyì
説白了，香港的經濟就是靠着自由貿易
hé jīnróng fúwù qǐjiā de
和金融服務起家的。

説白了：直接地説。

6 Zuìjìn Xiānggǎng de kējì chuàngyè bǎn zhēnshì huǒ de hěn
最近，香港的科技創業板真是火得很，
xīyǐnle dàliàng tóuzīzhě guānzhù
吸引了大量投資者關注。

火得很：很受歡迎。

7 Kàn zhè gǔshì hángqíng yào shì méiyǒu zhòngdà lìhǎo xiāoxi
看這股市行情，要是沒有重大利好消息，
xiǎngyào duǎnqī nèi dàfú fǎntán kǒngpà shì méixì le
想要短期內大幅反彈，恐怕是沒戲了。

沒戲：沒有成功的希望。

8 Shòu dào quánqiú jīngjì fùsū de zhèngmiàn yǐngxiǎng Xiānggǎng gǔ-
受到全球經濟復蘇的正面影響，香港股
shì yánxùle shàng gè yuè de shàngshēng shìtóu gè dà zhǐshù
市延續了上個月的上升勢頭，各大指數
lǚ chuàng xīn gāo
屢創新高。

勢頭：趨勢。

9 Suízhe rénkǒu lǎolínghuà jiājù Zhōngguó duìyú yīliáo de
隨着人口老齡化加劇，中國對於醫療的
xūqiú búduàn zēngjiā bù mán nǐ shuō wǒ yě mǎile jǐ
需求不斷增加。不瞞你說，我也買了幾
shǒu xīn shàngshì de yīyào gǔ
手新上市的醫藥股。

不瞞你說：坦白跟你講。

10 Tā zuótiān zài gǔshì li de fēnxī jīntiān jiù zhànbuzhù jiao
他昨天在股市裏的分析今天就站不住腳
le shìchǎng de tūrán fǎnzhuǎn ràng suǒyǒu de yùcè dōu chéng-
了，市場的突然反轉讓所有的預測都成
le kōng huà
了空話。

站不住腳：理由不充足而無法堅持立場。

五 聆聽練習

請根據錄音選擇一個正確的答案。

1. 「滬港通」正式啟動的日期是：

   A. 2013 年 11 月 17 日
   B. 2013 年 12 月 17 日
   C. 2014 年 11 月 17 日
   D. 2014 年 12 月 17 日 ______

2. 「滬港通」由以下哪兩家機構建立技術連接？

   A. 上海證券交易所和香港證券交易所
   B. 上海聯合交易所有限公司和香港證券交易所
   C. 上海證券交易所和香港聯合交易所有限公司
   D. 上海聯合交易所有限公司和香港聯合交易所有限公司 ______

3. 「滬股通」的人民幣投資總額度和每日限額是多少？

A. 2500 億；105 億
B. 2500 億；130 億
C. 3000 億；105 億
D. 3000 億；130 億

____

4. 以下哪一項不是「滬港通」具有的積極意義？

A. 推動人民幣和港幣國際化
B. 增強中國資本市場的綜合實力
C. 鞏固上海和香港兩個金融中心的地位
D. 支持香港發展成為離岸人民幣業務中心

____

5. 以下哪一項描述是正確的？

A.「滬港通」未設置投資的額度上限
B. 內地的機構投資者可以參與「港股通」
C. 投資者可以任意在「滬股通」或「港股通」中購買股票
D. 香港投資者可以買賣以港幣報價的「滬股通」股票

____

六 說話練習

模擬對話

談談香港和上海股市互通（滬港通）對於香港投資者來説有甚麼好處？

分組討論

前海對於香港的企業有甚麼吸引力？如果年輕人想創業，他們會選擇去前海還是留在香港？為甚麼？

第八課

中國旅遊資源

聆聽錄音

一 功能語句

請運用加了底線的功能句式造句。

Miáoshù hé Píngjià
描述和評價

1. Zhōngguó yǒuzhe yōujiǔ de lìshǐ shì shìjiè sì dà wénmíng gǔguó zhī yī bǎocúnzhe shìjiè shàng zuì duō de rénlèi wénhuà yíchǎn lǚyóu zīyuán shífēn fēngfù
中國有着悠久的歷史，是世界「四大文明古國」之一，保存着世界上最多的人類文化遺產，旅遊資源十分豐富。

2. Zhōngguó yǒu wǔshíliù gè mínzú gè mínzú yǔyán bù tóng shēnghuó xíguàn bù tóng yīncǐ yě yùnyùle duōzī-duōcǎi qí qù gè yì de wénhuà yǔ fēngtǔ rénqíng
中國有五十六個民族，各民族語言不同，生活習慣不同，因此也孕育了多姿多彩、其趣各異的文化與風土人情。

3. Yúnnán shì shǎoshù mínzú zuì duō de shěngfèn zhī yī quánguó wǔshíliù gè mínzú zhōng Yúnnán jiù yǒu wǔshíèr gè shǎoshù mínzú zhàn quánshěng zǒng rénkǒu de sān fēn zhī yī Zài shǎoshù mínzú zhōng rénkǒu zuì duō de shì Yízú yǒu sìbǎi duō wàn
雲南是少數民族最多的省份之一，全國五十六個民族中，雲南就有五十二個，少數民族佔全省總人口的三分之一。在少數民族中人口最多的是彝族，有四百多萬。

4 Qínshǐhuáng Bīngmǎyǒng Bówùguǎn wèi yú Xī'ān Líntóng Qínshǐhuáng
秦始皇兵馬俑博物館位於西安臨潼秦始皇
Dìlíng Bīngmǎyǒngkēng de yízhǐ zhīshàng tā shì Zhōngguó zuì dà
帝陵兵馬俑坑的遺址之上，它是中國最大
de lìshǐ yízhǐ bówùguǎn zhī yī yě shì Qínlíng kǎogǔ
的歷史遺址博物館之一，也是秦陵考古、
yánjiū hé bǎohù de zhòngyào jīdì
研究和保護的重要基地。

5 Gùgōng Bówùyuàn shì Zhōngguó Míng-Qīng liǎng dài de huánggōng zuòluò
故宮博物院是中國明清兩代的皇宮，坐落
zài Běijīng Gùgōng Zǐjìnchéng nèi tā de shōucángpǐn jí fēngfù
在北京故宮紫禁城內，它的收藏品極豐富，
yī jiǔ bā qī nián bèi Liánhéguó Jiàokēwén Zǔzhī liè rù shì-
一九八七年被聯合國教科文組織列入「世
jièyíchǎn mínglù bèi yù wèi shìjiè wǔ dà gōng zhī
界遺產」名錄，被譽為「世界五大宮」之
shǒu
首。

6 Luòyáng Lóngmén Shíkū shì wǒ guó zhùmíng de sān dà shíkè yìshù
洛陽龍門石窟是我國著名的三大石刻藝術
bǎokù zhī yī Tā cóng Běiwèi shíqī kāishǐ kāizáo Tángcháo
寶庫之一。它從北魏時期開始開鑿，唐朝
Wǔ Zétiān shíqī dádào dǐngfēng zhì jīn yǐjīng yìqiān wǔbǎi
武則天時期達到頂峯，至今已經一千五百
duō nián le
多年了。

7 Tǔlóu zhǔyào shì Kèjiā rén de mínjū tā de xíngzhuàng hěn qí-
土樓主要是客家人的民居，它的形狀很奇
tè yǒu de xiàng mógu yǒu de xiàng fēidié tèbié shénqí
特，有的像蘑菇，有的像飛碟，特別神奇。
Rúguǒ yǒu jīhuì qù Fújiàn lǚyóu kě bié wàngle qù kànkan
如果有機會去福建旅遊，可別忘了去看看
tǔlóu
土樓。

8 Nín dàoguò fēngjǐng rú huà de Guìlín ma Zhèlǐ de shān qīng
您到過風景如畫的桂林嗎？這裏的山青、
shuǐ xiù dòng qí shí měi Suǒyǐ yǒu Guìlín shānshuǐ
水秀、洞奇、石美……所以有「桂林山水
jiǎ tiānxià de měiyù
甲天下」的美譽。

9 Zuò huǒchē qù Xīzàng lǚyóu shì gè búcuò de xuǎnzé Yán tú
坐火車去西藏旅遊是個不錯的選擇。沿途
kěyǐ kàndào xǔduō měilì de zìrán fēngguāng tiān shì nàme
可以看到許多美麗的自然風光：天是那麼
lán shuǐ shì nàme qīng cǎoyuán shì nàme měi jiǎnzhí jiù
藍，水是那麼清，草原是那麼美，簡直就
shì shēngwù duōyàngxìng de tiānrán lèyuán
是生物多樣性的天然樂園。

10 Zài Chéngdū bù guǎn nǐ shì nǎr de rén nánfāngrén yě hǎo
在成都，不管你是哪兒的人，南方人也好，
běifāngrén yě hǎo Hànzú yě hǎo shǎoshù mínzú yě hǎo
北方人也好，漢族也好，少數民族也好，
dōu néng zhǎo dào shìhé nǐ kǒuwèi de shípǐn zhèr zhēn búkuì shì
都能找到適合你口味的食品，這兒真不愧是
měishí tiāntáng a
美食天堂啊！

二 情景對話

Tèsè Lǚyóu
特色旅遊

Lǎo Zhèng
老鄭：

Wǒ xiǎng wèn yíxià yǒu méiyǒu yìxiē shìhé yìjiārén de
我想問一下：有沒有一些適合一家人的
lǚyóu xiàngmù
旅遊項目？

Zhíyuán
職　員：

Qǐngwèn nǐmen yǒu jǐ gè rén Yǒu méiyǒu jùtǐ de mùbiāo
請問，你們有幾個人？有沒有具體的目標？

Lǎo Zhèng
老　鄭：

Wǒmen yígòng yǒu shíyī gè rén qī gè dàren sì gè xiǎoháir dà chéngshì jiù bú qù le wǒmen xīwàng dào yìxiē yǒu tèsè de jǐngdiǎn kàn yi kàn yǒu shénme kěyǐ jièshào de ma
我們一共有十一個人，七個大人，四個小孩兒，大城市就不去了，我們希望到一些有特色的景點看一看，有甚麼可以介紹的嗎？

Zhíyuán
職　員：

Shuōdào tèsè lǚyóu xiànzài kě duō le yǒu zìrán fēngguāng yóu míngshèng gǔjì yóu mínzú fēngqíng yóu shuǐxiāng yóu hái yǒu wénhuà zhī lǚ yìshù zhī lǚ shèyǐng zhī lǚ zōngjiào zhī lǚ hóngsè zhī lǚ nóngjiā lè tiányuán lè
説到特色旅遊，現在可多了，有自然風光遊、名勝古跡遊、民族風情遊、水鄉遊，還有文化之旅、藝術之旅、攝影之旅、宗教之旅、紅色之旅、農家樂、田園樂……

Lǎo Zhèng
老　鄭：

Hē Zhǒnglèi kě zhēn bù shǎo tīng qilai quèshí shì gè yǒu tèsè Wǒ kàn nóngjiā lè búcuò Chángqī yǐlái wǒmen dōu shēnghuó zài Xiānggǎng zhè shíshǐ sēnlín zhōng bāzhang dà yìdiǎn dìr zhěngtiān mángmáng lùlù de wǎnshang lián gè xīngxing dōu kàn bu jiàn wǒ dào xiǎng tǐyàn yíxià nóngcūn de
呵！種類可真不少，聽起來確實是各有特色。我看農家樂不錯。長期以來，我們都生活在香港這「石屎森林」中，巴掌大一點地兒，整天忙忙碌碌的，晚上連個星星都看不見，我倒想體驗一下農村的

yōuxián shēnghuó, yě ràng háizimen dào tiányě jiān kànkan.
悠閒生活，也讓孩子們到田野間看看。
Nǐ néng jièshào yíxià nóngjiālè de jùtǐ nèiróng ma?
你能介紹一下農家樂的具體內容嗎？

Zhíyuán
職員：

Zhè ge zhǔyi hěn hǎo, shìhé yì jiā lǎoxiǎo. Wǒmen jìnqī tuījiè de shì jiāngnán yí dài de nóngjiālè, zhǔyào huódòng yǒu: chéngzuò xiǎo chuán cǎi lián'ǒu, xīnshǎng dàtián yóucàihuā, diàoyú, chǎo cháyè, zhāi cǎoméi, chī nóngjiā fàn děngděng, wǎnshang hái yǒu gōuhuǒ wǎnhuì, hé cūn li rén yìqǐ chànggē tiàowǔ…… zhēn shi qí lè wúqióng ne.
這個主意很好，適合一家老小。我們近期推介的是江南一帶的農家樂，主要活動有：乘坐小船採蓮藕，欣賞大田油菜花，釣魚，炒茶葉，摘草莓，吃農家飯等等，晚上還有篝火晚會，和村裏人一起唱歌跳舞……真是其樂無窮呢。

Lǎo Zhèng
老鄭：

Nóngjiā fàn dōu chī xiē shénme ne?
農家飯都吃些甚麼呢？

Zhíyuán
職員：

Cài shì nǐmen cóng xiǎo hé li diào de yú, lāo de xiǎo héxiā, nǐmen qīnshǒu qù càiyuán li zhāi huí de shūcài, zhuō lái mǎndì pǎo de jī yā, xiàn chī xiàn zuò, bǎozhèng xīnxian méi wūrǎn!
菜是你們從小河裏釣的魚，撈的小河蝦，你們親手去菜園裏摘回的蔬菜，捉來滿地跑的雞鴨，現吃現做，保證新鮮沒污染！

Lǎo Zhèng
老鄭：

Tài hǎo le, wǒ jiù xiǎng chī zhè yì kǒur. Nàme, zhùsù qíngkuàng zěnme yàng?
太好了，我就想吃這一口兒。那麼，住宿情況怎麼樣？

Zhíyuán
職員：

Zhùsù yě qǐng fàngxīn shì zhù zài nóngmín zìjiā de xiǎo lǚ-
住宿也請放心，是住在農民自家的小旅
guǎn fángjiān li yǒu diànshì yǒu wèiyùjiān bèirù měi
館，房間裏有電視，有衛浴間，被褥每
tiān dōu huàn shāncūn de yè lǐ shì jìngqiāoqiāo de méiyǒu
天都換，山村的夜裏是靜悄悄的，沒有
cáozá shēng gèng méiyǒu cìyǎn de dēngguāng ràng nǐ yí jiào
嘈雜聲，更沒有刺眼的燈光，讓你一覺
shuì dào dà tiānliàng
睡到大天亮。

Lǎo Zhèng
老鄭：

Hǎo jiù zhème dìng le Zhè cì wǒmen jiù chángchang nóngjiā
好，就這麼定了。這次我們就嚐嚐農家
lè de zīwèir
樂的滋味兒。

Zhíyuán
職員：

Zhèr yǒu sān gè dìdiǎn nín xiān tiāo yi tiāo wǒ zài gěi nín
這兒有三個地點，您先挑一挑，我再給您
dēngjì Yīnwèi zhùsù shèbèi lüè yǒu bù tóng jiàqián huì
登記。因為住宿設備略有不同，價錢會
yǒu diǎnr chābié bù duō jiù liǎng-sānbǎi Nǐmen shíyī
有點兒差別，不多，就兩三百。你們十一
gè rén shì hěn huásuàn de wǒmen shí rén yǐ shàng yǒu jiǔ zhé
個人是很划算的，我們十人以上有九折
yōuhuì
優惠。

Lǎo Zhèng
老鄭：

Nà wǒmen jiù xuǎn zhè ge ba
那……我們就選這個吧。

Lǚyóu Guǎnlǐ
旅遊管理

Xiǎoméi
小梅：

Nǐhǎo Lìqí zhè cì yòu qù nǎr lǚxíng le Hǎoxiàng
你好，麗琪，這次又去哪兒旅行了？好像
shài hēi le yě shòule diǎnr
曬黑了，也瘦了點兒。

Lìqí
麗琪：

Zhè cì shì xī bù xúngēn zhī lǚ gēn tuán qùle Bīngmǎyǒng
這次是西部尋根之旅，跟團去了兵馬俑、
Dūnhuáng děng dì Xíngchéng shíèr tiān lèi de gòu qiàng
敦煌等地。行程十二天，累得夠嗆。

Xiǎoméi
小梅：

Wánr de hǎo ma Zhè tiáo xiàn kě shì lǚyóu rèxiàn tèbié
玩兒得好嗎？這條線可是旅遊熱線，特別
shì shǔqī rén gèng duō Zěnmeyàng Zhè xiē dìfang rén hái-
是暑期人更多。怎麼樣？這些地方人還
shi nàme duō Jǐ de wūyāng wūyāng de
是那麼多？擠得烏泱烏泱的？

Lìqí
麗琪：

Hài kěbúshì Nǎr dōu shì rén yě bù zhīdào shì kàn
嗐，可不是！哪兒都是人，也不知道是看
rén qù le háishi kàn jǐng qù le
人去了還是看景去了。

Xiǎoméi
小梅：

Yào zhīdào nǐ qù zhè tiáo xiàn zánmen dābànr qù jiù hǎo
要知道你去這條線，咱們搭伴兒去就好
le wǒ yě zǎo jiù niàndaozhe qù Dūnhuáng kàn bìhuà hái
了，我也早就唸叨着去敦煌看壁畫，還
yǒu Míngshā Shān Yuèyá Quán ne
有鳴沙山、月牙泉呢。

Lìqí
麗琪：

Āi nǐ méi qù yě hǎo jiù xiàng nǐ shuō de yóukè wū-
唉，你沒去也好，就像你說的，遊客烏
yāng wūyāng de Nǐ néng xiǎngxiàng ma Zài Míngshā Shān xia
泱烏泱的。你能想像嗎？在鳴沙山下，
jīhū tiāntiān dǔ luòtuo jǐngqū jìngrán yào zài máng-
幾乎天天「堵駱駝」，景區竟然要在茫
máng shāmò zhōng shèzhì hónglǜdēng lái shūdǎo jiāotōng Ér zhè
茫沙漠中設置紅綠燈來疏導交通！而這
hónglǜdēng yòu biànchéng yóukè dǎkǎdiǎn yí dà duī rén zài
紅綠燈又變成遊客打卡點，一大堆人在
nàr xiā zhuànyou
那兒瞎轉悠。

Xiǎoméi
小梅：

Zhǐyào jǐng hǎo wán de jìnxìng rén duō yìdiǎnr yě shì
只要景好，玩得盡興，人多一點兒也是
kěyǐ lǐjiě de Méi duō pāi diǎn zhàopiānr Lái zhǎn-
可以理解的。沒多拍點照片兒？來，展
shì yíxià
示一下。

Lìqí
麗琪：

Ǹg pāi dé bù duō jǐ de zhàn dōu zhàn bu zhù jìng pāi
嗯，拍得不多，擠得站都站不住，淨拍
rén de hòunǎoshàor le suǒyǐ hǎo de méi jǐ zhāng
人的後腦勺兒了，所以好的沒幾張。

Xiǎoméi
小梅：

Zhào nǐ zhème shuō lǚyóu jǐngdiǎn de zhìxù bú shì tài
照你這麼說，旅遊景點的秩序不是太
hǎo bù zūnshǒu gōngdé de xiànxiàng hái duō ma
好，不遵守公德的現象還多嗎？

Lìqí
麗琪：

Nǐ bié shuō, zhè zhǒng xiànxiàng dàoshì shǎo duō le, méi kànjiàn suíshǒu rēng lājī de、suídì tǔtán de、háizi suídì dà-xiǎobiàn de, yě méiyǒu shéi zài gǔjī shàng kèxiě「mǒu-mǒu dào cǐ yì yóu」de. Jǐngdiǎn li lājītǒng fàngle bù shǎo, qīngjié gōng yě tǐng duō de.

你別說，這種現象倒是少多了，沒看見隨手扔垃圾的、隨地吐痰的、孩子隨地大小便的，也沒有誰在古跡上刻寫「某某到此一遊」的。景點裏垃圾桶放了不少，清潔工也挺多的。

Xiǎoméi
小梅：

Xiànzài shèhuì de wénmíng chéngdù gāo le, rén de sùzhì yě tígāo le, jǐngqū guǎnlǐ yě gǎishàn le, zhè shì yí dà jìnbù a! Nà dǎoyóu méi bīzhe nǐmen gòuwù ba?

現在社會的文明程度高了，人的素質也提高了，景區管理也改善了，這是一大進步啊！那導遊沒逼着你們購物吧？

Lìqí
麗琪：

Nà dào méiyǒu. Búguò zhè cì chūyóu yě méi wánr hǎo, gēn-zhe lǚxíngtuán, zǒumǎ-guānhuā, zǒu dào nǎr dōu shì cōngcōng zhuàn yì quānr, shénme dōu láibují xīnshǎng, yě láibují pǐnwèi jiù zǒu rén le. Xià cì wǒ kě bùxiǎng gēn tuán le.

那倒沒有。不過這次出遊也沒玩兒好，跟着旅行團，走馬觀花，走到哪兒都是匆匆轉一圈兒，甚麼都來不及欣賞，也來不及品味就走人了。下次我可不想跟團了。

Xiǎoméi
小梅：

Éi, Lìqí, míngnián shǔjià zánmen qù zìyóuxíng zěnme-yàng? Lái gè zì jià yóu, qù Xīzàng! Kàn kan xuěyù gāo-yuán de fēngguāng, nà cái jiào guòyǐn! Nǐ shuō ne?

誒，麗琪，明年暑假咱們去自由行怎麼樣？來個自駕遊，去西藏！看看雪域高原的風光，那才叫過癮！你說呢？

Lìqí
麗琪：

Hǎo jiù lái gè zì jià yóu qù Xīzàng Yìyánwéidìng
好，就來個自駕遊，去西藏！一言為定！

Shānglǚ Kǎochá Tuán
商旅考察團

Wáng zǒng
王總：

Guānyú zhè ge xiàngmù de róngzī wèntí jīntiān jiù xiān yì
關於這個項目的融資問題，今天就先議
dào zhèr Qǐng dàjiā xiàqu zài zǐxì diānliang diānliang
到這兒。請大家下去再仔細掂量掂量，
zhè jǐ gè fāng'àn hǎoxiàng dōu bú tài lǐxiǎng hái děi shènzhòng
這幾個方案好像都不太理想，還得慎重
kǎolǜ
考慮。

Shào zhǔrèn
邵主任：

Wáng zǒng wǒ yǒu gè zhǔyi Èr líng èr èr nián guówùyuàn
王總，我有個主意。二零二二年國務院
búshì tuīchū shēnhuà Nánshā yǔ Yuè-Gǎng-Ào quánmiàn hézuò de
不是推出深化南沙與粵港澳全面合作的
fāng'àn ma Wǒ zuìjìn jiù zài wǎngshàng shuā dào hǎo jǐ gè dào
方案嗎？我最近就在網上刷到好幾個到
Nánshā hé Dàwānqū de kǎochá tuán yǒu shānghuì gǎo de
南沙和大灣區的考察團，有商會搞的，
yě yǒu zhèngfǔ gǎo de dàjiā dōu zài wǎng Dàwānqū pǎo
也有政府搞的，大家都在往大灣區跑，
Nánshā yóuqí shì gè rèmén dìdiǎn Jìrán zhè jǐ gè xiàng-
南沙尤其是個熱門地點。既然這幾個項
mù bù héshì yàobù wǒmen qù Nánshā zhuànzhuan kàn kan
目不合適，要不我們去南沙轉轉，看看
yǒu shénme shāngjī
有甚麼商機？

Liú jīnglǐ
劉經理：

Éi zhè ge zhǔyi búcuò Nánshā shì Guǎngzhōu zhòngdiǎn fā-
誒，這個主意不錯。南沙是廣州重點發
zhǎn de zìmào shìyànqū èr líng yī èr nián jiù huòdé guó-
展的自貿試驗區，二零一二年就獲得國
wùyuàn pīzhǔn chéngwéi guójiā jí xīn qū yòu wèi yú Yuè-Gǎng-
務院批准成為國家級新區，又位於粵港
-Ào Dàwānqū de zhōngxīn wèizhi chéngdān qǐ guójiā zhòngdà
澳大灣區的中心位置，承擔起國家重大
fāzhǎn hé Gǎigé Kāifàng de zhànlüè rènwù tā de
發展和「改革開放」的戰略任務；它的
qiánlì zhídé guānzhù
潛力值得關注。

Wáng zǒng
王總：

Xiǎo Shào nǐ shàngwǎng chá yi chá kàn Nánshā zhèngfǔ yǒu xiē shén-
小邵，你上網查一查看南沙政府有些甚
me fāzhǎn cèlüè
麼發展策略。

Shào zhǔrèn
邵主任：

Hǎo wǒ kànkan Nánshā zhèngfǔ jìhuà zài Nánshā tuījìn
好，我看看……南沙政府計劃在南沙推進
zìyóu màoyìgǎng jiànshè bǐngchí dī tàn jié néng lǜ-
自由貿易港建設，秉持「低碳節能、綠
sè shēngtài zhìnéng chéngshì Lǐngnán tèsè de chéngshì
色生態、智能城市、嶺南特色」的城市
jiànshè lǐniàn bǎ Nánshā dǎzào chéngwéi wèilái zhìnéng chéng-
建設理念，把南沙打造成為未來智能城
shì fāzhǎn de shìfàn chéngqū
市發展的示範城區。

Wáng zǒng
王總：

Zhè tài hǎo le zánmen shì zuò huánbǎo chǎnpǐn de gēn Nán-
這太好了，咱們是做環保產品的，跟南
shā de dī tàn jié néng lǜsè shēngtài fāzhǎn fāngxiàng zhènghǎo
沙的低碳節能、綠色生態發展方向正好

wěnhé dāngzhōng yídìng kěyǐ zhǎodào shāngjī
吻合，當中一定可以找到商機。

Shào zhǔrèn
邵主任：

Wáng zǒng wǒ zhǎole xiē Nánshā kǎochá tuán de zīliào nín kàn a yǒu zhème jǐ tiáo xiànlù huánbǎo xiàngmù kǎochá tuán shēngtài bǎohù kǎochá tuán hái yǒu jīchǔ jiànshè kǎochá tuán děng
王總，我找了些南沙考察團的資料。您看啊，有這麼幾條線路：環保項目考察團、生態保護考察團，還有基礎建設考察團等。

Liú jīnglǐ
劉經理：

Zhèyàng qùnián wǒ zài Guǎngjiāohuì rènshile hǎo jǐ gè láizì Dàwānqū de qǐyè dàibiǎo lǐmiàn yǒu Guǎngzhōu de hǎoxiàng yě yǒu Nánshā de dāihuìr wǒ bǎ tāmen de míngpiàn zhǎo chulai wǒmen tiāo jǐ gè duìkǒu de kàn néng bu néng dào tāmen nàr cānguān cānguān
這樣，去年我在「廣交會」認識了好幾個來自大灣區的企業代表，裏面有廣州的，好像也有南沙的；待會兒我把他們的名片找出來，我們挑幾個對口的，看能不能到他們那兒參觀參觀。

Wáng zǒng
王總：

Hǎo Xiǎo Shào nǐ qù chácha qù Nánshā de jiāotōng hé zhùsù qíngkuàng
好，小邵你去查查去南沙的交通和住宿情況。

Shào zhǔrèn
邵主任：

Gāng chále yíxià cóng Xiānggǎng zuò gāotiě bàn xiǎoshí jiù néng dàodá Yě kěyǐ zuò chuán cóng Zhōngguó Kè Yùn Mǎtou
剛查了一下，從香港坐高鐵，半小時就能到達。也可以坐船，從中國客運碼頭

chūfā yí gè bàn xiǎoshí jiù dào Jiǔdiàn de xuǎnzé hái
出發，一個半小時就到。酒店的選擇還
tǐng duō de shāohòu wǒ liè gè qīngdān gěi nín èr wèi
挺多的，稍後我列個清單給您二位。

Wáng zǒng
王總：

Nǐ lái tiāo ba Wǒ gēn Liú jīnglǐ quèdìngle rénxuǎn yǐhòu
你來挑吧。我跟劉經理確定了人選以後，
nǐ gēn duìfāng qiāodìng cānguān rìqī xíngchéng nǐ ānpái jiù
你跟對方敲定參觀日期，行程你安排就
hǎo le
好了。

三 短文

Zhōngguó Lǚyóu Gàilǎn
中國旅遊概覽

Zhōngguó de lǚyóu zīyuán shífēn fēngfù yǒu zhuànglì de míng-
中國的旅遊資源十分豐富，有壯麗的名
shān dà chuān duōzī-duōcǎi de mínsú fēngqíng zhǒnglèi fánduō de
山大川，多姿多彩的民俗風情，種類繁多的
dòng-zhíwù hái yǒu wúshù de míngshèng gǔjì jiāshàng xiǎngyù shì-
動植物，還有無數的名勝古跡，加上享譽世
jiè de měishí měi nián dōu xīyǐnle dàpī de guó-nèiwài yóukè
界的美食，每年都吸引了大批的國內外遊客。
Guójiā Lǚyóujú měi nián dōu huì tuīchū bù tóng de lǚyóu zhǔtí
國家旅遊局每年都會推出不同的旅遊主題，
zì yī jiǔ jiǔ èr nián yǐlái yǐ fēnbié tuīchūle shānshuǐ fēng-
自一九九二年以來，已分別推出了「山水風
guāng yóu wénwù gǔjì yóu mínsú fēngqíng yóu
光遊」、「文物古跡遊」、「民俗風情遊」、
dùjià xiūxián yóu shēngtài huánjìng yóu Shénzhōu
「度假休閒遊」、「生態環境遊」，「神州
shìjì yóu Zhōngguó tǐyù jiànshēn yóu Zhōngguó mín-
世紀遊」、「中國體育健身遊」、「中國民

jiān yìshù yóu hé Zhōngguó pēngrèn wángguó yóu děng zhǔtí
間藝術遊」和「中國烹飪王國遊」等主題
huódòng
活動。

Zhōngguó yǒu yìbǎi duō gè lìshǐ wénhuà míngchéng Chángjiāng yǐ
中國有一百多個歷史文化名城，長江以
nán de Sū-Háng lìlái bèi yù wéi rénjiān tiāntáng Zhèlǐ
南的蘇杭，歷來被譽為「人間天堂」。這裏
jiānghé húpō jiāocuò xiǎo qiáo liúshuǐ tiányuán nóngshè yí pài
江河湖泊交錯、小橋流水、田園農舍，一派
rú shī rú huà de jǐngxiàng Yòu lìrú wèi yú Sìchuān běibù de Jiǔ-
如詩如畫的景象。又例如位於四川北部的九
zhàigōu dìxíng dìmào duō yàng yǒu húpō xiǎo xī pùbù
寨溝，地形地貌多樣，有湖泊、小溪、瀑布、
xuěshān shīdì sēnlín cǎoyuán děng dàzìrán de guǐfǔ-
雪山、濕地、森林、草原等，大自然的鬼斧
shéngōng shǐ tā chéngwéi míngfùqíshí de zìrán bówùguǎn Zhì-
神工，使它成為名副其實的自然博物館。至
yú Guìzhōu Shěng de Huángguǒshù Pùbù zé shì yóu shíbā gè dìmiàn
於貴州省的黃果樹瀑布，則是由十八個地面
pùbù hé sì gè dìxià pùbù zǔchéng de dà pùbù qún zài hěn
瀑布和四個地下瀑布組成的大瀑布羣，在很
yuǎn de dìfang jiù néng tīngdào shuǐliú de jùdà hōngmíng shēng qìshì
遠的地方就能聽到水流的巨大轟鳴聲，氣勢
pángbó Zài Guǎngxī yǒu shānshuǐ jiǎ tiānxià de Guìlín Líjiāng-
磅礴。在廣西，有山水甲天下的桂林，灕江
de jiāng shuǐ rú jìng liǎng'àn yì fēng tū qǐ zhìshēn jiāng xīn fǎng-
的江水如鏡，兩岸異峯突起，置身江心，彷
fú rén zài huà zhōng shì zhùmíng de shānshuǐ fēngjǐng bǎodì
彿人在畫中，是著名的山水風景寶地。

Jiàn yú Míngdài de Shānxī Píngyáo Gǔchéng yùncángzhe xīn shí-
建於明代的山西平遙古城，蘊藏着新石
qì shíqī de Yǎngsháo wénhuà hé Lóngshān wénhuà yízhǐ Yúnnán Lì-
器時期的仰韶文化和龍山文化遺址；雲南麗
jiāng Gǔchéng shì Nàxīzú Dōngbā wénhuà de fāyuándì jiàn yú
江古城，是納西族東巴文化的發源地，建於

Sòngdài yòu shì Hàn Zàng Bái děng gè zú wénhuà de jiāohuì dì
宋代，又是漢、藏、白等各族文化的交匯地，
chéng nèi yǒu xǔduō Míng Qīng shíqī de shí qiáo shí páifāng hé mín-
城內有許多明、清時期的石橋、石牌坊和民
jū shì bùzhé-búkòu de dāngdài gǔ mínjū bówùguǎn
居，是不折不扣的「當代古民居博物館」。

Lìngwài wénmíng zhōng-wài de Wànlǐ Chángchéng Dūnhuáng Lóngmén
另外聞名中外的萬里長城，敦煌、龍門、
Yúngāng děng sān dà shíkè yìshù bǎokù Qínshǐhuáng Bīngmǎyǒng děng
雲岡等三大石刻藝術寶庫、秦始皇兵馬俑等
míngshèng gǔjì Xīzàng de Xuědùn Jié Nèiměnggǔ de Nàdámù
名勝古跡；西藏的雪頓節、內蒙古的那達慕、
Yúnnán de Pōshuǐ Jié děng mínzú jiérì dōu ràng zhōng-wài yóukè liú-
雲南的潑水節等民族節日，都讓中外遊客流
lián wàngfǎn
連忘返。

四 詞語

(1) 商貿專業詞彙

yízhǐ 遺址	jǐngguān 景觀	měiyù 美譽
qiánlì 潛力	zì jià yóu 自駕遊	kǎochá tuán 考察團
wénwù gǔjì 文物古跡	mínzú fēngqíng 民族風情	zhùsù shèbèi 住宿設備
gè yì qí qù 各異其趣		

(2) 口語詞句　朗讀並理解下列句子，並運用加線的詞語造句。

1. Tā shuō de huà wǒ yuè zhuómo yuē juéde yǒu wèntí
他說的話我越琢磨，越覺得有問題。
琢磨：思索，考量。

2. Měiféng jiéjiàrì jiē shàng dàochù luànhōnghōng de wǒ nǎr dōu bùxiǎng qù
每逢節假日，街上到處亂哄哄的，我哪兒都不想去。
亂哄哄：嘈雜，紛亂。

3. Zánliǎ dābànr qù chángchang nàr de zìzhùcān zěnme yàng
咱倆搭伴兒去嚐嚐那兒的自助餐，怎麼樣？
搭伴兒：順便作伴。

4. Āiyā nǐ bié zài nàr xiā zhuànyou bāngmáng cāca zhuōzi xíng bu xíng
哎呀，你別在那兒瞎轉悠，幫忙擦擦桌子行不行？
瞎轉悠：漫無目的地閒逛。

5. Jiāng biān jǐmǎnle rén wūyāng wūyāng de jiù wèile kàn Qiántáng Jiāng dàcháo
江邊擠滿了人，烏泱烏泱的，就為了看錢塘江大潮。
烏泱烏泱：形容人多而擁擠不堪的樣子。

6. Jiù zhè bāzhang dà yìdiǎn dìr nǐmen hái shōu nàme guì de zūjīn shuō de guòqù ma
就這巴掌大一點地兒，你們還收那麼貴的租金，說得過去嗎？
巴掌大：像巴掌一樣大。

7. Jìnlái wǒ yìzhí niàndaozhe xiǎng qù kàn tā jiùshì jǐ bu chū shíjiān
近來我一直唸叨着想去看他，就是擠不出時間。
唸叨：由於惦記、想念而經常提起。

⑧ Xiānggǎng de xiàtiān yòu cháo yòu rè duì wǒ zhè ge běifāngrén lái
香港的夏天又潮又熱，對我這個北方人來
shuō zhēn gòuqiàng
説，真夠嗆。

夠嗆：使人感到受不了、接受不來。

⑨ Zhè jiàn shìqing de lìhài qīngzhòng nǐ zìjǐ diānliang diānliang
這件事情的利害輕重，你自己掂量掂量，
búyào qīngyì zuò juédìng
不要輕易做決定。

掂量：考慮，斟酌。

⑩ Tái shàng dōu yǒu xiē shénme rén Wǒ diǎnqǐle jiǎojiānr hái
台上都有些甚麼人？我踮起了腳尖兒，還
zhǐ néng kànjiàn rénjia de hòunǎosháor
只能看見人家的後腦勺兒！

後腦勺兒：腦袋後面突出的部分。

五 聆聽練習

請根據錄音選擇一個正確的答案。

1. 以下哪一項不是長江三峽的地貌特徵？

   A. 高山峽谷
   B. 激流險灘
   C. 環山雲霧
   D. 奇峯怪石

   ____

2. 長江三峽具備了哪些方面的條件，使它成為著名的旅遊景點？

   A. 自然風光、歷史古跡、水利工程
   B. 地貌特色、古人傳頌、國家政策
   C. 名人輩出、風景獨特、建設宏大
   D. 流域遼闊、景色多變、功能全面

   ____

3. 以下哪一項不是三峽樞紐工程的功能？

A. 防洪
B. 發電
C. 防旱
D. 航運
______

4. 三峽大壩的主體施工建設是哪一年完成的？

A. 2003 年
B. 2006 年
C. 2009 年
D. 2010 年
______

5. 三峽大壩通過甚麼標準來衡量發電和航運的效益？

A. 最高水位
B. 發電量
C. 貨運量
D. 蓄水量
______

模擬對話

跟朋友描述和評價去內地旅遊的經歷和感受。

分組討論

談談本港旅遊業的概況和發展前景。

第九課
跨境電商與網絡銷售

聆聽錄音

請運用加了底線的功能句式造句。

Dáfù hé Tíshì
答覆和提示

1. Gǎnxiè nín guānzhù wǒ de wēidiàn, huānyíng nín suíshí xiàng wǒ zīxún diàn li chǎnpǐn de zīxùn, wǒmen de gōngzuò shíjiān shì zǎoshang jiǔ diǎn dào xiàwǔ liù diǎn, gōngzuò shíjiān zhī wài qǐng nín liúyán, kàn dào hòu wǒmen huì zhúyī huífù, xièxie!
   感謝您關注我的微店，歡迎您隨時向我諮詢店裏產品的資訊，我們的工作時間是早上九點到下午六點，工作時間之外請您留言，看到後我們會逐一回覆，謝謝！

2. Wǒmen xiànzài yǒu zúgòu de kùcún, zhǐyào wǎngzhàn shàng yǒu de, nín dōu kěyǐ zhíjiē pāixià fùkuǎn.
   我們現在有足夠的庫存，只要網站上有的，您都可以直接拍下付款。

3. Wǒmen kàn dào nín de dìngdān hòu huì jǐnkuài ānpái chū huò. Yìbān qíngkuàng xià, xiàwǔ wǔ diǎn qián de dìngdān dàngtiān jiù ānpái fā huò, xiàwǔ wǔ diǎn yǐhòu de dìngdān gétiān fā huò.
   我們看到您的訂單後會儘快安排出貨。一般情況下，下午五點前的訂單當天就安排發貨，下午五點以後的訂單隔天發貨。

4. Běn diàn yǐjīng jiārù hǎitáo, suǒyǒu jìnkǒu chǎnpǐn shì zhíjiē
   本店已經加入海淘，所有進口產品是直接

cóng hǎiwài fā zhì jìngnèi yīnwei shèjí guójì wùliú ér-
從海外發至境內，因為涉及國際物流，而
qiě xūyào bànlǐ hǎiguān bàoguān hé qīngguān shǒuxù suǒyǐ wù-
且需要辦理海關報關和清關手續，所以物
liú shàng méi bànfǎ kuài qǐlai hái qǐng nín duōduō bāohán
流上沒辦法快起來，還請您多多包涵。

5 Wǒmen gōngsī yǒu zìjiàn cāngkù wùliú chéngběn suīrán gāole
我們公司有自建倉庫，物流成本雖然高了
yìxiē dàn yònghù tǐyàn gèng hǎo chǎnpǐn pǐnzhì gèng shì méi-
一些，但用戶體驗更好，產品品質更是沒
yǒu rènhé wèntí zhè yìdiǎn qǐng nín fàng yíwàn gè xīn
有任何問題，這一點請您放一萬個心。

6 Wǒmen gōngsī yǒu shítǐ shāngdiàn yě yǒu wǎngshàng shāngdiàn nín zài
我們公司有實體商店也有網上商店，您在
wǎngdiàn dìnggòu de chǎnpǐn dōu shì zhèngpǐn wǒmen yě zhīchí yàn-
網店訂購的產品都是正品，我們也支持驗
huò Nín yào háishi bú fàngxīn yě kěyǐ xuǎnzé wǎngshàng fù-
貨。您要還是不放心，也可以選擇網上付
kuǎn shítǐdiàn tí huò huòzhě huò dào fù kuǎn
款，實體店提貨；或者貨到付款。

7 Běn diàn de suǒyǒu chǎnpǐn dōu kuàidì bāo yóu kuàidì bú dào
本店的所有產品都快遞包郵，快遞不到
de bǐrú Xīnjiāng hé Xīzàng fā yóuzhèng xiǎo bāo Chǎnpǐn
的，比如新疆和西藏，發郵政小包。產品
dōu shì zhíjiē cóng chǎngjiā tí huò zhìliàng juéduì yǒu bǎozhèng
都是直接從廠家提貨，質量絕對有保證，
qǐng fàngxīn
請放心。

8 Huòwù yǐjīng zài jīntiān jì chū nín kěyǐ zài dìngdān guǎnlǐ
貨物已經在今天寄出，您可以在訂單管理
zhōng cháxún wùliú dānhào bìng zhuīzōng wùliú
中查詢物流單號並追蹤物流。

9 Rúguǒ shì shāngpǐn zhìliàng de wèntí, wǒmen chéngnuò huòwù qiānshōu qī tiān nèi wútiáojiàn tuì kuǎn tuì huò. Dàn qǐng liúyì, tuìkuǎn tuì huò xūyào shōudào huòpǐn qī tiān nèi tíjiāo shēnqǐng, yúqī méi tuì huò, tuì kuǎn shēnqǐng jiāng bèi qǔxiāo.

如果是商品質量的問題，我們承諾貨物簽收七天內無條件退款退貨。但請留意，退款退貨需要收到貨品七天內提交申請，逾期沒退貨，退款申請將被取消。

10 Fēicháng bàoqiàn, wǒmen fā huò shí lòudiào yí gè wùpǐn, jīntiān yǐjīng bǔ fā gěi nín le, qǐng nín zhùyì cháshōu.

非常抱歉，我們發貨時漏掉一個物品，今天已經補發給您了，請您注意查收。

Wǎngshàng Gòu Wù

網上購物

Yǐ dào jiǎ jiā li zuòkè

（乙到甲家裏做客。）

Jiǎ
甲：

Kuài qǐng jìn, hē diǎnr shénme ne?

快請進，喝點兒甚麼呢？

Yǐ
乙：

Hē chá ba, xièxie!

喝茶吧，謝謝！

Jiǎ
甲：

Chá hǎole, xiǎoxīn tàng. Zhè shì nǐ dì-yī cì lái wǒ de

茶好了，小心燙。這是你第一次來我的

xīnjiā ba
新家吧？

Yǐ
乙：

Shì a qiánduàn shíjiān tài máng le xiànzài xián yìxiē
是啊，前段時間太忙了，現在閒一些，
jiù xiǎngzhe lái hè nǐ de qiáoqiān zhī xǐ Nǐ de xīnjiā bù-
就想着來賀你的喬遷之喜。你的新家佈
zhì de hǎo měi a tèbié shì zhè kuài dìtǎn zhēn hǎokàn
置得好美啊，特別是這塊地毯，真好看，
shì zài nǎr mǎi de ne
是在哪兒買的呢？

Jiǎ
甲：

Nǎlǐ nǎlǐ hái yǒu hǎo duō dìfang kěyǐ gǎishàn Shuō
哪裏哪裏，還有好多地方可以改善。説
dào dìtǎn wǒ kěyǐ bǎ wǒ mǎi dìtǎn de wǎngdiàn tuījiàn
到地毯，我可以把我買地毯的網店推薦
gěi nǐ tāmen chǎnpǐn zhìliàng búcuò zhíyuán yě hěn yǒu
給你，他們產品質量不錯，職員也很有
nàixīn Wǒ mǎi de shì jīzhī shǒugōng jiǎnhuā de cáiliào
耐心。我買的是機織手工剪花的，材料
shì rénzàosī jiǎo gǎn róuruǎn shūshì jiàgé jiào yángmáo-
是人造絲，腳感柔軟舒適，價格較羊毛
de piányi yánsè xiānyàn bú tuìsè kàng jìngdiàn
的便宜，顏色鮮豔，不褪色，抗靜電，
hái zǔ rán
還阻燃。

Yǐ
乙：

Dìtǎn nǐ yě zài wǎngshàng mǎi ma Zěnme jì guòlai ne
地毯你也在網上買嗎？怎麼寄過來呢？
Guì bu guì a
貴不貴啊？

Jiǎ
甲：

Wǒ zhè kuǎn dìtǎn shì yì diǎn liù mǐ chéngyǐ liǎng mǐ de mì-
我這款地毯是一點六米乘以兩米的，密

dù bǐjiào gāo suǒyǐ hěn zhòng Wǒ zài wǎngshàng mǎi zuò
度比較高，所以很重。我在網上買，坐
zài jiā li děngzhe shōu huò jiù xíng le Màijiā jìde shì lù-
在家裏等着收貨就行了。賣家寄的是陸
yùn nèidì de yùnfèi tāmen bāo le wǒ bǔle zhuǎnyùn
運，內地的運費他們包了，我補了轉運
fèi Jiàgé wǒ juéde hái suàn gōngdao qù shítǐdiàn mǎi
費。價格我覺得還算公道，去實體店買
yě děi huā bù shǎo lùfèi
也得花不少路費。

Yǐ
乙：

Nà hái mán hǎo de tǐng fāngbiàn de
那還蠻好的，挺方便的。

Jiǎ
甲：

Shì a xiànzài zài nèidì wǎnggòu hěn huǒ kěshì zài
是啊，現在在內地，網購很火，可是在
Xiānggǎng wǎnggòu píngtái hǎoxiàng bìng bú shì hěn fādá
香港，網購平台好像並不是很發達？

Yǐ
乙：

Zài Xiānggǎng yě kěyǐ tōngguò Xiānggǎng Diànshì Gòu Wù Wǎngluò
在香港也可以通過「香港電視購物網絡」、
Xuánzhuǎn Pāimài děng diànshāng wǎngzhàn huò gè dà chāoshì
「旋轉拍賣」等電商網站，或各大超市、
diànqì děng língshòudiàn de diànshāng wǎngzhàn mǎimài huòwù Zhè
電器等零售店的電商網站買賣貨物。這
yě hěn hǎo lǐjiě Xiānggǎng shì gòu wù tiāntáng ma jiāo-
也很好理解，香港是「購物天堂」嘛，交
tōng yòu jíqí biànlì hǎo duō dìtiězhàn shàng gàide dōu shì dà-
通又極其便利，好多地鐵站上蓋的都是大
xíng shāngchǎng suíshí suídì dōu kěyǐ gòu wù dǎzhé huó-
型商場，隨時隨地都可以購物，打折活
dòng yě hěn duō Háiyǒu wǒ juéde gòu wù yě shì yì zhǒng
動也很多。還有，我覺得購物也是一種
shēnghuó fāngshì Wǒ jiù hěn xǐhuan zài shāngchǎng gēn péngyou jiàn-
生活方式。我就很喜歡在商場跟朋友見

miàn chī gè xiàwǔchá hē gè kāfēi zài guàngguang
面，吃個下午茶，喝個咖啡，再逛逛
shāngdiàn
商店。

Jiǎ
甲：

Wǒ yě hěn xǐhuan tèbié shì guàng fúzhuāngdiàn hé xiédiàn
我也很喜歡，特別是逛服裝店和鞋店。

Yǐ
乙：

Hái yǒu qù diàn li mǎi kěyǐ kànjiàn shíwù hái kěyǐ
還有，去店裏買可以看見實物，還可以
ná zài shǒushàng hǎohāor bǐjiào Tèbié shì diànzǐlèi shāng-
拿在手上好好兒比較。特別是電子類商
pǐn rúguǒ chǎnpǐn zhìliàng yǒu wèntí yě róngyì zhǎo dào
品，如果產品質量有問題，也容易找到
diànjiā xiūlǐ Rúguǒ zài wǎngshàng mǎi de huà wéixiū qǐ-
店家修理。如果在網上買的話，維修起
lai kǒngpà bù róngyì
來恐怕不容易。

Jiǎ
甲：

Nǐ shuō de hěn yǒu dàoli wǒ mǎi dìtǎn qián yě yǒuguo zhè-
你説的很有道理，我買地毯前也有過這
yàng de gùlǜ yīnwèi kàn bu jiàn shíwù háishi yǒu xiē
樣的顧慮，因為看不見實物，還是有些
dānxīn de
擔心的。

Yǐ
乙：

Lìngwài Xiānggǎngrén bǎohù běndì shāngpǐn bǎnquán yìshi
另外，香港人保護本地商品，版權意識
jiào qiáng bú mài qīnquán huòpǐn Xiāo-Wěi Huì bǎozhàng
較強，不賣侵權貨品，「消委會」保障
xiāofèizhě quányì Suīrán xiànzài Xiānggǎng wǎnggòu bú suàn fā-
消費者權益。雖然現在香港網購不算發
dá dàn zhè xiē yōushì wǒmen háishi yīnggāi yào zhēnxī de
達，但這些優勢我們還是應該要珍惜的。

Jiǎ
甲：

Nǐ zhēn shì shuō dào diǎnzi shàng le Wǒ juéde Xiānggǎng zài diàn-
你真是說到點子上了！我覺得香港在電
zǐ shāngwù shàng háishi hěn yǒu qiánlì de bǐrú kěyǐ bǎ
子商務上還是很有潛力的，比如可以把
Xiānggǎng de yōuzhì chǎnpǐn tōngguò yǐ yǒu de diànshāng píngtái mài
香港的優質產品通過已有的電商平台賣
dào nèidì huòzhě qítā guójiā Lái bié jìng gùzhe shuō-
到內地或者其他國家。來，別淨顧着說
huà chá dōu liáng le
話，茶都涼了。

Guójì Zhuǎnyùn Fúwù
◆◆ 國際轉運服務 ◆◆

Jiǎ
甲：

Nín hǎo Wǒ xiǎng gòumǎi nǐmen diàn li de shāngpǐn dànshì
您好！我想購買你們店裏的商品，但是
wǒ zhù zài Xiānggǎng qǐngwèn yóufèi zěnme zhīfù ne
我住在香港，請問郵費怎麼支付呢？

Yǐ
乙：

Huānyíng guānglín běndiàn suǒyǒu chǎnpǐn dōu kěyǐ jì dào Xiāng-
歡迎光臨，本店所有產品都可以寄到香
gǎng Rúguǒ nín xuǎnzé zhíjiē yóujì xūyào nín bǔfù
港。如果您選擇直接郵寄，需要您補付
kuàidì fèiyòng yōudiǎn shì gèng kuài shōu dào huò quēdiǎn shì
快遞費用，優點是更快收到貨，缺點是
yùnfèi jiào guì rúguǒ nín xuǎnzé kuàjìng zhuǎnyùn fúwù
運費較貴；如果您選擇跨境轉運服務，
wǒmen kěyǐ bāo yóu bǎ huòwù jì dào Shēnzhèn de zhuǎnyùncāng
我們可以包郵把貨物寄到深圳的轉運倉，
huòwù dào cāng hòu nín zhǐ xūyào zhīfù dì-èr chéng yóu Shēnzhèn
貨物到倉後您只需要支付第二程由深圳
fāwǎng Xiānggǎng de yùnfèi jiù kěyǐ le Huòwù huì dǎbāo
發往香港的運費就可以了。貨物會打包

hǎo yóu Shēnzhèncāng jì dào Xiānggǎng zhèyàng yóufèi xiāngbǐ zhī
好由深圳倉寄到香港，這樣郵費相比之
xià yào piányi bù shǎo dànshì shōu huò shíjiān yào shāowēi yán-
下要便宜不少，但是收貨時間要稍微延
chí jǐ tiān Nín gèng qīngxiàng yú nǎ yì zhǒng fāngshì ne
遲幾天。您更傾向於哪一種方式呢？

Jiǎ
甲：

Wǒ dào bú shì hěn zháojí shōu huò qǐngwèn rúguǒ wǒ gòumǎi
我倒不是很着急收貨，請問如果我購買
duō jiàn shāngpǐn yòu xuǎnzé zhuǎnyùn de huà yùnfèi zhǐyào zhī-
多件商品又選擇轉運的話，運費只要支
fù yí cì ma
付一次嗎？

Yǐ
乙：

Rúguǒ nín gòumǎi hǎo jǐ jiàn shāngpǐn huòzhě zài bù tóng diàn-
如果您購買好幾件商品，或者在不同店
jiā gòumǎi shāngpǐn wǒmen háishi hěn tuījiàn zhuǎnyùn fāngshì
家購買商品，我們還是很推薦轉運方式
de wǎngzhàn huì xiān bǎ suǒyǒu shāngpǐn jì dào nèidì zhuǎnyùn
的，網站會先把所有商品寄到內地轉運
cāngkù ránhòu hébìng bāoguǒ yí cì yùn dào Xiānggǎng nín
倉庫，然後合併包裹一次運到香港，您
hái kěyǐ gēnjù xūyào xuǎnzé sòng huò fāngshì bǐrú kuài-
還可以根據需要選擇送貨方式，比如快
dì wǎngdiǎn zìqǔ kuàidì sòng shàng mén huòzhě zài biànlì-
遞網點自取、快遞送上門，或者在便利
diàn qǔ huò shěng qián yòu shěng shí Jíhé duō jiàn chǎnpǐn zài
店取貨，省錢又省時。集合多件產品再
fā huò dào jìngwài huò hǎiwài yùn de yuè duō shěng de yuè
發貨到境外或海外，運得越多，省得越
duō wǒmen yǒu bù shǎo hǎiwài kèhù dōu xuǎnzéle
多，我們有不少海外客戶，都選擇了
zhuǎnyùn
轉運。

Jiǎ
甲：

Xièxie nín de nàixīn jiědá nà wǒ jiù xuǎnzé zhuǎnyùn ba
謝謝您的耐心解答，那我就選擇轉運吧。

Yǐ
乙：

Bú kèqi hěn kāixīn wèi nín fúwù nín pāixià dìngdān
不客氣，很開心為您服務，您拍下訂單
hòu gōuxuǎn kuàjìng zhuǎnyùn fúwù jiù hǎo le xiángqíng
後勾選「跨境轉運服務」就好了，詳情
nín kěyǐ zài kuàjìng zhuǎnyùn fúwù yèmiàn chákàn
您可以在「跨境轉運服務」頁面查看。

Tóusù
投訴

Jiǎ
甲：

Nín hǎo Wǒ xiǎng tóusù hé guì gōngsī wǎngzhàn hézuò de
您好！我想投訴和貴公司網站合作的 A
kuàidì gōngsī
快遞公司。

Yǐ
乙：

Nín hǎo Qǐng wèn yǒu shénme wèntí ne
您好！請問有甚麼問題呢？

Jiǎ
甲：

Shì zhèyàng de wǒ dà bàn gè yuè qián yě jiùshì shuāng-
是這樣的，我大半個月前，也就是「雙
shíyī zài nǐmen gōngsī wǎngzhàn bù tóng de diànjiā nàli
十一」在你們公司網站不同的店家那裏
gòumǎile yì shuāng xié liǎng běn shū hái yǒu liǎng jiàn yīfu
購買了一雙鞋、兩本書，還有兩件衣服，

yīnwèi shōu huò dìzhǐ zài Xiānggǎng wǒ xuǎnzéle kuàjìng zhuǎn-
因為收貨地址在香港，我選擇了跨境轉
yùn de fāngshì chéngyùn de kuàidì gōngsī shì nǐmen gōng-
運的方式，承運的A快遞公司是你們公
sī tuījiàn de suǒyǐ wǒ yě hěn xìnrèn Méi xiǎng dào
司推薦的，所以我也很信任。沒想到，
guòle bàn gè yuè le wǒ mǎi de shāngpǐn hái zài Shēnzhèn de
過了半個月了，我買的商品還在深圳的
jíyùn cāngkù li wǒ duō cì liánxì kuàidì gōngsī dōu
集運倉庫裏，我多次聯繫快遞公司，都
méiyǒu zhǎodào rén diànhuà xíngtóng xūshè Xiézi shì wǒ
沒有找到人，電話形同虛設。鞋子是我
sònggěi háizi de shēngrì lǐwù xiànzài kě hǎo shēngrì
送給孩子的生日禮物，現在可好，生日
dōu guòle hǎo jǐ tiān le nǐmen chéngnuò de shěng shí shěng qián
都過了好幾天了，你們承諾的省時省錢
shì zěnme huíshìr ne Zhè jiàn shìr nǐmen bìxū děi gěi
是怎麼回事兒呢？這件事兒你們必須得給
wǒ yí gè shuōfa
我一個説法。

Yǐ
乙：

Nín hǎo Bù hǎo yìsi gěi nín zàochéngle kùnrǎo wǒmen
您好！不好意思給您造成了困擾，我們
tuījiàn zhè jiā kuàidì gōngsī shì yīnwèi tāmen de yùnfèi pián-
推薦這家快遞公司是因為他們的運費便
yi érqiě yìzhí yǐlái fúwù dōu búcuò Bù qiǎo de
宜，而且一直以來服務都不錯。不巧的
shì qián liǎng zhōu zhènghǎo gǎnshàng dà cùxiāo tāmen gōngsī
是，前兩周正好趕上大促銷，他們公司
de guīmó bǐjiào xiǎo cāngkù dōu bàomǎn le suǒyǐ wù-
的規模比較小，倉庫都爆滿了，所以物
liú shòudàole yǐngxiǎng Shǒuxiān qǐng nín liàngjiě qícì wǒ
流受到了影響。首先請您諒解，其次我
yídìng jiāng nín de wèntí fǎnkuì gěi kuàidì gōngsī qǐng tā-
一定將您的問題反饋給快遞公司，請他
men jǐnkuài gēn nín liánxì bìng ānpái sòng huò
們儘快跟您聯繫並安排送貨。

Jiǎ
甲：

Jìrán zhè jiā gōngsī guīmó xiǎo wúfǎ chéngdān zhème zhòng
既然這家公司規模小，無法承擔這麼重
de kuàidì rènwù nǐmen wǎngzhàn yīnggāi gēn mǎijiā shuōmíng
的快遞任務，你們網站應該跟買家說明
qíngkuàng wǒmen kěyǐ xuǎnzé qítā de kuàidì gōngsī
情況，我們可以選擇其他的快遞公司
a wǒ juéde nǐmen yě tuō bu liǎo guānxi
啊，我覺得你們也脫不了關係。

Yǐ
乙：

Xièxiè nín de yìjian wǒmen huì jíshí gǎijìn xīwàng
謝謝您的意見，我們會及時改進，希望
néng gèng hǎo de wèi nín fúwù
能更好地為您服務。

Jiǎ
甲：

Xīwàng rúcǐ ba
希望如此吧。

Nèidì Jìnkǒu Kuàjìng Diànshāng de Fāzhǎn hé Gǎngshāng de Jīyù
◆◆ 內地進口跨境電商的發展和港商的機遇 ◆◆

Nèidì xiāofèizhě duì wàiguó jìnkǒu chǎnpǐn de xūqiú yīnqiè
內地消費者對外國進口產品的需求殷切，
bùfen xiāofèizhě lìyòng hùliánwǎng tōngguò hǎitáo huò dàigòu de fāng-
部分消費者利用互聯網通過海淘或代購的方
shì gòumǎi chǎnpǐn Jù shùjù xiǎnshì nèidì hǎitáozú
式購買產品。據數據顯示，內地「海淘族」
rénshù yǐ chāoguò liǎngyì rén jīng hǎitáo jiāoyì de guīmó chāoguò
人數已超過兩億人，經海淘交易的規模超過

shíèrwàn yì yuán kějiàn nèidì xiāofèizhě duì wàiguó shāngpǐn de
十二萬億元，可見內地消費者對外國商品的
xūqiú zhèng chíxù zēngjiā
需求正持續增加。

Búguò bùfen xiāofèizhě zhíjiē dào hǎiwài wǎngzhàn huò yǐ
不過，部分消費者直接到海外網站或以
dàigòu de fāngshì gòumǎi wàiguó jìnkǒu shāngpǐn bùshí yùdào yì-
代購的方式購買外國進口商品，不時遇到一
xiē wèntí lìrú yǔyán zhàng'ài shāngpǐn zhìliàng méiyǒu bǎozhàng
些問題，例如語言障礙、商品質量沒有保障、
wùliú yánqī děng Wèi jìnyíbù bǎozhàng xiāofèizhě de quányì
物流延期等。為進一步保障消費者的權益、
zēngjiā duì shāngpǐn ānquán de jiānkòng hé bǎozhàng guójiā shuìshōu Zhōng-
增加對商品安全的監控和保障國家稅收，中
guó zhèngfǔ zài xiāngguān chéngshì tuīdòng dìfāng diànzǐ kǒu'àn zhǎnkāi
國政府在相關城市推動地方電子口岸，展開
kuàjìng màoyì diànzǐ shāngwù zōnghé shìyànqū Zhōngguó nèidì yǐ
跨境貿易電子商務綜合試驗區。中國內地已
yǒu bǎi yú gè kuàjìng diànshāng zōnghé shìyànqū chéngshì bāokuò Shàng-
有百餘個跨境電商綜合試驗區城市，包括上
hǎi Hángzhōu Níngbō Zhèngzhōu Chóngqìng Guǎngzhōu Shēnzhèn
海、杭州、寧波、鄭州、重慶、廣州、深圳，
kě àn bǎoshuì jìnkǒu huò zhígòu jìnkǒu móshì jìnxíng
可按「保稅進口」或「直購進口」模式進行
kuàjìng diànshāng de xiāoshòu yèwù
跨境電商 B2C 的銷售業務。

Zhōngguó zhèngfǔ jījí fāzhǎn kuàjìng diànzǐ shāngwù jièzhe
中國政府積極發展跨境電子商務，藉着
xiān xíng xiān shì búduàn xìhuà xiāngguān de zhèngcè gǔlì hǎitáo
先行先試，不斷細化相關的政策，鼓勵海淘
yángguānghuà Xiāngxìn kuàjìng diànshāng píngtái de fāzhǎn qiánlì
「陽光化」。相信跨境電商平台的發展潛力
shēnhòu Xiānggǎng de qǐyè yǒu duō nián yǔ wàiguó shāngjiā hézuò de
深厚。香港的企業有多年與外國商家合作的
jīngyàn shúxī wàiguó gōngyìngshāng de chǎnpǐn tóngshí yòu liǎojiě
經驗，熟悉外國供應商的產品，同時又了解

Zhōngguó nèidì xiāofèizhě de xūqiú tèzhēng suǒyǐ Xiānggǎng de mào-
中國內地消費者的需求特徵，所以香港的貿
yìshāng jìnkǒushāng hé dàilǐshāng děng zài yǐnrù wàiguó jìnkǒu
易商、進口商和代理商等，在引入外國進口
chǎnpǐn dào nèidì shìchǎng yǒu yídìng de yōushì
產品到內地市場有一定的優勢。

Lìng yì fāngmiàn tōngguò kuàjìng diànshāng píngtái xiāoshòu de shāng-
另一方面，通過跨境電商平台銷售的商
pǐn zài jiǎnyàn jiǎnyì chéngxù shàng jiào yìbān jìnkǒu màoyì jiǎndān
品在檢驗檢疫程序上較一般進口貿易簡單，
chǎnpǐn shěnpī liúchéng xū shí jiào duǎn zhěngtǐ jìnkǒu hé gōngyìngliàn
產品審批流程需時較短，整體進口和供應鏈
de chéngběn jiàngdī Gǎngshāng kěyǐ yǐnjìn gèng duō bù tóng pǐnpái hé
的成本降低，港商可以引進更多不同品牌和
zhǒnglèi de chǎnpǐn dào nèidì shìchǎng Xiànzài kuàjìng diànshāng píngtái
種類的產品到內地市場。現在跨境電商平台
zhǔyào xiāoshòu shāngpǐn bāokuò mǔyīng yòngpǐn gèrén hùlǐ chǎn-
主要銷售商品包括：母嬰用品、個人護理產
pǐn jìnkǒu shípǐn bǎojiànpǐn měiróng huàzhuāngpǐn děng dàzhòng
品、進口食品、保健品、美容化妝品等大眾
xiāofèi shāngpǐn Jù liǎojiě dà bùfen zài kuàjìng diànshāng píngtái
消費商品。據了解，大部分在跨境電商平台
gòu wù de xiāofèizhě yǐ yǒu yìbān de wǎnggòu jīngyàn tāmen duì
購物的消費者已有一般的網購經驗，他們對
shāngpǐn yāoqiú xiāngduì jiào gāo xǐhuan fājué Zhōngguó nèidì méiyǒu
商品要求相對較高，喜歡發掘中國內地沒有
de xīnchǎnpǐn hé xīnpǐnpái jiāng huì shì Xiānggǎng qǐyè huò pǐnpái
的新產品和新品牌，將會是香港企業或品牌
de zhōng-gāoduān mùbiāo xiāofèiqún Suīrán mùqián zhǐyǒu bùfen nèi-
的中高端目標消費羣。雖然目前只有部分內
dì chéngshì néng zhǎnkāi kuàjìng diànshāng de xiāoshòu yèwù dàn
地城市能展開跨境電商B2C的銷售業務，但
quánguó de xiāofèizhě dōu kěyǐ tōngguò bù tóng shìdiǎn chéngshì de kuà-
全國的消費者都可以通過不同試點城市的跨
jìng diànshāng píngtái gòuwù yīncǐ kuàjìng diànshāng píngtái de qiánzài
境電商平台購物，因此跨境電商平台的潛在

xiāofèiqún shì nèidì zhěng gè xiāofèi shìchǎng
消費羣是內地整個消費市場。

Yìxiē yǒu yì tuòzhǎn nèidì kuàjìng diànshāng xiāoshòu yè-
一些有意拓展內地跨境電商 B2C 銷售業
wù de Gǎngshāng rúguǒ duì diànzǐ shāngwù huò wǎngluò xiāoshòu de yùn-
務的港商，如果對電子商務或網絡銷售的運
zuò bù shúxi kěyǐ kǎolǜ yǔ kuàjìng diànzǐ shāngwù gōngsī hé-
作不熟悉，可以考慮與跨境電子商務公司合
zuò Bùfen diànzǐ shāngwù gōngsī néng tígōng zhěng tào wǎngluò xiāoshòu
作。部分電子商務公司能提供整套網絡銷售
huò gèbié xiàngmù de fúwù lìrú bàoguān shāngjiǎn shìchǎng tuī-
或個別項目的服務，例如報關商檢、市場推
guǎng xiāoshòu wùliú pèisòng shāngpǐn zhuīsù děng bùfen
廣、O2O 銷售、物流配送、商品追溯等；部分
shènzhì néng fāhuī dàilǐshāng de juésè hé gōngnéng xiézhù Gǎngshāng
甚至能發揮代理商的角色和功能，協助港商
guǎnlǐ bù tóng kuàjìng diànshāng píngtái de yùnzuò ràng Gǎngshāng zhuānzhù
管理不同跨境電商平台的運作，讓港商專注
yú yánfā xīnchǎnpǐn hé zēngqiáng héxīn yèwù de jìngzhēnglì
於研發新產品和增強核心業務的競爭力。

四 詞語

(1) 商貿專業詞彙

hǎitáo 海淘	wǎnggòu 網購	bāoyóu 包郵
wēishāng 微商	shuāng-shíyī 雙十一	kuàjìng diànshāng 跨境電商
guójì zhuǎnyùn 國際轉運	wùliú yánqī 物流延期	bǎoshuì jìnkǒu 保稅進口
zhígòu jìnkǒu 直購進口		

(2) 口語詞句　朗讀並理解下列句子，並運用加線的詞語造句。

1. Jiù nǐ yí gè zěnme dǐngshìr　Duō lái shí gè rén hái chàbuduō
   就你一個怎麼頂事兒？多來十個人還差不多。
   頂事兒：能解決問題，有用。

2. Bié dāng wǒmen shì yuāndàtóu　nǐ kāi jià zhème gāo　méiyǒu rén huì mǎi
   別當我們是冤大頭，你開價這麼高，沒有人會買。
   冤大頭：枉費錢財的人，帶有譏諷的含意。

3. Nà shì gè shénme chǎnghé　Gànmá gōngsī de tóutou-nǎonǎor quán dōu chūdòng le
   那是個甚麼場合？幹嗎公司的頭頭腦腦兒全都出動了？
   頭頭腦腦兒：泛指擔負各級領導職務的人。

4. Tā jiùshì méixīn-méifèi de　shuōwánle yě jiù wàng le　nǐ bié wǎng xīn li qu
   他就是沒心沒肺的，說完了也就忘了，你別往心裏去。
   沒心沒肺：不動腦筋，沒有心計。

5. Tā gēn rén liáo de lǎo huān le　jiéguǒ bǎ zhèngshìr gěi wàng le
   他跟人聊得老歡了，結果把正事兒給忘了！
   老歡：非常開心、興奮。

6. Wǒ zǎo quàn nǐ tóuzī yào xiǎoxīn　xiànzài kě hǎo　běnr dōu péiguāng le
   我早勸你投資要小心，現在可好，本兒都賠光了！
   現在可好：意指「你看現在這情況好嗎」，帶有反諷的含意。

7. Tāmen jiù yìzhí zuò zài nàr　dà yǎn dèng xiǎo yǎn de　shéi dōu xiǎng bu chū fǎzi
   他們就一直坐在那兒，大眼瞪小眼的，誰都想不出法子。
   大眼瞪小眼：面面相覷，無計可施。

8. Zhè yí dà duī zīliào ràng wǒ yí gè rén zài sān tiān nèi zhěnglǐ hǎo wǒ shízài wánrbuzhuàn

這一大堆資料讓我一個人在三天內整理好，我實在玩兒不轉。

💡 玩兒不轉：沒有辦法，不能應付。

9. Tā zhè rén tè xǐhuan làokēr néng bǎ pǔputōngtōng de yí gè fāng'àn lào de tiānhuā-luànzhuì

他這人特喜歡嘮嗑兒，能把普普通通的一個方案嘮得天花亂墜。

💡 嘮嗑兒：閒談，聊天。

10. Duìfāng pài lái gēn zánmen xiéshāng de rén zěnme dōu shuō bu dào diǎnzi shang zhēn máfan

對方派來跟咱們協商的人怎麼都說不到點子上，真麻煩。

💡 說不到點子上：說不到重點。

請根據錄音選擇一個正確的答案。

1. 淘寶網屬於哪種電子商務模式？

A. B2C
B. O2O
C. C2C
D. OMO

____

2. 每年在跨境電子商務平台上註冊的新經營主體中，哪種企業或經營模式佔的比例最大？

A. 國有企業
B. 中小企業和個體商戶
C. 跨國企業
D. 合資企業

____

3. 以下哪一種不是內地跨境電商的主要集貨模式？

   A. 海外直郵
   B. 集郵直郵
   C. 保稅直郵
   D. 統一直郵

   ______

4. 以下哪種不是微商的特點？

   A. 創業成本高
   B. 創業人羣廣
   C. 可在朋友圈完成交易
   D. 投入資源不多

   ______

5. 以下哪些才是未來跨境物流的發展方向？

   i. 加強資金整合能力
   ii. 建立新型物流企業
   iii. 提高物流配送效率
   iv. 提升合作質量

   A. i, ii
   B. ii, iii
   C. i, iv
   D. iii, iv

   ______

六 說話練習

模擬對話

兩人一組，模擬買賣雙方於網上買賣商品的各個環節，包括買方諮詢商品、購買，賣方提供售後服務、退換貨、答覆僱客和提供指示等。

分組討論

談談你對電子商務發展的看法，以及香港在電商時代面臨的機遇和挑戰。

保稅進口流程圖

商家流程
消費者訂單流程
內地消費者
下單、付款、送貨地址
①
跨境進口電商平台
訂單、支付、物流訊息
②
中國海關
（檢驗檢疫，清關）
③
商品放行
通知發貨
④
內地保稅倉
內地快遞
⑤
備貨
海外商家
商品備案

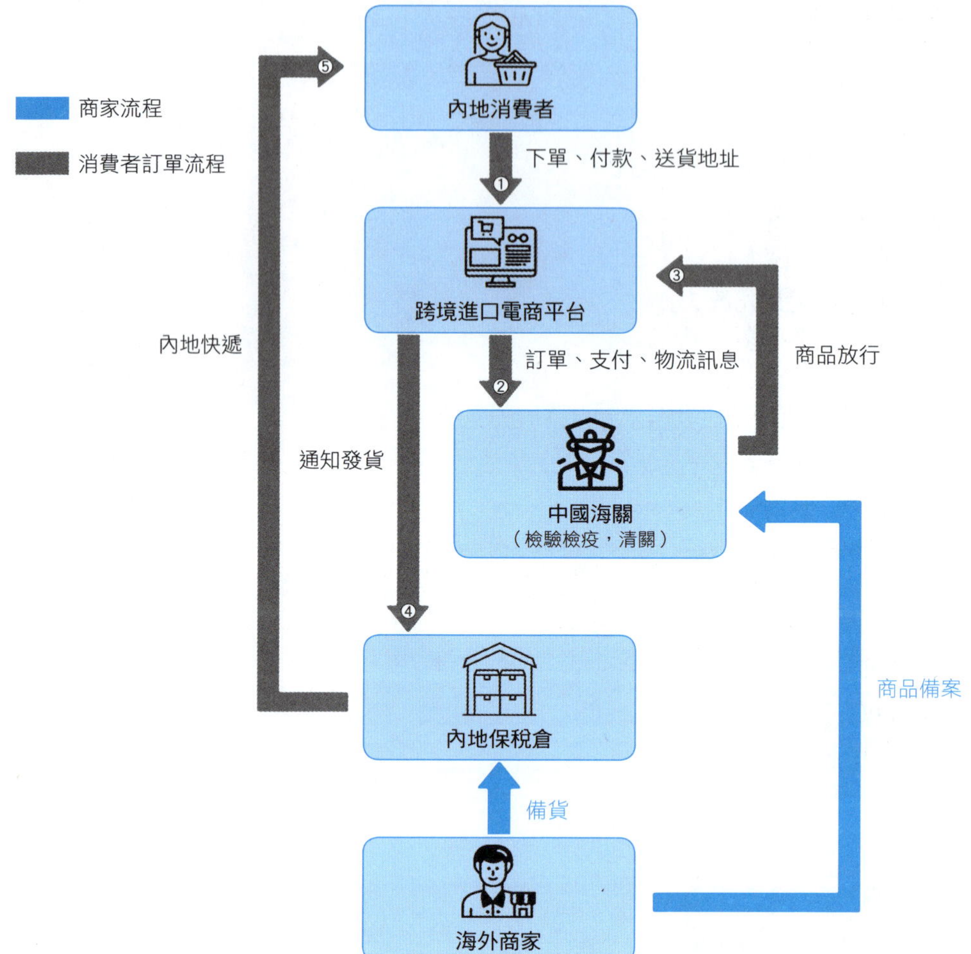

直購流程圖

商家流程
消費者訂單流程
內地消費者
下單、付款、送貨地址
①
跨境進口電商平台
通知發貨
②
訂單、支付、物流訊息
②
外國倉庫
國際物流
③
中國海關
（檢驗檢疫，清關）
商品放行
④
存貨
海外商家
商品備案

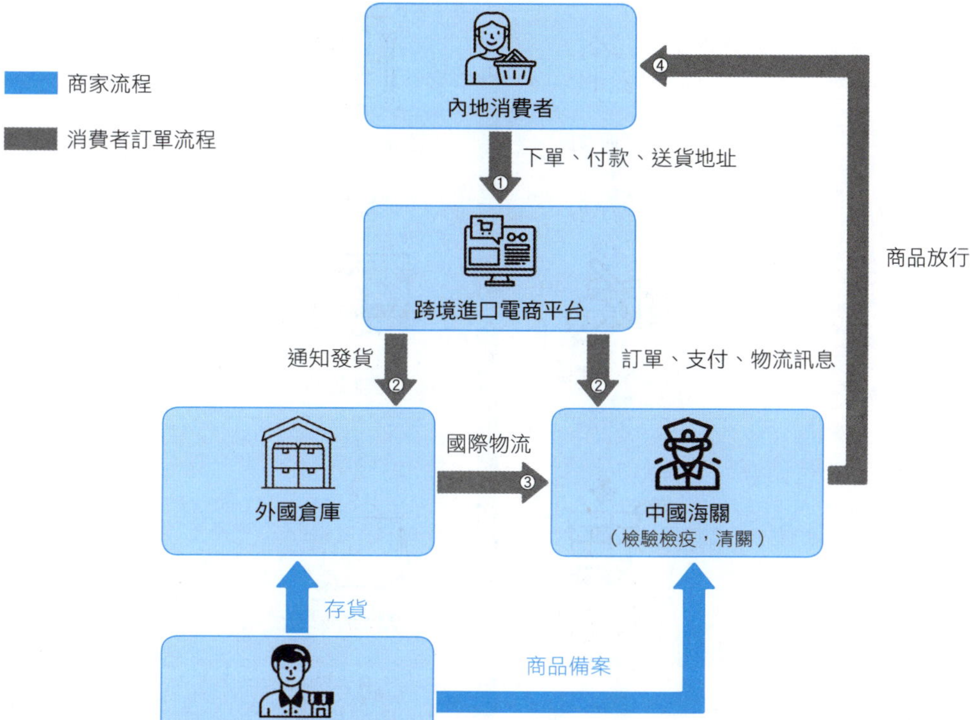

B2C 購物流程圖

第十課
中國高鐵的發展

聆聽錄音

請運用加了底線的功能句式造句。

Pínglùn hé Zànxǔ
評論和讚許

① Gāotiě de jiànshè cóng yǐnjìn jìshù dào lǐngxiān quánqiú shíxiànle yí gè fēiyuè de jìnbù Duǎnduǎn jǐ nián jiān Zhōngguó gāotiě pínpín shuāxīn shìjiè jìlù yōngyǒu duō gè shìjiè dì-yī bèi yùwéi Zhōngguó jīngjì fāzhǎn de qíjì

高鐵的建設，從引進技術到領先全球，實現了一個飛躍的進步。短短幾年間，中國高鐵頻頻刷新世界紀錄，擁有多個世界第一，被譽為中國經濟發展的奇跡。

② Dào mùqián wéizhǐ Zhōngguó yǐjīng yōngyǒu quánshìjiè zuì dà guīmó yǐjí zuì gāo yùnyíng sùdù de gāosù tiělùwǎng Zài shìjiè gāosù tiělù yùnyíng lǐchéng zhōng Zhōngguó zhànle bǎi fēn zhī liùshí jū yú shìjiè gāotiě lǐchéng de shǒuwèi

到目前為止，中國已經擁有全世界最大規模，以及最高運營速度的高速鐵路網。在世界高速鐵路運營里程中，中國佔了百分之六十，居於世界高鐵里程的首位。

③ Yǐ xíngshǐ sùdù ér yán Zhōngguó zài quánqiú gāotiě páihángbǎng shàng wèilièqiánmáo

以行駛速度而言，中國在全球高鐵排行榜上位列前茅。

4 Jiézhì èr líng èr sān niándǐ Zhōngguó gāosù tiělù yùnyíng lǐ-
截至二零二三年底，中國高速鐵路運營里
chéng yǐ tūpò sì diǎn wǔ wàn gōnglǐ chāoguò shìjiè gāotiě yùn-
程已突破四點五萬公里，超過世界高鐵運
yíng lǐchéng de wǔ chéng yǐshàng dòngchēzǔ lièchē yùnyíng shùliàng
營里程的五成以上，動車組列車運營數量
dá sìqiān èrbǎi yīshíjiǔ zǔ
達四千二百一十九組。

5 Èr líng yī líng nián shíèr yuè sān rì zài Jīng-Hù gāotiě
二零一零年十二月三日，在「京滬高鐵」
Zǎozhuāng zhì BèngBù shìyànduàn sān bā líng xīnyídài
棗莊至蚌埠試驗段，CRH 三八零 AL 新一代
gāosù dòngchēzǔ chuàngzàole yùnyíng shísù sìbǎi bāshíliù diǎn
高速動車組創造了運營時速四百八十六點
yī gōnglǐ de shìjiè tiělù yùnyíng dì-yī sùdù zhè xiāngdāng
一公里的世界鐵路運營第一速度，這相當
yú pēnqì fēijī dīsù xúnháng de sùdù
於噴氣飛機低速巡航的速度。

6 Lìng rén xīngfèn de shì Gāosù Lièchē Guójiā Gōngchéng Shíyànshì
令人興奮的是：高速列車國家工程實驗室
jìng chuàngzàole liùbǎi líng wǔ gōnglǐ de zuì gāo lúnguǐ shìyàn shí-
竟創造了六百零五公里的最高輪軌試驗時
sù gòu kuài le ba
速，夠快了吧！

7 Èr líng yī yī nián liù yuè shìjiè děngjí zuì gāo de gāotiě Jīng-
二零一一年六月，世界等級最高的高鐵「京
-Hù gāotiě jiàn chéng tóuchǎn zhè shì shìjiè shàng yícìxìng jiànchéng
滬高鐵」建成投產，這是世界上一次性建成
xiànlù zuì cháng biāozhǔn zuì gāo de gāosù tiělù Tā guànchuān
線路最長、標準最高的高速鐵路。它貫穿
Běijīng Tiānjīn Héběi Shāndōng Ānhuī Jiāngsū
北京、天津、河北、山東、安徽、江蘇、
Shànghǎi qī gè shěng shì liánjiē huán Bóhǎi hé Chǎng-Sānjiǎo liǎng dà
上海七個省市，連接環渤海和長三角兩大

jīngjìqū quáncháng yìqiān sānbǎi yīshíbā gōnglǐ
經濟區，全長一千三百一十八公里。

8 Lán-Xīn gāotiě yú èr líng yī sì nián shíèr yuè èrshíliù rì
「蘭新高鐵」於二零一四年十二月二十六日
quánxiàn guàntōng quáncháng yìqiān qībǎi qīshíliù gōnglǐ Tā
全線貫通，全長一千七百七十六公里。它
shì shìjiè shàng yícìxìng jiànchéng tōngchē lǐchéng zuì cháng de gāotiě
是世界上一次性建成通車里程最長的高鐵；
hái shì shǒu tiáo chuānyuè shāmò dàfēngqū de gāotiě bìng héngchuān
還是首條穿越沙漠大風區的高鐵，並橫穿
hǎibá zuì dī de Tǔlǔfān Péndì hé hǎibá zuì gāo de Qílián
海拔最低的吐魯番盆地和海拔最高的祁連
Shān Gāotiě Suìdào Bèi yùwéi shìjiè gāotiě dì-yī gāo suì
山高鐵隧道。被譽為「世界高鐵第一高隧」。

9 Yǐ fāngbiàn kuàijié shūshì zhēngfúle bù shǎo rén de Zhōngguó
以方便、快捷、舒適征服了不少人的中國
gāotiě chuàngzào chū zuì jīngrén de gāotiě yùnliàng Èr líng yī
高鐵，創造出最驚人的高鐵運量。二零一
wǔ nián jiù yǒu jiǔ diǎn yī yì duō réncì xuǎnzé gāotiě chūxíng
五年，就有九點一億多人次選擇高鐵出行，
qízhōng zuì fánmáng de shì Jīng-Hù gāotiě yì tiáo xiàn jiù
其中最繁忙的是「京滬高鐵」，一條線就
yǒu guò yì réncì chéngzuò
有過億人次乘坐。

10 Jiézhì èr líng èr yī niándǐ Zhōngguó gāotiě yǐ tōngdá quánguó
截至二零二一年底，中國高鐵已通達全國
bǎi fēn zhī jiǔshísān de wǔshíwàn rénkǒu yǐshàng chéngshì Qí-
百分之九十三的五十萬人口以上城市。其
zhōng Hā-Dà gāotiě shì Zhōngguó shǒu tiáo yě shì shìjiè dì-yī tiáo
中「哈大高鐵」是中國首條也是世界第一條
xīnjiàn gāohán dìqū gāosù tiělù Hā-Dà gāotiě yíngyè lǐ-
新建高寒地區高速鐵路。「哈大高鐵」營業里
chéng jiǔbǎi èrshíyī gōnglǐ zòngguàn Liáoníng Jílín Hēilóng-
程九百二十一公里，縱貫遼寧、吉林、黑龍

jiāng sān shěng Zhōngguó gāotiě zài Zhōngguó zuì hánlěng wēnchā zuì
江三省。中國高鐵在中國最寒冷，溫差最
dà de dìfang jīngshòu zhù kǎoyàn lìng rén zàntàn
大的地方經受住考驗，令人讚歎！

Chéngzuò Gāotiě qù Lǚxíng
乘坐高鐵去旅行

Jiāqíng
嘉晴：

Wéndá tīngshuō nǐ guònián shí huí Fújiàn lǎojiā le Shì
文達，聽説你過年時回福建老家了？是
zuò gāotiě ba Bēnbō láolù yì zhěng tiān gòu xīnkǔ de ba
坐高鐵吧？奔波勞碌一整天，夠辛苦的吧！

Wéndá
文達：

Hái xíng sān gè bàn xiǎoshí jiù dào le Cóng Xī Jiǔlóng gāo-
還行，三個半小時就到了。從西九龍高
tiězhàn chūfā jīng Shēnzhèn Běi Huì Zhōu Shànwěi Cháoshàn
鐵站出發經深圳北、惠州、汕尾、潮汕、
Ráopíng Zhāngzhōu yántú fēngguāng wúxiàn nà zhǒng gǎnjué
饒平、漳州，沿途風光無限，那種感覺
tài měimiào le Guònián shí wǒ chúle gēn jiārén tuánjù
太美妙了！過年時，我除了跟家人團聚
wài hái dào xiǎoshíhou cháng qù yǒuwán de hǎishàng huāyuán
外，還到小時候常去遊玩的「海上花園」
Gǔlàngyǔ le zài chōngmǎn yìguó qíngdiào de biéshùqún jiàn-
鼓浪嶼了，在充滿異國情調的別墅羣建
zhù yǐjí zài xīrì lǐngshìguǎn zǔchéng de gǔlǎo jiēxiàng
築，以及在昔日領事館組成的古老街巷
zhōng mànbù fǎngfú yòu huí dào le tóngnián de shíguāng
中漫步，彷彿又回到了童年的時光。

Jiāqíng
嘉晴：

Nǐ huíjiā de lù nàme měi tài ràng rén xiànmù le Nǐ
你回家的路那麼美，太讓人羡慕了！你
lǎojiā yǒu shéme hǎowánr de
老家有甚麼好玩兒的？

Wéndá
文達：

Huānyíng nǐ lái Xiàmén wánr wǒ huì dài nǐ dào chōngmǎn le yì-
歡迎你來廈門玩兒，我會帶你到充滿了異
guó qíngdiào de hǎishàng huāyuán Gǔlàngyǔ hái yǒu zài Zhōngguó
國情調的海上花園鼓浪嶼，還有在中國
zuì měi de dàxué Xiàmén Dàxué sànbù cānguān shìshàng
最美的大學——廈門大學散步，參觀世上
dú yǒu de shānjiān mínjū Kèjiā tǔlóuqún tǐyàn tè yǒu
獨有的山間民居客家土樓羣，體驗特有
de Mǐnnán mínsú fēngqíng pǐncháng dāngdì xiǎochī jiānguǒ yú-
的閩南民俗風情，品嚐當地小吃煎粿、魚
wán děng Ránhòu zài dài nǐ dào Fújiàn de shěnghuì Fúzhōu
丸等。然後，再帶你到福建的省會福州，
liǎojiě Mǐnběi wénhuà Jiù zhè ge shǔjià lái ba
了解閩北文化。就這個暑假來吧！

Jiāqíng
嘉晴：

Hǎo wa Kě wǒ yǒu gè yímā zài Ānhuī Héféi tā jiào
好哇！可我有個姨媽在安徽合肥，她叫
wǒ zuò gāotiě qù wánr nà wǒ shǔjià kě fēnshēn-fáshù le
我坐高鐵去玩兒，那我暑假可分身乏術了！

Wéndá
文達：

Zěnme huì gāotiě sìtōng-bādá chùchù dōu kěyǐ lián-
怎麼會，高鐵四通八達，處處都可以連
jiē Nǐ xiān gēn wǒ huí Fújiàn wánr jǐ tiān ránhòu zánmen
接。你先跟我回福建玩兒幾天，然後咱們
zuò Hé-Fú gāotiě qù Héféi cóng Fúzhōu dào Héféi quán cháng
坐合福高鐵去合肥，從福州到合肥全長
bābǎi duō gōnglǐ quánchéng yě jiù sì gè duō xiǎoshí ba
八百多公里，全程也就四個多小時吧。

Jiāqíng
嘉晴：

Hǎo a Zánmen kěyǐ yílù zǒuzǒutíngtíng zài rénwén huì-
好啊！咱們可以一路走走停停，在人文薈
cuì de Tónglíng Xuānchéng guàng yi guàng zài pápa shānqīng-shuǐxiù
萃的銅陵、宣城逛一逛，再爬爬山清水秀
de Wǔyí Shān yílù shàng kěyǐ chī dào Jìxī chòuguìyú
的武夷山，一路上可以吃到績溪臭鱖魚、
Huáng Shān huǒbèi dòufu děng měiwèi jiāyáo jiù lái tā yì chǎng
黃山火焙豆腐等美味佳餚，就來它一場
měijǐng měishí jiān jù de gāoyánzhí shéjiān zhī lǚ ba
美景美食兼具的高顏值舌尖之旅吧！

Wéndá
文達：

Tài yòurén le Hěn duō dìfang dōu tōng shàng gāotiě le gěi
太誘人了！很多地方都通上高鐵了，給
chūyóu de xiǎohuǒbànrmen tígōngle gèng duō de xuǎnzé zhēn
出遊的小夥伴兒們提供了更多的選擇，真
gāi chènzhe hán-shǔjià hǎohāor de kànkan zǔguó de shānshān-
該趁着寒暑假，好好兒地看看祖國的山山
shuǐshuǐ Zài Ānhuī zánmen kěyǐ bǎolǎn Shèxiàn fēngguāng
水水！在安徽咱們可以飽覽歙縣風光，
Huīshì jiànzhù cóng Huáng Shān xiàlai hòu zài cóng Ānqìng chū-
徽式建築，從黃山下來後，再從安慶出
fā zuò Níng-Ān gāotiě liǎng xiǎoshí jiù kě zhídá
發，坐「寧安高鐵」，兩小時就可直達
Jiāngsū de Nánjīng zài huàn yì zhǒng fēngqíng mànyóu chōngmǎn
江蘇的南京，再換一種風情，漫遊充滿
shīyì de Jiāngnán ba
詩意的江南吧！

Jiāqíng
嘉晴：

Zuò shàng gāotiě nà xiē nǐ yìzǎo biāozhù zài lǚxíng qīngdān
坐上高鐵，那些你一早標註在旅行清單
shàng xīnwǎng-shénchí de dìfang jiù huì yí gè yí gè chéng-
上、心往神馳的地方，就會一個一個呈
xiàn zài nǐ de yǎnqián děngdàizhe nǐ qiánwǎng
現在你的眼前，等待着你前往。

Wéndá
文 達：

Rúguǒ shǔjià hái yǒu shíjiān jiù xiān huí Xiānggǎng xiūzhěng yí-
如 果 暑 假 還 有 時 間 ， 就 先 回 香 港 休 整 一
xià ránhòu qù Chéngdū kàn nǐ zuì xǐhuan de dàxióngmāo
下 ， 然 後 去 成 都 看 你 最 喜 歡 的 大 熊 貓 ，
zài zuò Chéng-Yú gāotiě yí gè bàn xiǎoshí jiù dào Chóngqìng
再 坐 「 成 渝 高 鐵 」 ， 一 個 半 小 時 就 到 重 慶
le nǐ zhè ge chīhuò kěyǐ jìnqíng de chīxiāng-hēlà
了 ， 你 這 個 吃 貨 ， 可 以 盡 情 地 吃 香 喝 辣 ！
Nǐ zhīdào ma Guòqù yóu Chéngdū qù Chóngqìng yǒu duō máfan
你 知 道 嗎 ？ 過 去 由 成 都 去 重 慶 有 多 麻 煩 ，
yào huā shang shíjǐ gè xiǎoshí ne
要 花 上 十 幾 個 小 時 呢 ！

Jiāqíng
嘉 晴：

Gòu bàng de Zhème jǐ tàng xiàlai gāotiěyóu shì jì shěng
夠 棒 的 ！ 這 麼 幾 趟 下 來 ， 高 鐵 遊 是 既 省
shí fāngbiàn yòu shěng qián na
時 、 方 便 ， 又 省 錢 哪 ！

Wéndá
文 達：

Shèngdàn xīnnián jiàqī lái tàng Hǎinán huándǎo gāotiě zhī lǚ zěn-
聖 誕 、 新 年 假 期 來 趟 海 南 環 島 高 鐵 之 旅 怎
meyàng Yī shì qù wēnnuǎn de hǎidǎo bìbi hán èr shì bǎ
麼 樣 ？ 一 是 去 温 暖 的 海 島 避 避 寒 ， 二 是 把
dǎoshang zuì měi de fēngjǐng chuàn qǐlai Chéngzuò shìjiè shàng dì-
島 上 最 美 的 風 景 串 起 來 ！ 乘 坐 世 界 上 第
-yī tiáo huándǎo gāotiě rào Hǎinán Dǎo yì quānr jīngguò Dōng-
一 條 環 島 高 鐵 ， 繞 海 南 島 一 圈兒 ， 經 過 東
fāng Zhàn Sānyà Zhàn Wànníng Zhàn dàyuē sān xiǎoshí shí-
方 站 、 三 亞 站 、 萬 寧 站 ， 大 約 三 小 時 十
bā fēnzhōng jiù yòu huídào Hǎikǒu Zhàn le Nǐ jiù yí zhànzhàn
八 分 鐘 就 又 回 到 海 口 站 了 。 你 就 一 站 站
de xīnshǎng dǎoshàng de bìhǎi lántiān báiyún shātān yē-
地 欣 賞 島 上 的 碧 海 藍 天 ， 白 雲 沙 灘 ， 椰
lín fēngqíng ba
林 風 情 吧 ！

Jiāqíng
嘉晴：

Yílù měijǐng tài yǒu yìsi le Zhēn làngmàn
一路美景，太有意思了！真浪漫！

Wéndá
文達：

Rúguǒ juéde hái bú guòyǐn nà jiù lìyòng chūnjié jiàqī
如果覺得還不過癮，那就利用春節假期
běishàng zuò yì huí bèi chēngwéi Dōngběi zuì měi gāotiě de
北上，坐一回被稱為東北「最美高鐵」的
Jítúhún gāotiě yílù shàng ái'ái báixuě bīnglíng
「吉圖琿高鐵」，一路上皚皚白雪，冰淩
shùguà jīngyíng tītòu Zài dàhóng dēnglong yìngzhào xià de
樹掛，晶瑩剔透。在大紅燈籠映照下的
Dōngběi túnzi li chī dùn nóngjiā niányèfàn nǐ zhè ge cóng-
東北屯子裏吃頓農家年夜飯，你這個從
lái méi jiànguo xuěyù de Guǎngdōngrén bùjǐn néng míbǔ yíhàn
來沒見過雪域的廣東人不僅能彌補遺憾，
hái huì bèi Dōngběirén chúnpǔ hàokè de rèqíng kǎohuà
還會被東北人淳樸好客的熱情烤化！

Sìtōng-bādá de Zhōngguó Gāotiě Wǎngluò
◆◆ 四通八達的中國高鐵網絡 ◆◆

Jiāqíng
嘉晴：

Wéndá zuótiān tīngwán nǐ de jièshào wǒ duì gāotiě yuè
文達，昨天聽完你的介紹，我對高鐵越
lái yuè yǒu xìngqù le Zhōngguó nàme dà gāotiě kèyùn
來越有興趣了，中國那麼大，高鐵客運
wǎngluò shì zěnyàng de jièshao jièshao ba
網絡是怎樣的，介紹介紹吧！

Wéndá
文達：

Cóng gāotiě bǎntú shàng kàn Zhōngguó zìxíng guīhuà jiànshè de
從高鐵版圖上看，中國自行規劃建設的

shěnghuì chéngshì hé dà-zhōng chéngshì jiān de chángtú gāosù tiělù
省會城市和大中城市間的長途高速鐵路
kèyùn wǎngluò zuìwéi héxīn de bùfen shì Bā zòng bā héng
客運網絡最為核心的部分是「八縱八橫」
tǐxì shíliù tiáo zhǔgànxiàn shàng de kèyùn zhuānxiàn lièchē
體系，十六條主幹線上的客運專線列車
yuánzé shàng yǐ měi xiǎoshí èrbǎi wǔshí gōnglǐ yǐshàng de kāi-
原則上以每小時二百五十公里以上的開
xíng sùdù wǎnglái chuānxíng zài Zhōngguó dàdì shàng
行速度往來穿行在中國大地上。

Jiāqíng
嘉晴：

Zhēn gòu kuài de Shénme shì Bā zòng a
真夠快的！甚麼是「八縱」啊？

Wéndá
文達：

Bā zòng shì guànchuān Zhōngguó bǎntú nèi nán-běi zòngxiàng de tiě-
「八縱」是貫穿中國版圖內南北縱向的鐵
lùxiàn jiù xiàng rén de zhǔdòngmài bāokuò Yánhǎi tōngdào
路線，就像人的主動脈，包括「沿海通道」、
Jīng-Hù tōngdào Jīng-Gǎng-Tái tōngdào Jīng-Hā
「京滬通道」、「京港（台）通道」、「京哈—
Jīng-Gǎng-Ào tōngdào Hū-Nán tōngdào Jīng-Kūn tōngdào
京港澳通道」、「呼南通道」、「京昆通道」、
Bāo-Yín-Hǎi tōngdào hé Lán-Xī-Guǎng tōngdào
「包（銀）海通道」和「蘭（西）廣通道」。

Jiāqíng
嘉晴：

Nà Jīng-Guǎng gāotiě shì zhòngyào de Yí zòng ba
那「京廣高鐵」是重要的「一縱」吧，
xiǎoshíhou wǒ zuòguo zhè tiáo xiàn shàng de tèkuài lièchē cóng Běi-
小時候我坐過這條線上的特快列車從北
jīng lǚxíng huílai jīngguò Shíjiāzhuāng Zhèngzhōu Wǔhàn
京旅行回來，經過石家莊、鄭州、武漢、
Chángshā děng dì dàodá Guǎngzhōu Bā zòng de xiànlù yào
長沙等地，到達廣州。「八縱」的線路要
jīngguò de shěng shì yídìng hěn duō ba
經過的省市一定很多吧？

Wéndá
文達：

Nǐ shuō de qíshí shì Jīng-Gǎng gāotiě tā liánjiē Huáběi
你說的其實是「京港高鐵」，它連接華北、
Huázhōng hé Huánán dìqū yílù xiàng nán chíchěng jīng Shēn-
華中和華南地區，一路向南馳騁，經深
zhèn zuìhòu dào Xiānggǎng xíngchéng zhǐ xū dàgài shíèr xiǎo-
圳，最後到香港，行程只需大概十二小
shí Zhīqián shuō de Yánhǎi tōngdào liánjiē dōngbù yánhǎi
時。之前說的「沿海通道」連接東部沿海
dìqū guàntōng Jīng-Jīn-Jì Liáozhōngnán Shāndōng Bàndǎo
地區，貫通京津冀、遼中南、山東半島、
Dōnglǒnghǎi Chǎng-Sānjiǎo Hǎixiá Xī'àn Zhū-Sānjiǎo
東隴海、長三角、海峽西岸、珠三角、
Běibù Wānděng chéngshìqún Jīng-Hù tōngdào jiù liánjiē Huáběi
北部灣等城市羣。「京滬通道」就連接華北、
Huádōng dìqū guàntōng Jīng-Jīn-Jì Chǎng-Sānjiǎo děng chéngshì-
華東地區，貫通京津冀、長三角等城市
qún Hái yǒu Jīng-Hā Jīng-Gǎng-Ào tōngdào liánjiē Dōngběi
羣。還有，「京哈—京港澳通道」連接東北、
Huáběi Huázhōng Huánán Gǎng-Ào dìqū guàntōng Hā-
華北、華中、華南、港澳地區，貫通哈
Cháng Liáozhōngnán Jīng-Jīn-Jì Zhōngyuán Chángjiāng zhōngyóu
長、遼中南、京津冀、中原、長江中游、
Zhū-Sānjiǎo děng chéngshìqún Hū-Nán tōngdào guàntōng Hū-Bāo-
珠三角等城市羣。「呼南通道」貫通呼包
-È-Yú Shānxī zhōngbù Zhōngyuán Chángjiāng zhōngyóu Běibù
鄂榆、山西中部、中原、長江中游、北部
Wān děng chéngshìqún Zài shuōshuo Jīng-Kūn tōngdào guàntōng
灣等城市羣。再說說「京昆通道」貫通
Jīng-Jīn-Jì Tàiyuán Guānzhōng Píngyuán Chéng-Yú Diānzhōng
京津冀、太原、關中平原、成渝、滇中
děng chéngshìqún Bāo-Yín-Hǎi tōngdào guàntōng Hū-Bāo-È
等城市羣。「包（銀）海通道」貫通呼包鄂、
Níngxià Yán Huáng Guānzhōng Píngyuán Chéng-Yú Qiánzhōng Běibù
寧夏沿黃、關中平原、成渝、黔中、北部
Wānděng chéngshìqún Zuìhòu shì Lán-Xī-Guǎng tōngdào
灣等城市羣。最後是「蘭（西）廣通道」。
Tā liánjiē Xīběi Xīnán Huánán dìqū guàntōng Lán-Xī
它連接西北、西南、華南地區，貫通蘭西、

Chéng-Yú Qiánzhōng Zhū-Sānjiǎo děng chéngshìqún
成渝、黔中、珠三角等城市羣。

Jiāqíng
嘉晴：

Zhè yě tài lìhai le Yǒule Bā zòng zhè xiē gāotiě
這也太厲害了！有了「八縱」這些高鐵
dàdòngmài shěnghuì chéngshì jiān de lǚxíng shíjiān jīhū
「大動脈」，省會城市間的旅行時間幾乎
huì bǐ yǐwǎng jiéshěng yíbàn yǐshàng ba Nà Bā héng
會比以往節省一半以上吧？那「八橫」
yòu zhǐ shénme ne
又指甚麼呢？

Wéndá
文達：

Shìde bǐ yǐqián kuài hěn duō Bā héng jiù shì dōng-
是的，比以前快很多！「八橫」就是東
xī zǒuxiàng de Suí-Mǎn tōngdào Jīng-Lán tōngdào Qīng-
西走向的「綏滿通道」、「京蘭通道」、「青
Yín tōngdào Lùqiáo tōngdào Yán Jiāng tōngdào
銀通道」、「陸橋通道」、「沿江通道」、
Hù-Kūn tōngdào Xià-Yú tōngdào yǐjí Guǎng-Kūn
「滬昆通道」、「廈渝通道」，以及「廣昆
tōngdào
通道」。

Jiāqíng
嘉晴：

Bā héng yòu liánjiēle nǎ xiē shěng shì ne
「八橫」又連接了哪些省市呢？

Wéndá
文達：

Nà kě jiù tài duō le jīběn shàng fùgàile quánguó Qí-
那可就太多了，基本上覆蓋了全國。其
zhōng zuì cháng de Lùqiáo tōngdào dōng shǐ Liányúngǎng xī zhì
中最長的「陸橋通道」東始連雲港，西至
Xīnjiāng Wūlǔmùqí chuānxíng Huánghé liúyù de gè shěng shì
新疆烏魯木齊，穿行黃河流域的各省市。

Hái yǒu zhè tiáo lùxiàn hái néng tōngguò Zhōng Yà Xī Yà
還有，這條路線還能通過中亞、西亞，
shènzhì yuǎn zhì Ōuzhōu fēicháng lìhai Lìngwài kuàyuè
甚至遠至歐洲，非常厲害！另外，跨越
Chángjiāng liúyù de Yán Jiāng tōngdào dōng dá Shànghǎi
長江流域的「沿江通道」，東達上海，
xī dào Sìchuān de Chéngdū liántōngle Chǎng-Sānjiǎo Chángjiāng
西到四川的成都，連通了長三角、長江
zhōngyóu Chéng-Yú děng chéngshìqún
中游、成渝等城市羣。

Jiāqíng
嘉晴：

À Tài zhuàngguān le Bàozhǐ shang shuō èr líng sān wǔ nián
啊！太壯觀了！報紙上說，二零三五年，
Zhōngguó de Bā zòng bā héng tiělù wǎngluò quáncháng jiāng dá-
中國的「八縱八橫」鐵路網絡全長將達
dào èrshíwàn gōnglǐ
到二十萬公里！

Wéndá
文達：

Hái bù zhǐ zhè xiē ne zài Bā zòng bā héng de zhǔgàn-
還不止這些呢，在「八縱八橫」的主幹
xiàn shàng hái yǒu xǔduō yǐjīng jiànchéng de hé zhèngzài jiànshè de
線上還有許多已經建成的和正在建設的
chéngjì fēnzhī xiànlù dòngchē hé pǔtōng huǒchē jiù zhè-
城際分支線路、動車和普通火車，就這
yàng biānzhī chéngle yì zhāng jùdà de tiělù wǎngluò shěnghuì
樣編織成了一張巨大的鐵路網絡。省會
hé zhōubiān chéngshì xíngchéng bàn xiǎoshí dào yì xiǎoshí de jiāo-
和周邊城市形成半小時到一小時的交
tōngquān
通圈。

Jiāqíng
嘉晴：

Tài fāngbiàn le
太方便了！

Wéndá
文達：

Shì a Mùqián Xiānggǎng yǐjīng róngrù dàole nèidì de gāotiě wǎngluò zhōng kěyǐ zhíjiē yǔ nèidì de wǔshíbā gè dà chéngshì xiāng liánjiē zhè bùjǐn fāngbiànle mínzhòng chūxíng nèidì Bā zòng bā héng gāotiěwǎng suǒ dàidòng de rénkǒu liúdòng huì gěi Xiānggǎng dàilái gèng duō de jīyù dàidòng Xiānggǎng róngrù dào guójiā zhěngtǐ de fāzhǎn zhōng

是啊！目前香港已經融入到了內地的高鐵網絡中，可以直接與內地的五十八個大城市相連接，這不僅方便了民眾出行，內地「八縱八橫」高鐵網所帶動的人口流動會給香港帶來更多的機遇，帶動香港融入到國家整體的發展中。

Jiāqíng
嘉晴：

Wéndá nǐ tài lìhai le shuōchūle Zhōngguó gāotiě Bā zòng bā héng de zhuàngguān tújǐng kě nǐ shuōle nèidì zhème duō dìfang wǒ dōu yǒudiǎnr duì bu shàng hào le húli-hútu de zěnmebàn ne

文達，你太厲害了，說出了中國高鐵「八縱八橫」的壯觀圖景，可你說了內地這麼多地方我都有點兒對不上號了，糊裏糊塗的，怎麼辦呢？

Wéndá
文達：

Nà shì yīnwèi nǐ nǎozi li méiyǒu yì fú Zhōngguó dìtú bù liǎojiě Zhōngguó de sānshísì gè yī jí xíngzhèng qūhuà jí tāmen de jiǎnchēng rúguǒ zài zhème hútu xiàqu ya nǐ fēiděi nào chū xiàohua lai bù kě Zhènghǎo wǒ zhèli yǒu yì fú Zhōngguó dìtú pīntú nǐ duō wánr jǐ cì jiù jìzhu le tā huì ràng nǐ shòuyòng yíbèizi de

那是因為你腦子裏沒有一幅中國地圖，不了解中國的三十四個一級行政區劃及它們的簡稱，如果再這麼糊塗下去呀，你非得鬧出笑話來不可！正好我這裏有一幅中國地圖拼圖，你多玩兒幾次就記住了，它會讓你受用一輩子的！

Jiāqíng
嘉晴：

Wéndá nǐ zhēn tiēxīn Nǐ bāng wǒ liǎojiěle nèidì de
文達，你真貼心。你幫我了解了內地的
gāotiě hái shunbiàn bǔle dìlǐ zhēn bù zhīdào gāi zěn-
高鐵，還順便補了地理，真不知道該怎
me gǎnxiè nǐ cái hǎo
麼感謝你才好！

三 短文

Gāotiě Shídài Shāngjī Chùchù
高鐵時代，商機處處

Gāo sùdù dà róngliàng dī wūrǎn ānquán kěkào
高速度、大容量、低污染、安全可靠、
xiānjìn ér kě chíxù fāzhǎn shì gāosù tiělù fùyǔle xiàndài tiě-
先進而可持續發展是高速鐵路賦予了現代鐵
lù de quánxīn gàiniàn Zhè yí quánxīn de gāokējì jiāotōng gōngjù
路的全新概念。這一全新的高科技交通工具，
zì èr líng líng sì nián kāishǐ guīhuà dào xiànzài yǐjīng jīběn chéng-
自二零零四年開始規劃，到現在已經基本成
xíng le Gāotiě zài nèidì zònghéng dōng xī nán běi yùnyíng lǐchéng
型了。高鐵在內地縱橫東西南北，運營里程
chāoguò shù wàn gōnglǐ Bùrù gāotiě shídài de Zhōngguó shèhuì
超過數萬公里。步入高鐵時代的中國，社會、
jīngjì mínshēng děng duō fāngmiàn dōu fāshēngle jùdà de biànhuà
經濟、民生等多方面都發生了巨大的變化。

Gāotiě shǐ jiāotōng yùnshū de chéngběn dàdà jiàngdī cóngér
高鐵使交通運輸的成本大大降低，從而
shǐ shèhuì jīngjì xiàoyì déyǐ dà fúdù tíshēng Quánguó tiělù
使社會經濟效益得以大幅度提升。全國鐵路
de huòyùnliàng měi nián yǐ shù yì dūn de jīngrén sùdù měng zēng ér
的貨運量每年以數億噸的驚人速度猛增，而

yǐ rénlèi zuì dà guīmó de qiānxǐ chūnyùn láishuō èr
以人類最大規模的遷徙——「春運」來説，二
líng èr sì nián de chūnyùn qījiān gāotiě liánxù sìshí tiān
零二四年的「春運」期間，高鐵連續四十天
shūyùnle sì diǎn bā sì yì réncì gāotiě de héngkōng chūshì
疏運了四點八四億人次，高鐵的橫空出世，
jiù zhème yǐ qí gāosù gāoxiào jiějuéle zhè ge dà nàntí zhōng-
就這麼以其高速高效解決了這個大難題，終
yú shǐ chūnyùn bú zài shì bēiqíng de dàimíngcí
於使「春運」不再是悲情的代名詞。

Quánguó jiǔ chéng rénkǒu suǒ jūzhù de fànwéi yǐ bèi zònghéng
全國九成人口所居住的範圍，已被縱橫
quánguó de gāotiěwǎng suǒ hángài Yìxiē cóng wèi yǒuguo huǒchē de
全國的高鐵網所涵蓋。一些從未有過火車的
nóngcūn xiāngzhài yíxiàzi yíngláile gāotiě quánguó jué dà bùfen
農村鄉寨一下子迎來了高鐵，全國絕大部分
shěng shì bèi nàrù bā xiǎoshí shēnghuóquān líng páifàng de lǜ-
省市被納入八小時生活圈，「零排放」的「綠
sè gāotiě xùnsù chéngwéi rénmen chūxíng de shǒuxuǎn tā bù jǐn-
色高鐵」迅速成為人們出行的首選，它不僅
jǐn shì yì zhǒng biànjié de jiāotōng gōngjù gèng shì chuànlián qǐ chéngshì
僅是一種便捷的交通工具，更是串聯起城市
yǔ chéngshì de niǔdài Rújīn kuàyuè xíngzhèng qūhuà de gàiniàn
與城市的紐帶。如今跨越行政區劃的概念，
chōngpò jiāotōng zǔgé de fēi tóng yī dìqū mǎifáng gōngzuò
衝破交通阻隔的非同一地區買房、工作、
xiāofèi shēnghuó liànài lǚyóu kāishǐ chéngwéi xǔduō rén
消費、生活、戀愛、旅遊，開始成為許多人
de shēnghuó chángtài dàzhòng jiāng yuè lái yuè shòuyì yú gāotiě fāzhǎn
的生活常態，大眾將越來越受益於高鐵發展
dàilái de hǎochù hé shíhuì
帶來的好處和實惠。

Gāotiě gǎibiànle nèidì de jīngjì bùjú yǐ Běijīng wéi
高鐵改變了內地的經濟佈局，以北京為
zhōngxīn xíngchéng de Zhōngguó jīngjì zuì fādá de sān dà jīngjì qūyù
中心形成的中國經濟最發達的三大經濟區域

huán Bóhǎiqū Cháng-Sānjiǎoqū Zhū-Sānjiǎoqū bèi gāosù tiě-
環渤海區、長三角區、珠三角區，被高速鐵
lùwǎng liánchéngle yì xiǎoshí yìtǐhuà de shēnghuóquān érqiě bǎ
路網連成了一小時一體化的生活圈，而且把
Zhōngbù dìqū lián chéng yìtǐ rénkǒu jìn liǎngyì hángài zhōubiān
中部地區連成一體，人口近兩億，涵蓋周邊
èrshíèr gè zhǔyào chéngshì xíngchéngle jì Bālí Lúndūn
二十二個主要城市，形成了繼巴黎、倫敦、
Niǔyuē Zhījiāgē Dōngjīng hòu quán qiú dì-liù gè chāojí chéng-
紐約、芝加哥、東京後，全球第六個超級城
shìqún chéngwéi Zhōngguó zuì jù shílì de jīngjì qūyù Yǔ cǐ
市羣，成為中國最具實力的經濟區域。與此
tóngshí gāotiě yě bǎ Xībù jīngjìqū Dōngběi yǔ quánguó jīng-
同時，高鐵也把西部經濟區、東北與全國經
jì fādá qūyù liánchéngle yí piàn dàidòngle dàliàng guòwǎng yīn
濟發達區域連成了一片，帶動了大量過往因
wǎnglái jiāotōng yào hàofèi shí zhì èrshí xiǎoshí yǐshàng jīngjì fā-
往來交通要耗費十至二十小時以上，經濟發
zhǎn xiāngduì zhìhòu de èr-sān xiàn chéngshì hé dìqū de fāzhǎn kōngjiān
展相對滯後的二三線城市和地區的發展空間。
Yì tiáo gāotiě lādòng yì fāng jīngjì chéngwéi zhùtuī Zhōngguó chéng-
一條高鐵，拉動一方經濟，成為助推中國城
zhènhuà jīngjì xiàng qián màijìn de yí dà shénqì gèng shì tóu-
鎮化經濟向前邁進的一大「神器」，更是投
zīzhě de shǒu xuǎn xīyǐn kuàguó-gōngsī hǎinèi-wài qiáoshāng zhēng-
資者的首選，吸引跨國公司、海內外僑商爭
xiāng xúnmì gāotiě fāzhǎn dàilái de wúxiàn shāngjī
相尋覓高鐵發展帶來的無限商機。

Lìng yì fāngmiàn Zhōngguó gāotiě jùbèi quánmiànhuà de zhuāngbèi
另一方面，中國高鐵具備全面化的裝備
zhìzào hé yùnyíng guǎnlǐ jìshù érqiě zàojià dī jiànshè sù-
製造和運營管理技術，而且造價低，建設速
dù kuài Zhōngguó Yínháng dàikuǎn yòu nénggòu yǐ dǎbāo de xíngshì cān-
度快，中國銀行貸款又能夠以打包的形式參
yù hǎiwài de jìngbiāo Zài duōchòng yōushì xià Zhōngguó gāotiě yǐ
與海外的競標。在多重優勢下，中國高鐵以

Zhōngguó sùdù Zhōngguó zhìzào de zītài tiǎozhàn rènhé
「中國速度」、「中國製造」的姿態挑戰任何
jìngzhēng duìshǒu shǐ gāotiě xùnsù zǒuchūle guómén Hǎiwài gāo-
競爭對手，使高鐵迅速走出了國門。海外高
tiě xiàngmù yě fēnfēn shàngmǎ Zhōngguó de gāotiě jiāng xíngchéng cóng
鐵項目也紛紛上馬。中國的高鐵將形成從
Zhōngguó běntǔ liánjiē Ōu-Yà dàlù nǎizhì gèng guǎngkuò dìqū de
中國本土連接歐亞大陸乃至更廣闊地區的
gāotiě wǎngluò
高鐵網絡。

四 詞語

(1) 商貿專業詞彙

lǐchéng 里程	yùnyíng 運營	líng páifàng 零排放
jiāotōng quān 交通圈	zhǔgànxiàn 主幹線	Bā zòng bā héng 八縱八橫
gāotiě yùnliàng 高鐵運量	lǜsè gāotiě 綠色高鐵	Zhōngguó sùdù 中國速度
kèyùn wǎngluò 客運網絡		

(2) 口語詞句 朗讀並理解下列句子，並運用加線的詞語造句。

1. Gān má dālazhe nǎodai Yǒu shénme bú shùnxīn
幹嗎耷拉着腦袋？有甚麼不順心？
耷拉：下垂。

2. Nǐ děi hǎohāor zhǔnbèi bié dào shíhou fāchù wǒ kě bù-
你得好好兒準備，別到時候發怵，我可不

guǎn nǐ
管 你 。

發怵：膽怯、畏縮。

3 Tā tè kōuménr zěnme kěnéng gěi nǐ qián bié zuò mèng le
他 特 摳 門兒 ， 怎 麼 可 能 給 你 錢 ， 別 做 夢 了 。

摳門兒：小氣，吝嗇。

4 Zhè hǎizhé dàgài méi xǐ gānjìng chīzhe juéde yáchen
這 海 蜇 大 概 沒 洗 乾 淨 ， 吃 着 覺 得 牙 磣 。

牙磣：食物中夾雜沙子，咀嚼起來令牙齒不舒服。

5 Rénjia zài tái shang fāyán ne nǐmen zài nàr dígu xiē
人 家 在 台 上 發 言 呢 ， 你 們 在 那兒 嘀 咕 些
shénme
甚 麼 ？

嘀咕：小聲說話，私下說話。

6 Xiāchě shènme rénjia shuō zhèngjǐng shìr ne jízhōng jīngshén
瞎 扯 甚 麼 ？ 人 家 說 正 經 事兒 呢 ， 集 中 精 神
tīngting shuō shènme
聽 聽 說 甚 麼 。

瞎扯：沒有根據地亂說。

7 Zánmen zhècì yě zuòzuo gāotiě de shāngwùzuò ràng quánjiā guò
咱 們 這 次 也 坐 坐 高 鐵 的 商 務 座 ， 讓 全 家 過
bǎ yǐn
把 癮 。

過把癮：盡情享受，滿足自己的興趣或愛好。

8 Xiànzài gāotiě de shèjì yánzhí yě tài gāo le ba wǒmen zhè-
現 在 高 鐵 的 設 計 顏 值 也 太 高 了 吧 ， 我 們 這
xiē ài dǎkǎ de rén děi duō pāi jǐ zhāng zhàopiānr
些 愛 打 卡 的 人 得 多 拍 幾 張 照 片兒 。

顏值也太高：樣子好看，漂亮。

9 Nǐ shuōhuà yě tài sǔn le yīnggāi gěi duìfāng liúdiǎnr qíngmiàn
你 說 話 也 太 損 了 ， 應 該 給 對 方 留 點兒 情 面 。

損：用尖酸、刻薄的話挖苦人。

10 Zhè ge rén shēnghuó hé gōngzuò dōu bù zhuódiàor nǐ hái zhāorě tā gàn má
這個人生活和工作都不着調兒，你還招惹他幹嗎？

不着調兒：比喻某人做事不專一，不務正業，也形容一個人不做正事，沒有明確的目標，懶散。

五 聆聽練習

請根據錄音選擇一個正確的答案。

1. 以下哪一個字母代表高鐵列車？
   A. D 字頭
   B. G 字頭
   C. C 字頭
   D. A 字頭 ______

2. 哪一項不是動車與高鐵的區別？
   A. 路軌的類型
   B. 列車的類型
   C. 運行時速
   D. 發動機的類型 ______

3. 中國鐵路局規定：高鐵初期運營的行車時速不會少於每小時多少公里？
   A. 200 公里
   B. 250 公里
   C. 300 公里
   D. 350 公里 ______

4. 動車運行的動力來自哪一項？
   A. 靠機車牽引，車廂本身不具有動力
   B. 靠機車帶動，車廂本身也具有動力
   C. 無需機車牽引，靠車廂本身的動力
   D. 無需機車帶動，也不靠車廂的動力 ______

5. 高鐵和動車的區別體現在哪些方面？

i. 軌道
ii. 信號
iii. 神經系統
iv. 控制系統
A. i, iv
B. i, ii, iii
C. i, ii, iv
D. 以上皆是

六 說話練習

主題報告

蒐集並整理資料，分享及評論中國高鐵的最新或海外發展。

分組討論

分組討論：對照「中國地圖」，說說「八縱八橫」鐵路網絡及沿線重要城市的狀況。

第十一課

中國的農村經濟與鄉村振興

聆聽錄音

請運用加了底線的功能句式造句。

Bàogào hé Chéngqīng
報告和澄清

1. Zǎo qián Chéng zǒng ràng wǒ jiù Zhōngguó de xiāngcūn zhènxīng guīhuà zuò yí gè kètí bàogào, yǐ xià wǒ xiān gōulè yíxià bàogào de dàgāng.
   早前程總讓我就中國的鄉村振興規劃做一個課題報告，以下我先勾勒一下報告的大綱。

2. Xiāngcūn zhènxīng shì Zhōngguó zài fúpín gōngchéng qǔdé chūbù chéngjì hòu, jìnyíbù wèi fāzhǎn nóngcūn jīngjì, shǐ guǎngdà nóngcūn zhēnzhèng jìnrù xiǎokāng shèhuì de zhòngyào jǔcuò, yīncǐ tā gēn Zhōngguó de fúpín wèntí、nóngcūn jīngjì wèntí, nǎizhìyú liángshi ānquán wèntí dōu xiāngguān. Wǒ xiàmiàn de bàogào jiāng wéirào zhè sān gè fāngmiàn zhǎnkāi.
   鄉村振興是中國在扶貧工程取得初步成績後，進一步為發展農村經濟，使廣大農村真正進入小康社會的重要舉措，因此它跟中國的扶貧問題、農村經濟問題，乃至於糧食安全問題都相關。我下面的報告將圍繞這三個方面展開。

3. Zhōngguó de fúpín jìhuà zài èr líng yī èr nián zhèngshì shàngmǎ,
   中國的扶貧計劃在二零一二年正式上馬，

jùjiāo shēndù pínkùn dìqū hé tèshū pínkùn qúntǐ huāle
聚焦深度貧困地區和特殊貧困羣體，花了
jǐnjǐn bā nián shíjiān jiù zài èr líng èr líng niándǐ ràng xiàn-
僅僅八年時間，就在二零二零年底，讓現
xíng biāozhǔn xià de nóngcūn pínkùn rénkǒu quánbù tuōpín
行標準下的農村貧困人口全部脱貧。

4 Guówài céng yǒu gèbié méitǐ zhìyí suǒwèi tuōpín zhǐshì dān cóng
國外曾有個別媒體質疑所謂脱貧只是單從
nóngmín niánshōurù de zēngzhǎng lái héngliáng méiyǒu kǎolǜ dào
農民年收入的增長來衡量，沒有考慮到
pínkùn de dìngyì hái yīng bāokuò jìng shōurù zhī wài de qí-
「貧困」的定義還應包括淨收入之外的其
tā liángdù biāozhǔn lìrú jūzhù huánjìng jiàoyù shuǐpíng
他量度標準，例如居住環境、教育水平
děng Qíshí zhè zhǒng shuōfǎ rúguǒ bú shì yǒuyì wāiqū shì-
等。其實這種説法如果不是有意歪曲事
shí jiù shì bù míng dǐyùn Guójiā de Tuōpín Gōngjiān Pǔ-
實，就是不明底蘊。國家的「脱貧攻堅普
chá jiéguǒ xiǎnshì tuōpín de nèihán bāokuò mínzhòng chī chuān bù
查」結果顯示，脱貧的內涵包括民眾吃穿不
chóu yǒu yìwù jiàoyù hé jīběn yīliáo zhùfáng yǐnshuǐ
愁，有義務教育和基本醫療，住房、飲水
ānquán dōu yǒu bǎozhàng děng nèiróng
安全都有保障等內容。

5 Zài miànduì xīn-guān fèiyán yìqíng sìnüè de qíngkuàng xià zhōngguó
在面對新冠肺炎疫情肆虐的情況下，中國
réngrán néng tíqián liǎng nián shíxiànle bāngzhù jiǔqiān bābǎi jiǔshí-
仍然能提前兩年實現了幫助九千八百九十
jiǔwàn rén tuōpín de mùbiāo ràng bābǎi qīshíèr gè pínkùn
九萬人脱貧的目標，讓八百七十二個貧困
xiàn quánbù zhāi mào shǐ shìjiè shàng hěn duō zhuānjiā xuézhě
縣全部「摘帽」，使世界上很多專家學者
dōu gǎn dào bùkě-sīyì
都感到不可思議。

6 Zhōngguó rénkǒu zhàn quánqiú rénkǒu de wǔ fēn zhī yī dànshì gēng-
中國人口佔全球人口的五分之一，但是耕

dì miànjī zhǐ zhàn quánqiú de bǎi fēn zhī jiǔ Ér zì yī jiǔ qī
地面積只佔全球的百分之九。而自一九七
bā nián Gǎigé Kāifàng yǐlái gāosù de gōngyèhuà hé chéng-
八年「改革開放」以來，高速的工業化和城
shìhuà fāzhǎn zài shǐdé gēngdì miànjī dàfú jiǎnshǎo shuǐ
市化發展，再使得耕地面積大幅減少，水
zīyuán chūxiàn duǎnquē yǔ èhuà dàdà yǐngxiǎng nóngyè shēngchǎn
資源出現短缺與惡化，大大影響農業生產。

7 Cǐwài Zhōngguó zài jiārù Shìjiè Màoyì Zǔzhī yǐhòu xū-
此外，中國在加入世界貿易組織以後，需
yào kāifàng shìchǎng ràng guówài nóngchǎnpǐn jìnrù Zhōngguó yǐzhì
要開放市場讓國外農產品進入中國，以致
guòqù èrshí nián jiān Zhōngguó de shíwù zìjǐlǜ búduàn xià-
過去二十年間，中國的食物自給率不斷下
jiàng gūjì dàole èr líng sān wǔ nián huì jiàng dào dàyuē bǎi
降；估計到了二零三五年，會降到大約百
fēn zhī liù shí wǔ Rúguǒ guójiā sān fēn zhī yī de liángshi dōu
分之六十五。如果國家三分之一的糧食都
yào yīkào jìnkǒu nàme liángshi ānquán jiùshì yí gè bù róng
要依靠進口，那麼糧食安全就是一個不容
hūshì de wèntí Gèng bié shuō guójiā zhījiān de màoyì bìlěi
忽視的問題。更別說國家之間的貿易壁壘
hé gèbié dìqū de zhànluàn hái huì jìnyíbù jiājù liángshi
和個別地區的戰亂，還會進一步加劇糧食
gōngyìng hé liútōng de bù wěndìngxìng le
供應和流通的不穩定性了。

8 Dāngrán liángshi zìjǐlǜ zhǐshì héngliáng liángshi ānquán de qí-
當然，糧食自給率只是衡量糧食安全的其
zhōng yí gè zhǐbiāo Liánhéguó Liáng-Nóng Zǔzhī de yánjiū jiù zhǐ-
中一個指標，聯合國糧農組織的研究就指
chū héngliáng liángshi ānquán bù yìnggāi zhǐ kǎolǜ gōngjǐmiàn
出：衡量糧食安全不應該只考慮供給面，
hái yīnggāi jiārù xiāofèi nénglì shíwù pǐnzhì hé shípǐn ān-
還應該加入消費能力、食物品質和食品安
quán děng miànxiàng
全等面向。

9 Gēnjù Jīngjì Xuérén Xìnxīshè suǒ jiàngòu de quánqiú liángshi ān-
根據經濟學人信息社所建構的全球糧食安
quán zhǐbiāo Zhōngguó Gǎigé Kāifàng sìshí duō nián lái de
全指標，中國「改革開放」四十多年來的
liángshi ānquán zhǐbiāo xiàng shàng tíshēngle sān bèi zuǒyòu shíwù
糧食安全指標向上提升了三倍左右，食物
pǐnzhì hé shípǐn ānquán gèng shì sān gè miànxiàng zhōng biǎoxiàn zuì hǎo
品質和食品安全更是三個面向中表現最好
de Hái yǒu yì xiē yánjiū bàogào xiǎnshì shìchǎng yuè kāifàng
的。還有一些研究報告顯示：市場越開放，
màoyì yuè zìyóu Zhōngguó de liángshi zìjǐlǜ jiù yuè dī
貿易越自由，中國的糧食自給率就越低，
dàn liángshi ānquándù què yuè gāo Kě jiàn màoyì zìyóuhuà gēn
但糧食安全度卻越高。可見貿易自由化跟
liángshi ānquán suǒ xíngchéng de shì hù bǔ guānxi ér bú shì pái
糧食安全所形成的是互補關係，而不是排
chì guānxi
斥關係。

10 Búguò huà shuō huílai duìyú Zhōngguó zhèyàng yí gè rénkǒu
不過，話說回來，對於中國這樣一個人口
dà guó lái shuō liángshi ānquán wèntí shǐzhōng shì guānhū guójiā
大國來說，糧食安全問題始終是關乎國家
mìngyùn bù róng hūshì de zhòngyào kètí
命運、不容忽視的重要課題。

Xiǎozǔ Tǎolùn Yī Liángshi Ānquán Wèntí
小組討論一：糧食安全問題

Jiāng Hàn
江漢：

Gēnjù Hé jīnglǐ gěi wǒmen tígōng de zīliào Zhōngguó zhè
根據何經理給我們提供的資料，中國這

ge rénkǒu dà guó néng mǎnzú shísìyì rén de chīfàn wèn-
個人口大國，能滿足十四億人的吃飯問
tí kě bù róngyì a Guòqù sìshí nián hěn liǎobuqǐ
題可不容易啊！過去四十年很了不起，
bùjǐn jiějuéle rénmín chī bǎo dùzi de wèntí shènzhì
不僅解決了人民吃飽肚子的問題，甚至
yídìng chéngdù shàng shíxiànle nóngchǎnpǐn gōngjǐ de duōyàng-
一定程度上，實現了農產品供給的多樣
huà érqiě liángshi chǎnliàng jūrán zài zuìjìn zhè shí duō nián
化，而且糧食產量居然在最近這十多年
hái néng liánxù zēngzhǎng Kě wǒ jiù bù míngbai le liángshi
還能連續增長。可我就不明白了，糧食
chǎnliàng liánxù zēngzhǎng dàn jìnkǒu què yě zài liánnián zēngjiā
產量連續增長，但進口卻也在連年增加，
zhè shì wèishénme ne
這是為甚麼呢？

Guō jīnglǐ
郭經理：

Zhè fǎnyìng chū Zhōngguó de liángshi pǐnzhǒng jiégòu yǒu wèntí
這反映出中國的糧食品種結構有問題，
gōng xū shuāngfāng cúnzài máodùn liángshi shēngchǎn chéngběn guò
供需雙方存在矛盾，糧食生產成本過
gāo zìrán zài guójì shìchǎng shang quēfá jìngzhēnglì
高，自然在國際市場上缺乏競爭力。

Hé jīnglǐ
何經理：

Shuō shì zhème shuō dànshì yuányīn bùzhǐ yú cǐ Wǒ gāng-
説是這麼説，但是原因不止於此。我剛
cái bú shì shuō ma Zhōngguó jiārù Shìjiè Màoyì Zǔzhī yǐ-
才不是説嘛，中國加入世界貿易組織以
hòu bìxū kāifàng shìchǎng jì yào ràng wàiguó de nóngchǎn-
後，必須開放市場，既要讓外國的農產
pǐn jìnkǒu yě yào ràng Zhōngguó de nóngchǎnpǐn zǒu chū guómén
品進口，也要讓中國的農產品走出國門。
Liángshi de zìjǐlǜ zài zhè zhǒng qíngkuàng xia nánmiǎn shòu dào duō
糧食的自給率在這種情況下難免受到多
fāngmiàn yīnsù de yǐngxiǎng Suīrán mùqián Zhōngguó de xiǎomài
方面因素的影響。雖然目前中國的小麥、
yùmǐ shuǐdào zhè sān dà zhǔ liáng de zǒngchǎnliàng páimíng shì-
玉米、水稻這三大主糧的總產量排名世

jiè dì-yī dànshì wǒmen de rénjūn gēngdì miànjī piān dī
界第一，但是我們的人均耕地面積偏低，
gēngdì yòu cúnzài wūrǎn pínjí děng wèntí hái yīnwèi
耕地又存在污染、貧瘠等問題，還因為
nóngyè shēngchǎn bǐqǐ fāzhǎn fángdìchǎn děng qítā jīngjì huó-
農業生產比起發展房地產等其他經濟活
dòng de jīngjì xiàoyì dī hěn duō dìqū yúshì gǎibiànle
動的經濟效益低，很多地區於是改變了
gēngdì de yòngtú Yào pínghéng guójiā lìyì hé dìfāng lì-
耕地的用途。要平衡國家利益和地方利
yì tiǎozhàn hái zhēn bù xiǎo a
益，挑戰還真不小啊。

Guō jīnglǐ
郭經理：

Liángshi wēijī yīnggāi shì rénlèi zuì xūyào bìmiǎn de jiénàn
糧食危機應該是人類最需要避免的劫難！
Bù shǎo rén dānxīn Zhōngguó huì fāshēng zhèyàng de zāinàn ne
不少人擔心中國會發生這樣的災難呢！

Hé jīnglǐ
何經理：

Suīrán yǒu diǎn sǒngréntīngwén dàn yě bù wú gēnjù hái
雖然有點聳人聽聞，但也不無根據，還
yǒu shénme shìqing bǐ chīfàn gèng zhòngyào de ne Zhème duō
有甚麼事情比吃飯更重要的呢？這麼多
rénkǒu de chīfàn wèntí bù kěnéng kào biéren lái jiějué ya
人口的吃飯問題不可能靠別人來解決呀！
Rúguǒ gōngyìng bùzú huì chū dà luànzi de liáng yóu chángqī
如果供應不足會出大亂子的，糧油長期
kào dàliàng jìnkǒu qiánjǐng yě shì bù kě xiǎngxiàng de
靠大量進口，前景也是不可想像的！

Chéng zǒng
程總：

Húnán yǒu yí wèi nóngyè kēxuéjiā jiào Yuán Lóngpíng tā shì
湖南有一位農業科學家叫袁隆平，他是
zájiāo shuǐdào zhī fù jǐshí nián rú yí rì de yánjiū liáng-
雜交水稻之父，幾十年如一日地研究糧
shi zēng chǎn wèntí kào tā de yánjiū měi nián jiù kě yǎnghuo
食增產問題，靠他的研究每年就可養活

jǐ qiānwàn rén Yào néng yǒu duō xiē zhèyàng de kēxuéjiā jiù
幾千萬人。要能有多些這樣的科學家就
hǎo le
好了。

Hé jīnglǐ
何經理：

Cóng jìshù shàng cùjìn liángshi de chǎnliàng shì guójiā qízhōng
從技術上促進糧食的產量，是國家其中
yí gè yìngduì liángshi ānquán wéijī de fāngfǎ lìngwài jiù
一個應對糧食安全危機的方法，另外就
shì tōngguò bǎohù zhǒngzi gōngyè yǐ tígāo liángshi shēngchǎn
是通過保護種子工業，以提高糧食生產
nénglì Zhōngyāng hái tuī chū zhèngcè wénjiàn yāoqiú gè dì
能力。中央還推出政策文件，要求各地
quèbǎo liángshi bōzhòng miànjī wěndìng chǎnliàng bǎochí zài yī
確保糧食播種面積穩定，產量保持在一
diǎn sān zhào jīn yǐshàng bìng yán shǒu shíbāyì mǔ gēngdì de
點三兆斤以上，並嚴守十八億畝耕地的
hóngxiàn Dìfāng zhèngfǔ xūyào hé zhōngyāng qiāndìng bǎohù mù-
紅線。地方政府需要和中央簽訂保護目
biāo zérènshū zuòwéi gāngxìng zhǐbiāo yángé kǎohé
標責任書，作為剛性指標嚴格考核。

Guō jīnglǐ
郭經理：

Hái zhēnshi léilì-fēngxíng a
還真是雷厲風行啊！

Hé jīnglǐ
何經理：

Méi bànfa Suīrán Zhōngguó de liángshi zǒngchǎnliàng wèi jū shì-
沒辦法。雖然中國的糧食總產量位居世
jiè dì-yī shíwù ānquán zhǐshù búduàn jìnbù dàn gēn-
界第一，食物安全指數不斷進步，但根
jù èr líng èr èr nián de tǒngjì mùqián zài yìbǎi yīshí-
據二零二二年的統計，目前在一百一十
sān gè guójiā dāngzhōng Zhōngguó de liángshi ānquán zhǐshù
三個國家當中，中國的糧食安全指數
zhǐ pái dào dì-èrshíwǔ wèi hái yǒu hěn dà de jìnbù kōng-
只排到第二十五位，還有很大的進步空

jiān Kuàngqiě èr líng yī jiǔ nián yǐhòu lùxù fāshēng Xīn-
間。況且二零一九年以後，陸續發生新
-guān yìqíng É-Wū chōngtū Yǐ-Bā chōngtū děng shìjiàn
冠疫情、俄烏衝突、以巴衝突等事件，
Éluósī hé Wūkèlán kě dōu shì chǎn liáng dà guó a tā-
俄羅斯和烏克蘭可都是產糧大國啊，它
men zhè yì chōngtū quánshìjiè de liángshi gōngyìng dōu shòu dào
們這一衝突，全世界的糧食供應都受到
yǐngxiǎng
影響。

Chéng zǒng
程總：

Zhè jǐ nián quánqiú gè dì yòu dōu jīnglìle jíduān tiānqì
這幾年全球各地又都經歷了極端天氣，
Zhōngguó de Dōng-sānshěng Hénán děng chǎn liáng dà shěng dōu zāoyù-
中國的東三省、河南等產糧大省都遭遇
le háoyǔ hé hóngshuǐ de qīnxí Chángjiāng liúyù zé chūxiàn-
了豪雨和洪水的侵襲，長江流域則出現
le shí nián yí yù de dàhàn tiānqì zhè xiē tiānzāi rénhuò
了十年一遇的大旱天氣，這些天災人禍，
duì Zhōngguó de liángshi ānquán dōu gòuchéng jí dà wēixié suǒ-
對中國的糧食安全都構成極大威脅，所
yǐ zhōngyāng cái huì bǎ liángshi ānquán shì wéi yōuguān guójiā fā-
以中央才會把糧食安全視為攸關國家發
zhǎn hé cúnwáng de guānjiàn lǐngyù shì quèbǎo Zhōngguó dà guó
展和存亡的關鍵領域，是確保中國大國
dìwèi de zhòngyào jīchǔ
地位的重要基礎。

Jiāng Hàn
江漢：

Zhè jiù shì wèishéme guójiā zhǔxí Xí Jìnpíng yìzhí shuō
這就是為甚麼國家主席習近平一直說
Zhōngguórén de fànwǎn yào láoláo duān zài zìjǐ shǒu li
「中國人的飯碗要牢牢端在自己手裏」
de yuányīn le Éi wǒ hái tīngguò yǒu zhème yí gè shuō-
的原因了。欸，我還聽過有這麼一個說
fǎ jiù shì wǒmen bùjǐn yào shǒu hǎo mǐ dàizi
法，就是我們不僅要守好「米袋子」，
hái yào līn wěn càilánzi zhuā láo yóu píngzi
還要拎穩「菜籃子」、抓牢「油瓶子」，

zhēnshi hěn xíngxiàng de gàikuòle wǒmen duì liángshi ānquán de
真是很形象地概括了我們對糧食安全的
jīběn fāngxiàng le
基本方向了。

Xiǎozǔ Tǎolùn Èr Sānnóng Wèntí
小組討論二：三農問題

Jiāng Hàn
江漢：

Zhèng shì yóuyú liángshi ānquán wèntí nàme zhòngyào suǒyǐ
正是由於糧食安全問題那麼重要，所以
guójiā cái nàme zhòngshì Sānnóng de gōngzuò ba
國家才那麼重視「三農」的工作吧？

Chéng zǒng
程總：

Quèshí Zhōngguó shì yí gè nóngyè dà guó nóngcūn rénkǒu
確實，中國是一個農業大國，農村人口
zhàn quánguó rénkǒu de sì fēn zhī sān Nóngmín nóngcūn
佔全國人口的四分之三。農民、農村、
nóngyè de wèntí zìrán chéngwéi yǐngxiǎng guójiā fāzhǎn de zhòng-
農業的問題自然成為影響國家發展的重
yào wèntí Cóng yī jiǔ bā èr nián kāishǐ guójiā jiù yì-
要問題。從一九八二年開始，國家就一
zhí qiángdiào yào zuò hǎo Sānnóng gōngzuò Zài èr líng èr
直強調要做好「三農」工作。在二零二
yī nián sān yuè suǒ tōngguò de Shísì-Wǔ Guīhuà zhōng
一年三月所通過的「十四五規劃」中，
cùjìn nóngyè nóngcūn fāzhǎn gǎishàn nóngmín de shēngcún zhuàng-
促進農業農村發展，改善農民的生存狀
tài tuījìn xiāngcūn zhènxīng yīrán shì qízhōng yí xiàng zhòngyào
態，推進鄉村振興依然是其中一項重要
nèiróng Tōngguò jiànshè hǎo guójiā liángshi ānquán chǎnyèdài
內容。通過建設好國家糧食安全產業帶、
shíshī gāo biāozhǔn de nóngtián jiànshè gōngchéng hé hēi tǔdì bǎo-
實施高標準的農田建設工程和黑土地保
hù gōngchéng bìng jiāqiáng zhǒngzikù jiànshè shēngwù yùzhǒng
護工程，並加強種子庫建設、生物育種

chǎnyèhuà hé zhìnénghuà nóngyè jīxiè yánfā yìngyòng yǐ
產業化和智能化農業機械研發應用，以
cǐ lái hāngshí liángshi shēngchǎn nénglì jīchǔ bǎozhàng nóngchǎn-
此來夯實糧食生產能力基礎，保障農產
pǐn gōngjǐ ānquán
品供給安全。

Hé jīnglǐ
何經理：

Shísì-Wǔ Guīhuà lǐmiàn yě tídào shíwù ānquán de
「十四五規劃」裏面也提到食物安全的
wèntí Tíchū yào tōngguò yōuhuà zhòngzhíyè jiégòu xié-
問題。提出要通過優化種植業結構、協
tiáo nóng lín mù yú tuījìn nóngyè lǜsè zhuǎnxíng jiāqiáng
調農林牧漁、推進農業綠色轉型、加強
chǎndì huánjìng bǎohù zhìlǐ jiǎnshǎo nóngyào huàféi qiáng-
產地環境保護治理、減少農藥化肥、強
huà nóngchǎnpǐn ānquán jiānguǎn děng gè zhǒng shǒuduàn jiāqiáng lǜ-
化農產品安全監管等各種手段，加強綠
sè shípǐn yǒujī nóngchǎnpǐn de rènzhèng guǎnlǐ
色食品、有機農產品的認證管理。

Guō jīnglǐ
郭經理：

Zhè kěshì hǎo shìr ya Xiānggǎng de lǜsè shípǐn hé yǒujī
這可是好事兒呀，香港的綠色食品和有機
shípǐn guìzhe ne rúguǒ néng yǒu guójiā zhèngcè zhīchí lǜ-
食品貴着呢，如果能有國家政策支持綠
sè shípǐn zhòngzhí hé rènzhèng jiàqián kěndìng huì yǒu xiàtiáo
色食品種植和認證，價錢肯定會有下調
de kōngjiān lǎobǎixìng de shípǐn zhìliàng jiù yǒu bǎozhàng le
的空間，老百姓的食品質量就有保障了！

Hé jīnglǐ
何經理：

Chúle gǎishàn liángshi shēngchǎn nénglì bǎozhàng nóngchǎnpǐn ān-
除了改善糧食生產能力，保障農產品安
quán zhī wài wèile gǎishàn nóngmín de shēnghuó guójiā hái
全之外，為了改善農民的生活，國家還
zhuózhòng fāzhǎn xiàndài xiāngcūn de fù mín chǎnyè lìrú xiū-
着重發展現代鄉村的富民產業，例如休

xián nóngyè ya xiāngcūn lǚyóu ya mínsù jīngjì ya děng-
閒農業呀、鄉村旅遊呀、民宿經濟呀等
děng Zhèyàng nóngcūn de jīngjì zhuàngkuàng jiù kěyǐ dédào gǎi-
等。這樣農村的經濟狀況就可以得到改
shàn nóngmín yě bù xūyào jǐzhe jìn chéng dǎgōng chéngwéi
善，農民也不需要擠着進城打工，成為
shēnfèn duàncéng de chéngshì wúchǎnzhě le
「身份斷層」的城市無產者了。

Guō jīnglǐ
郭經理：

Zhè quèshí shì yì zhǒng fǔdǐ-chōuxīn de bànfǎ rúguǒ bú
這確實是一種釜底抽薪的辦法，如果不
shì cóng gēnběn gǎishàn nóngcūn jīngjì hé shēnghuó kōngjiān tí-
是從根本改善農村經濟和生活空間，提
gāo nóngmín shōurù yào lā jìn chéng xiāng chājù jiù tài nán le
高農民收入，要拉近城鄉差距就太難了。

Hé jīnglǐ
何經理：

Yào luòshí fāzhǎn nóngcūn jīngjì kě bú shì yí jiàn jiǎndān
要落實發展農村經濟，可不是一件簡單
de shìqing Lìrú yào fāzhǎn xiāngcūn lǚyóu ba jiù děi
的事情。例如要發展鄉村旅遊吧，就得
duì cūnzhuāng de bùjú yǒu suǒ guīhuà duì chuántǒng cūnluò
對村莊的佈局有所規劃，對傳統村落、
mínzú cūnzhài hé xiāngcūn fēngmào yào yǒu tuǒshàn de bǎohù
民族村寨和鄉村風貌要有妥善的保護；
ér yào zuò dào zhè yì diǎn ne jiù xūyào tuījìn cūnzhuāng jiàn-
而要做到這一點呢，就需要推進村莊建
shè kāizhǎn tǔdì zōnghé zhěngzhì xiāngcūn de shuǐ diàn
設，開展土地綜合整治，鄉村的水、電、
lù qì yóuzhèng tōngxìn guǎngbō diànshì wùliú děng
路、氣、郵政通信、廣播、電視、物流等
jīchǔ shèshī dōu xūyào wánshàn Yǒu xiē dìfāng suíyì chè
基礎設施都需要完善。有些地方隨意撤
bìng cūnzhuāng wéibèi nóngmín yìyuàn dà chāi dà jiàn jiéguǒ
併村莊，違背農民意願大拆大建，結果
shì pòhuài duō yú jiànshè xiàng zhè zhǒng xiànxiàng jiù yào yángé
是破壞多於建設，像這種現象就要嚴格

fángfàn　Kě jiàn duìyú cūnzhuāng hé chéngzhèn guīhuà jiànshè rú-
防範。可見對於村莊和城鎮規劃建設如
guǒ méiyǒu tōngpán kǎolǜ　nǎr xíng a
果沒有通盤考慮，哪兒行啊？

Xiǎozǔ Tǎolùn Sān　Xiāngzhèn Rónghé
小組討論三：鄉鎮融合

Jiāng Hàn
江漢：

Tīng Hé jīnglǐ de bàogào　Shísì-Wǔ Guīhuà　hái tí-
聽何經理的報告，「十四五規劃」還提
chū tuōpín gōngjiān chéngguǒ yú xiāngcūn zhènxīng yǒu xiào xiánjiē de
出脫貧攻堅成果與鄉村振興有效銜接的
zhèngcè　zuì zhōng mùdì xiāngxìn jiù shì wèile gǒnggù tuōpín
政策，最終目的相信就是為了鞏固脫貧
de chéngguǒ ba
的成果吧？

Chéng zǒng
程總：

Shì de　bāngzhù pínkùn dìqū　zhāi mào　bìng bù biǎoshì
是的，幫助貧困地區「摘帽」並不表示
tuōpín gōngzuò jiù jiéshù le　Rúguǒ tuōpín gōngzuò bù néng
脫貧工作就結束了。如果脫貧工作不能
chíxù de huà　yǒu xiē dìfang kěnéng huì huífù dào yǐqián
持續的話，有些地方可能會回復到以前
de zhuàngtài　Suǒyǐ guójiā xūyào jiànlì fángzhǐ fǎn pín de
的狀態。所以國家需要建立防止返貧的
dòngtài jiǎncè hé jīngzhǔn bāng fú jīzhì　tóngshí wánshàn nóng-
動態檢測和精準幫扶機制，同時完善農
cūn shèhuì bǎozhàng hé jiùzhù zhìdù　Chángyuǎn lái shuō　bì-
村社會保障和救助制度。長遠來說，必
xū ràng pínkùn dìqū de rénmín néng yǐ gōng dài zhèn　tōngguò
須讓貧困地區的人民能以工代賑，通過
jiùyè jiějué shēngjì wèntí　ér bú shì yíwèi yīlài guó-
就業解決生計問題，而不是一味依賴國
jiā de jiùzhù　Bànfǎ zhī yī jiù shì tíshēng tuōpín dìqū
家的救助。辦法之一就是提升脫貧地區

tèsè zhòng-yǎngyè de fāzhǎn bìng yǐ chéngshìqún dūshì-
特色種養業的發展，並以城市羣、都市
quān wéi yītuō cùjìn dà zhōng xiǎo chéngshì hé xiǎo chéng-
圈為依託，促進大、中、小城市和小城
zhèn xiétiáo liándòng shǐ gèng duō rén néng xiǎngshòu gāo pǐnzhí de
鎮協調聯動，使更多人能享受高品質的
shēnghuó
生活。

Hé jīnglǐ
何經理：

Zǎo xiē nián nóngmín yīnwèi guāng kào nóngtián zhòngzhí wúfǎ yǎnghuo
早些年農民因為光靠農田種植無法養活
zìjǐ dàliàng yǒng rù chéngshì dǎgōng dàn yīnwèi jiàoyù
自己，大量湧入城市打工，但因為教育
shuǐpíng dī yòu méiyǒu yíjìbàngshēn zài chéngshì yě zhǎo
水平低，又沒有一技傍身，在城市也找
bu dào chūlù Tāmen lí xiāng jìn chéng jì shǐ nóngcūn shuāi-
不到出路。他們離鄉進城，既使農村衰
bài diāolíng yòu duì chéngshì de zhùfáng jiùyè nǎizhì-
敗凋零，又對城市的住房、就業，乃至
yú shèhuì zhì'ān gòuchéng yālì Jiǎrú néng tōngguò fāzhǎn
於社會治安構成壓力。假如能通過發展
xiǎo chéngshì xiǎo xiāngzhèn ràng tāmen jiù dì jiù jìn jiùyè
小城市、小鄉鎮，讓他們就地就近就業，
bùshīwéi yí gè jiějué nóngmíngōng wèntí de hǎo bànfǎ
不失為一個解決農民工問題的好辦法。

Chéng zǒng
程總：

Cùjìn chéngxiāng liándòng bù zhǐshì yí gè jiějué fǎn pín de bàn-
促進城鄉聯動不只是一個解決返貧的辦
fǎ tā shì guójiā jiějué Sānnóng wèntí de qízhōng
法，它是國家解決「三農」問題的其中
yí bù zhòngyào de qí Guójiā duìyú xiāngcūn zhènxīng yǒu yí
一步重要的棋。國家對於鄉村振興有一
gè quánmiàn de fāzhǎn lántú mùbiāo shì zài èr líng èr líng
個全面的發展藍圖，目標是在二零二零
nián jīběn xíngchéng zhìdù kuàngjià èr líng sān wǔ nián jīběn
年基本形成制度框架，二零三五年基本

shíxiàn nóngyè nóngcūn xiàndàihuà èr líng wǔ líng nián shíxiàn
實現農業農村現代化，二零五零年實現
xiāngcūn quánmiàn zhènxīng zhè shì yí gè cháng dá jǐshí nián de
鄉村全面振興，這是一個長達幾十年的
guīhuà Zhè ge guīhuà yídàn luòshí jiù děngyú jiějué
規劃。這個規劃一旦落實，就等於解決
sì fēn zhī sān rénkǒu de shēnghuó wèntí yě yǒuxiào yìngduì-
四分之三人口的生活問題，也有效應對
le Zhōngguó de liángshi ānquán wèntí
了中國的糧食安全問題。

Jiāng Hàn
江　漢：

Xiāngcūn zhènxīng jìrán shì yí gè guīmó hóngdà héng kuà jǐ
鄉村振興既然是一個規模宏大、橫跨幾
shí nián de guīhuà suǒ qiānshè de miànxiàng yòu nàme duō
十年的規劃，所牽涉的面向又那麼多，
huì zhíjiē dàidòng nèidì de jīngjì fāzhǎn Xiānggǎng kěndìng
會直接帶動內地的經濟發展，香港肯定
kěyǐ zài dāngzhōng bànyǎn yídìng de juésè ba
可以在當中扮演一定的角色吧？

Chéng zǒng
程　總：

Gāngcái Hé jīnglǐ de bàogào li tídào Zhōngguó de zhǔ liáng chǎn-
剛才何經理的報告裏提到中國的主糧產
liàng shìjiè dì-yī Rù Shì yǐhòu Zhōngguó de dàdòu
量世界第一，「入世」以後中國的大豆、
gǔwù miánhuā cháyè shuǐguǒ děng dàliàng chūkǒu bú-
穀物、棉花、茶葉、水果等大量出口不
zài-huàxià nóngcūn jīngjì yídàn fāzhǎn qilai hěnduō
在話下，農村經濟一旦發展起來，很多
yǐqián rénmen bǐjiào mòshēng de tǔtèchǎn hé chuántǒng shǒugōng-
以前人們比較陌生的土特產和傳統手工
yì chǎnpǐn dōu yǒu tiáojiàn yuǎnxiāo hǎiwài Dàn xiāngcūn chǎn-
藝產品，都有條件遠銷海外。但鄉村產
pǐn yào zǒu chūqu wánquán kào zìjǐ de lìliang qù wánchéng
品要走出去，完全靠自己的力量去完成
chǎnpǐn chūkǒu de gè gè huánjié jiànlì qǐ bǐjiào wánzhěng
產品出口的各個環節，建立起比較完整

de gōngyìngliàn tiǎozhàn shì fēicháng dà de gèng bú yào shuō
的供應鏈，挑戰是非常大的；更不要説
yìxiē gètǐhù le Zài zhè xiē jiēguyǎnr Xiānggǎng
一些個體戶了。在這些節骨眼兒，香港
néng zuò de shìqing kě duō le
能做的事情可多了。

Hé jīnglǐ
何經理：

Wǒmen zài cāngchǔ yùnshū pèisòng děng wùliú guǎnlǐ fāng-
我們在倉儲、運輸、配送等物流管理方
miàn de jīngyàn yīnggāi kěyǐ bāngzhù wǒmen zuò hǎo zhōngjiè
面的經驗，應該可以幫助我們做好中介
de juésè
的角色。

Chéng zǒng
程總：

Zhèng shì zhèyàng wǒ zǎo qián dào nèidì kǎochá jiēchùle
正是這樣，我早前到內地考察，接觸了
yìpī Àozhōu dànshuǐ lóngxiā yǎngzhíchǎng Zhè xiē bú suàn shì
一批澳洲淡水龍蝦養殖場。這些不算是
hǎixiān de suǒwèi lóngxiā zuì zǎo jiù shì Shāndōng Rìzhào zhī-
海鮮的所謂龍蝦，最早就是山東日照支
yuán Xīnjiāng tuōpín de chéngguǒ lìyòng Kūnlún Shān xuě shuǐ róng-
援新疆脱貧的成果，利用崑崙山雪水融
huà huìjí ér chéng de dàn shuǐ zīyuán fāzhǎn qǐ hǎixiān
化匯集而成的淡水資源，發展起「海鮮
lù yǎng de tuōpín zhì fù móshì Gānsù de Nánměi duì-
陸養」的脱貧致富模式；甘肅的南美對
xiā zǒu de yě shì zhè zhǒng lùzi Zhè yí lèi xīnjìn de
蝦走的也是這種路子。這一類新晉的
tǔtèchǎn hái yǒu hěn duō xīn yǒngxiàn de chǎnpǐn rú-
「土特產」，還有很多新湧現的產品如
guǒ yào zǒu chūqù zài gōngyìngliàn guǎnlǐ jiǎncè rènzhèng
果要走出去，在供應鏈管理、檢測認證、
pǐnpái jiànlì děng fāngmiàn dōu huì miànduì gè zhǒng kùnnan
品牌建立等方面，都會面對各種困難。
Xiānggǎng zài zhè fāngmiàn yǒu fēngfù jīngyàn zhèng kěyǐ fāhuī
香港在這方面有豐富經驗，正可以發揮

suǒ cháng jì xiézhù guójiā de xiāngcūn zhènxīng yě duì Xiānggǎng
所長，既協助國家的鄉村振興，也對香港
tèqū běnshēn de jīngjì fāzhǎn yǒu hǎochù
特區本身的經濟發展有好處。

Cānyù Xiāngcūn Zhènxīng Zhànlüè
參與鄉村振興戰略

Suízhe xiāngcūn chǎnpǐn jiàzhí hé zhìliàng de tíshēng hěn duō
隨着鄉村產品價值和質量的提升，很多
chǎnpǐn kāishǐ yǒu tiáojiàn zài nèidì chéngshì xiāoshòu shènzhì zǒuchū
產品開始有條件在內地城市銷售，甚至走出
guómén dēng shang shìjiè wǔtái Dànshì yào zhēnzhèng zuò dào zhè yì diǎn
國門登上世界舞台。但是要真正做到這一點，
suǒ miànduì de jìngzhēng huánjìng shì yánjùn de rènhé yì jiā gōngsī
所面對的競爭環境是嚴峻的，任何一家公司
xiǎng kào zìjǐ de lìliang qù wánchéng gè xiàng yèwù shì bù kěnéng de
想靠自己的力量去完成各項業務是不可能的。
Gōngsī zhījiān bìxū liánhé qí shàng-xiàyóu jiànlì yì tiáo jīngjì
公司之間必須聯合其上下游，建立一條經濟
lìyì xiānglián yèwù guānxi jǐnmì zīyuán yōushì hù bǔ de
利益相連、業務關係緊密、資源優勢互補的
jiàzhí wǎngliàn zhè jiùshì wǒmen suǒ shuō de gōngyìngliàn
價值網鏈，這就是我們所説的供應鏈。

Xiānggǎng zài gōngyìngliàn guǎnlǐ fāngmiàn yǒuzhe fēngfù de jīngyàn
香港在供應鏈管理方面有着豐富的經驗，
guàntōng cóng chǎnpǐn shèjì chǎnpǐn kāifā dào yuáncáiliào gōngyìng
貫通從產品設計、產品開發到原材料供應、
xuǎnzé gōngyìngshāng shēngchǎn jiānkòng jiǎncè pīfā língshòu
選擇供應商、生產監控、檢測、批發、零售
děng guòchéng zhōngjiān jīngguò cāngchǔ yùnshū hé pèisòng děng wùliú
等過程，中間經過倉儲、運輸和配送等物流

chéngxù bǎ zhèngquè de chǎnpǐn zài zuì dī dìngjià zài zuì duǎn shí-
程序，把正確的產品在最低定價、在最短時
jiān hé zài zhèngquè de qúdào jiāofù gěi zhōngduān yònghù mùbiāo shì
間和在正確的渠道交付給終端用戶，目標是
yǐ zuì dà zhí xiàolǜ jiǎnshǎo zǒng chéngběn Zuòwéi wùliú jí hǎishì
以最大值效率減少總成本。作為物流及海事
fúwù shūniǔ Xiānggǎng hái kěyǐ wèi xiāngcūn chǎnpǐn dāndāng zài lù-
服務樞紐，香港還可以為鄉村產品擔當在陸
lù tiělù hángkōng jí hǎishàng jiāotōng hézuò de màoyì jí wù-
路、鐵路、航空及海上交通合作的貿易及物
liú rónghé juésè
流融合角色。

Quánqiú shìchǎng duì chǎnpǐn yóuqí shì shípǐn de ānquán
全球市場對產品（尤其是食品）的安全
yāoqiú yuè lái yuè gāo Xiānggǎng jiǎncè rènzhèngyè jùbèi fēngfù de
要求越來越高，香港檢測認證業具備豐富的
guójì jīngyàn gāodù chéngxìn hé jìshù shuǐzhǔn nénggòu zhīyuán
國際經驗、高度誠信和技術水準，能夠支援
xiāngcūn de chǎnpǐn Tōngguò yǐn rù wùliánwǎng dàshùjù jí rén-
鄉村的產品。通過引入物聯網、大數據及人
gōng zhìnéng děng jìshù zuò gōngyìngliàn shùjù jiānkòng ràng yènèi rén-
工智能等技術做供應鏈數據監控，讓業內人
shì xiāngguān bùmén hé xiāofèizhě dōu néng quánchéng zhuīchá chǎnpǐn
士、相關部門和消費者，都能全程追查產品
de láiyuán hé gōngyìng
的來源和供應。

Xiānggǎng duō nián lái yìzhí yǔ shìjiè gè dì jìnxíng màoyì
香港多年來一直與世界各地進行貿易，
yǒuzhe fēngfù de chǎnpǐn zǒu chūqù jīngyàn dàdà jiǎnshěngle chóng-
有着豐富的產品走出去經驗，大大減省了重
xīn jiànlì shāngyè guānxi de bùzhòu Gǎngqǐ kěyǐ yǔ xiāngcūn hé-
新建立商業關係的步驟。港企可以與鄉村合
zuò wèi xiāngcūn zài zhìdù jìshù shēngchǎn fāngshì guǎnlǐ
作，為鄉村在制度、技術、生產方式、管理
děng bù tóng fànchóu dài lái chuàngxīn gǎibiàn ràng xiāngcūn de chǎnpǐn gèng
等不同範疇帶來創新改變，讓鄉村的產品更

róngyì wèi quánqiú shìchǎng suǒ jiēshòu
容易為全球市場所接受。

Xiāngcūn chǎnpǐn xūyào tuòzhǎn hái xūyào miànduì zījīn lái-
鄉村產品需要拓展，還需要面對資金來
yuán de wèntí Xiānggǎng shì Yàzhōu zuì dà de zīběn shìchǎng yǒu-
源的問題。香港是亞洲最大的資本市場，有
zhe duōyuánhuà de róngzī qúdào bāokuò shàngshì yíntuán dàikuǎn
着多元化的融資渠道，包括上市、銀團貸款、
sīmù gǔquán jījīn Rénmínbì jìjià zhàiquàn gōngyìngliàn jīn-
私募股權基金、人民幣計價債券、供應鏈金
róng děng néng wèi yǒu sùzhì de xiāngcūn chǎnpǐn tígōng suǒ xū de fā-
融等；能為有素質的鄉村產品提供所需的發
zhǎn zījīn
展資金。

Xiānggǎng yōngyǒu fǎlù kuàijì gùwèn cáichǎnquán bǎo-
香港擁有法律、會計、顧問、財產權保
hù jí fúwù zhuānyèhuà děng fāngmiàn de yōushì zhōngyāng zhīchí Xiānggǎng
護及服務專業化等方面的優勢，中央支持香港
chéngwéi Yàzhōu yí gè chǔlǐ fǎlù jiūfēn de chéngshì Xiānggǎng zuò-
成為亞洲一個處理法律糾紛的城市。香港作
wéi yí gè shíxíng pǔtōngfǎ de shèhuì yòu jīngtōng liǎng wén sān yǔ
為一個實行普通法的社會，又精通兩文三語，
néng yǔ zhōng-wài qǐyè jiāoliú yǐ liánxì Zhōngguó hé xīfāng shèhuì
能與中外企業交流，以聯繫中國和西方社會
de jīngyàn xiézhù xiāngcūn chǎnpǐn yǔ quánqiú shìchǎng jiēguǐ Xiāng-
的經驗，協助鄉村產品與全球市場接軌。「鄉
cūn Zhènxīng Zhànlüè zhōng Xiānggǎng kěyǐ bànyǎn zhòngyào de juésè
村振興戰略」中，香港可以扮演重要的角色。

四 詞語

(1) 商貿專業詞彙

xiāngcūn zhènxīng 鄉村振興	tuōpín gōngjiān 脫貧攻堅	gāngxìng zhǐbiāo 剛性指標
màoyì bìlěi 貿易壁壘	xiétiáo liándòng 協調聯動	mínsù jīngjì 民宿經濟
jiǎncè rènzhèng 檢測認證	liángshi zìjǐlǜ 糧食自給率	tǔdì zōnghé zhěngzhì 土地綜合整治
nóngyè lǜsè zhuǎnxíng 農業綠色轉型		

(2) 口語詞句　朗讀並理解下列句子，並運用加線的詞語造句。

1. Tā bǎ qián quán tóu jìnqu, jiéguǒ, wán zá le!
他把錢全投進去，結果，玩砸了！
玩砸了：失敗了，沒有達到預期的結果。

2. Cài zǒng ya, hóurjīng, nǐ zhè diǎnr jìliǎng piàn bu liǎo tā.
蔡總呀，猴兒精，你這點兒伎倆騙不了他。
猴兒精：形容人精明。

3. Bàogào de nèiróng tài fēngfù le, shāowēi yì zǒushénr, jiù gēn bu shàng le.
報告的內容太豐富了，稍微一走神兒，就跟不上了。
走神兒：注意力不集中，心不在焉。

4. Tā ya, jiù shì ài páogēnr wèndǐr, bù bǎ wèntí nòng qīngchu bú bàxiū.
他呀，就是愛刨根兒問底兒，不把問題弄清楚不罷休。
刨根兒問底兒：追究事情的根底緣由。

5 Tā zhè zhǒng rén tài fūqiǎn le, nále gè míngpái tíbāo jiù dào-
她這種人太膚淺了，拿了個名牌提包就到
chù dèse
處嘚瑟。

嘚瑟：炫耀，賣弄。

6 Gōngzuò de rìzi jiǔ le, nǐ jiù huì mànmān mōsuǒ chū yìxiē
工作的日子久了，你就會慢慢摸索出一些
méndao lai
門道來。

門道：竅門，事情的來龍去脈。

7 Qiáo nǐ zhè huà shuō de, hǎoxiàng qián huì cóng tiānshàng diào xialai
瞧你這話說得，好像錢會從天上掉下來
shìde
似的。

瞧你這話說得：表示不贊同對方的話。

8 Nǐ xiǎng yǐ tā de xuélì hé jīngyàn, ràng tā fùzé zhè xiē suǒ-
你想以他的學歷和經驗，讓他負責這些瑣
suì de gōngzuò, duó biēqu
碎的工作，多憋屈！

憋屈：因委屈而感到鬱悶。

9 Tā duì wǒ fēnmíng yǒu piānjiàn, chéngtiān zài nàr tiāocìr zhǎo-
他對我分明有偏見，成天在那兒挑刺兒找
chár, jiù shì kàn wǒ bú shùnyǎn
茬兒，就是看我不順眼。

挑刺兒找茬兒：故意挑剔、批評別人言行上的缺點。

10 Tā jìng shì bān xiē jiǎdàkōng de huà lái hūyou rén, nǐ kě
他淨是搬些假大空的話來忽悠人，你可
qiānwàn bié qīngxìn
千萬別輕信。

忽悠：通過假話、空話來欺騙或煽動別人。

五 聆聽練習

請根據錄音選擇一個正確的答案。

1. 支撐新農村建設的最重要因素是甚麼？

   A. 弘揚傳統文化
   B. 鄉賢氣息不斷積累
   C. 人才願意回鄉建設經營
   D. 改善村容和生態環境 ________

2. 前坊鎮西湖李家村發展為新農村後，最明顯的改變是甚麼？

   A. 村民的生活方式。
   B. 村民的精神面貌。
   C. 鄉村的人口結構。
   D. 鄉村的村容和生態環境。 ________

3. 錄音為甚麼要特別提到李家村的子弟年年都有人考入大學？

   A. 説明村子匯聚人才的策略成功。
   B. 説明村子經濟落後、無法支持子女教育的局面已有改變。
   C. 説明有更多村民有能力讓子女得到更好的教育。
   D. 説明文明和諧的村風有利於村子教育事業的發展。 ________

4. 西湖李家這個「空心村」為何能有所改變？

   A. 其經濟得到發展。
   B. 其生態環境得到改善。
   C. 其傳統文化得到弘揚。
   D. 其人才培育得到保障。 ________

5. 以前坊鎮西湖李家村為例，要發展旅遊業，需具備甚麼條件？

   i. 聚集人才資源
   ii. 改善生態環境
   iii. 保護原有風貌和文化
   iv. 採取現代化、產業化手段

A. i, ii
B. ii, iii
C. i, ii, iv
D. i, ii, iii, iv

六 說話練習

模擬對話

跟同學或朋友互相講述你們所了解的中國農村。

分組討論

你認為如何才能使農村發展得更好？

第十二課

戶籍與人口

聆聽錄音

一 功能語句

請運用加了底線的功能句式造句。

Fēnxī hé Lièjǔ
分析和列舉

1. Zhōngguó de hùjí zhìdù, jí "hùkǒu", shì yònglái dēngjì gōngmín shēnfèn hé guǎnlǐ rénkǒu de zhìdù.
中國的戶籍制度，即「戶口」，是用來登記公民身份和管理人口的制度。

2. Zài "Jìhuà Jīngjì" shíqī, guójiā bǎ hùkǒu fēnwéi nóngyè hùkǒu hé fēinóngyè hùkǒu, hùkǒu lèibié yǐngxiǎngzhe jūmín zài jiàoyù, jiùyè, yīliáo děng fāngmiàn de quányì.
在「計劃經濟」時期，國家把戶口分為農業戶口和非農業戶口，戶口類別影響着居民在教育、就業、醫療等方面的權益。

3. Lìshǐ shang, hùjí zhìdù xiànzhìle nóngcūn rénkǒu xiàng chéngshì de liúdòng, zàochéng chéngxiāng jiān de shèhuì jīngjì chāyì.
歷史上，戶籍制度限制了農村人口向城市的流動，造成城鄉間的社會經濟差異。

4. "Gǎigé Kāifàng" yǐlái, Zhōngguó zhèngfǔ zhúbù fàngkuānle hùjí xiànzhì, tuīdòng hùjí zhìdù gǎigé, cùjìn chéngxiāng rónghé.
「改革開放」以來，中國政府逐步放寬了戶籍限制，推動戶籍制度改革，促進城鄉融合。

5. Zhōngguó de rénkǒu zhèngcè jīnglìle cóng yángé de jìhuà shēngyù "Yītāihuà Zhèngcè" dào "Èrhái Zhèngcè" de zhuǎnbiàn.
中國的人口政策經歷了從嚴格的計劃生育「一胎化政策」到「二孩政策」的轉變。

6. Èr líng yī liù nián miànduì rénkǒu lǎolínghuà hé láodònglì duǎnquē Zhōngguó shíshīle yǔnxǔ měi duì fūqī shēngyù liǎng gè háizi de zhèngcè
二零一六年，面對人口老齡化和勞動力短缺，中國實施了允許每對夫妻生育兩個孩子的政策。

7. Èr líng èr yī nián Zhōngguó jìnyíbù fàng kuān shēngyù xiànzhì shíxíng Sānhái Zhèngcè bìng tígōng yíxìliè gǔlì shēngyù de cuòshī
二零二一年，中國進一步放寬生育限制，實行「三孩政策」，並提供一系列鼓勵生育的措施。

8. Suízhe shēngyù zhèngcè de fàngkuān zhèngfǔ yě zài jiāqiáng fùyòu jiànkāng bǎozhàng hé tígōng yùér zhīchí fúwù
隨着生育政策的放寬，政府也在加強婦幼健康保障和提供育兒支持服務。

9. Wèile gèng hǎo de guǎnlǐ rénkǒu shùjù Zhōngguó jiànlìle quánguó rénkǒu shùjùkù bìng dìngqī jìnxíng rénkǒu pǔchá
為了更好地管理人口數據，中國建立了全國人口數據庫並定期進行人口普查。

10. Zhōngguó de hùjí hé rénkǒu zhèngcè chíxù tiáozhěng yǐ yìngduì jīngjì fāzhǎn rénkǒu jiégòu biànhuà hé shèhuì xūqiú
中國的戶籍和人口政策持續調整，以應對經濟發展、人口結構變化和社會需求。

二 情景對話

Cóng Yī dào Sān Sānhái Zhèngcè Bèihòu de Xìngfú Xuǎnzé
◆◆ 從一到三：三孩政策背後的幸福選擇 ◆◆

Jiāxīn
嘉欣：

Zǐfēng nǐ zhīdào ma Zuìjìn wǒ zài shuā duǎnshìpín
子峰，你知道嗎？最近我在刷短視頻，

fāxiàn dàjiā dōu zài tǎolùn Sānhái Zhèngcè hái yǒu
發現大家都在討論「三孩政策」，還有
rén shuō zhè zhèngcè bèihòu de gùshi tèbié yǒuyìsi Nǐ
人說這政策背後的故事特別有意思。你
zhīdào zhè zhèngcè shì zěnme lái de ma
知道這政策是怎麼來的嗎？

Zǐfēng
子峯：

Dāngrán zhīdào la Zhè hái yòng wèn Yǐqián zánmen guójiā
當然知道啦！這還用問。以前咱們國家
rénkǒu zēngzhǎng tài kuài zīyuán yālì dà suǒyǐ tuīxíng
人口增長太快，資源壓力大，所以推行
Jìhuà Shēngyù Zhèngcè xuānchuán zhǐ shēng yí gè
「計劃生育政策」，宣傳「只生一個
hǎo Xiànzài dàjiā dōu bú ài shēng le rénkǒu kāishǐ
好」。現在大家都不愛生了，人口開始
fùzēngzhǎng le zhèngcè jiù biànchéngle duō shēng jǐ gè
負增長了，政策就變成了「多生幾個
gèng hǎo
更好」！

Jiāxīn
嘉欣：

Shì a Cóng zhǐ shēng yí gè dào shēng sān gè dōu xíng
是啊。從「只生一個」到「生三個都行」，
zhè biànhuà yě tài dà le ba Búguò zhè Sānhái zhèng-
這變化也太大了吧！不過，這「三孩政
cè de chūxiàn qíshí yě shì yīnwèi rénkǒu jiégòu biàn-
策」的出現，其實也是因為人口結構變
huà zàochéng de wèntí tài yánzhòng le Nǐ xiǎng a lǎonián-
化造成的問題太嚴重了。你想啊，老年
rén yuè lái yuè duō niánqīngrén yālì shān dà guójiā yě
人越來越多，年輕人壓力山大，國家也
děi xiǎng bànfǎ bǔchōng bīnglì ma
得想辦法「補充兵力」嘛！

Zǐfēng
子峯：

Méi cuò Xiànzài de niánqīngrén jiān shàng běnlái jiù yāzhe Sān
沒錯！現在的年輕人肩上本來就壓着「三

zuò dàshān fángzi jiàoyù yǎnglǎo xiànzài hái
座大山」：房子、教育、養老，現在還
děi jiāshàng yǎng wá yālì jiù gèng jiā dà le Bú-
得加上「養娃」，壓力就更加大了！不
guò huà shuō huílái Sānhái zhèngcè qíshí yě dàilái-
過話說回來，「三孩政策」其實也帶來
le bù shǎo hǎochù a bǐrú néng huǎnjiě láodònglì duǎnquē
了不少好處啊，比如能緩解勞動力短缺
wèntí hái néng ràng dúshēng zǐnǚ bú zài nàme gūdān
問題，還能讓獨生子女不再那麼孤單。

Jiāxīn
嘉欣：

Shì a wǒ xiǎoshíhòu jiù tèbié xiànmù nà xiē yǒu xiōngdì
是啊，我小時候就特別羨慕那些有兄弟
jiěmèi de rén gǎnjué tāmen de tóngnián gèng rènao Ér-
姐妹的人，感覺他們的童年更熱鬧。而
qiě Sānhái Zhèngcè yě ràng bù shǎo jiātíng yǒule gèng-
且，「三孩政策」也讓不少家庭有了更
duō xuǎnzé tèbié shì nà xiē xiǎng yào érnǚ shuāngquán
多選擇，特別是那些想要「兒女雙全」
de bàba-māmamen
的爸爸媽媽們。

Zǐfēng
子峯：

Shì zhèyàng de Búguò yě yǒu diǎnr gāngà de Xiànzài
是這樣的！不過也有點兒尷尬的。現在
hěn duō jiātíng qíshí yǎng yí gè háizi dōu yǐjīng hěn chīlì
很多家庭其實養一個孩子都已經很吃力
le suī rán zhèngcè shuō kěyǐ zài shēng liǎng gè nài-
了，雖然政策說「可以再生兩個」，奈
hé zhèngcè cuī shēng qiánbāo què bù dāying dàjiā
何「政策催生，錢包卻不答應」，大家
fǎn'ér yóuyù le
反而猶豫了。

Jiāxīn
嘉欣：

Zhè huà shuō de tài duì le Érqiě xiànzài hěn duō niánqīng-
這話說得太對了！而且，現在很多年輕

rén dōu jiǎngjiu yǎng de qǐ cái gǎn shēng Yàoshì jīng-
人都講究「養得起，才敢生」。要是經
jì jīchǔ bù láo shéi gǎn qīngyì dāng chāorén bàba
濟基礎不牢，誰敢輕易當「超人爸爸」
hé quánnéng māma a
和「全能媽媽」啊？

Zǐfēng
子峯：

Suǒyǐ shuō zhèngcè shì hǎo de guānjiàn hái děi kàn zěnme
所以説，政策是好的，關鍵還得看怎麼
gěi dàjiā jiǎnyā Bǐrú tígāo zuì dī gōngzī jiàngdī
給大家減壓。比如提高最低工資、降低
yǎngyù chéngběn huòzhě duō gěi diǎnr yù'ér bǔtiē Zhèyàng
養育成本，或者多給點兒育兒補貼。這樣
niánqīngrén bùjǐn gǎn shēng hái néng yǎng de hǎo
年青人不僅「敢生」，還能「養得好」！

Jiāxīn
嘉欣：

Duì a Érqiě wǒ fāxiàn xiànzài hěn duō rén dōu zài tǎo-
對啊！而且我發現，現在很多人都在討
lùn rúhé pínghéng gōngzuò hé jiātíng Bìjìng yào ràng hái-
論如何平衡工作和家庭。畢竟，要讓孩
zi jiànkāng chéngzhǎng fùmǔ yǒu shíjiān péibàn zhè cái shì
子健康成長，父母有時間陪伴，這才是
zuì zhòngyào de ma
最重要的嘛。

Zǐfēng
子峯：

Ǹg ǹg huà shuō huílái Jiāxīn nǐ yǐhòu huì xiǎng yào
嗯嗯，話説回來，嘉欣，你以後會想要
shēng sān gè wá ma
生三個娃嗎？

Jiāxīn
嘉欣：

Zhè ge ma Yào kàn yǒu méiyǒu hé de lái de duì-
這個嘛……要看有沒有「合得來」的「隊

yǒu lo Búguò wǒ juéde rúguǒ tiáojiàn yǔnxǔ
友」咯！不過我覺得，如果條件允許，
sān gè háizi quèshí tǐnghǎo de Háizi yǒu xiōngdì jiěmèi
三個孩子確實挺好的。孩子有兄弟姐妹
péizhe jiāli yě rènao
陪着，家裏也熱鬧。

Zǐfēng
子峯：

Shuō de hǎo Shēng wá zhè shìr hái zhēn děi kàn yuánfèn Xī-
說得好！生娃這事兒還真得看緣分。希
wàng wǒmen zhè yídài néng zài zhèngcè de zhīchí xià guò de
望我們這一代能在政策的支持下，過得
gèng xìngfú
更幸福！

Jiāxīn
嘉欣：

Méi cuò Sānhái Zhèngcè qíshí jiù shì gěi měi gè jiā-
沒錯，「三孩政策」其實就是給每個家
tíng gèng duō de xuǎnzé xīwàng dàjiā dōu néng zhǎodào shǔyú
庭更多的選擇，希望大家都能找到屬於
zìjǐ de xìngfú jiézòu
自己的幸福節奏！

Cóng Èrhái dào Sānhái Zhèngcè Biànqiān xià de Shāngyè Jīyù
從二孩到三孩：政策變遷下的商業機遇

Jiāxīn
嘉欣：

Zǎo qián guónèi quánmiàn fàngkāi shēngyù èrtāi xiànzài yòu shí-
早前內地全面放開生育「二胎」，現在又實
shī Sānhái Zhèngcè bùjǐn ràng hěn duō jiātíng xīngfèn gèng
施「三孩政策」，不僅讓很多家庭興奮，更
ràng bù shǎo qǐyè yùshangle qiānzǎi-nánféng de fāzhǎn jīyù
讓不少企業遇上了千載難逢的發展機遇。
Cóng dìchǎn lóushì zhùfáng qù cún dào jiàoyù fāzhǎn
從地產樓市、住房去存，到教育發展，

zài kàn nǎizhìpǐn niàopiàn wánjù děngděng de shāngjiāmen
再看奶製品、尿片、玩具等等的商家們，
gègè dōu shì móquán-cāzhǎng fánshì néng gēn háizi chě shang
個個都是摩拳擦掌，凡是能跟孩子扯上
guānxi de shàngshì gōngsī gǔpiào yě dōu gēnzhe zhǎng ne
關係的上市公司股票也都跟着漲呢！

Zǐfēng
子峯：

Kě bú shì ma Dànshì nǐ shuō de nà xiē hái xūyào shíjiān
可不是嘛！但是你說的那些還需要時間
fāzhǎn yǎnxià ya nǐ zhīdào shénme hángyè zuì huǒ ma
發展，眼下呀，你知道甚麼行業最火嗎？

Jiāxīn
嘉欣：

Shénme ya
甚麼呀？

Zǐfēng
子峯：

Yuèzi zhōngxīn Dàdà xiǎoxiǎo de yuèzi zhōngxīn yí-
「月子中心」！大大小小的月子中心一
xiàzi zài quánguó biàndì-kāihuā Kě huǒ la
下子在全國遍地開花！可火啦！

Jiāxīn
嘉欣：

Yěshì Xiànzài de shēngyù zhǔlìjūn shì Zhōngguó zuì wéi yǒu
也是！現在的生育主力軍是中國最為有
tèsè de yí dài niánqīng fùmǔ zhuīpěng kēxué yǎngyù
特色的一代，年輕父母追捧科學養育，
zhǎngbèimen yòu pà zìjǐ bù zhuānyè shàngle niánjì tǐlì
長輩們又怕自己不專業，上了年紀體力
yě gēn bu shàng yuèzi zhōngxīn zìrán jiù chéngle chéng li bù
也跟不上，月子中心自然就成了城裏不
shǎo jiātíng de zuì jiā xuǎnzé le
少家庭的最佳選擇了！

Zǐfēng
子峯：

Yuèzi zhōngxīn shì gǎn shang hǎo shíhou le nà xiē tígōng shàng-
月子中心是趕上好時候了，那些提供上
mén fúwù de yuèsǎo jiù gēng qiǎngshǒu le gōngzī zhíxiàn shàng-
門服務的月嫂就更搶手了，工資直線上
shēng biǎo xiàn hǎode gàn yí gè yuè yào jǐ wàn na
升，表現好的，幹一個月要幾萬哪！
Jīnpái yuèsǎo quánnián de dìngdān zǎo dōu páimǎn le
「金牌月嫂」全年的訂單早都排滿了，
gēnběn dìng bú shàng
根本訂不上！

Jiāxīn
嘉欣：

Hǎo jiāhuǒ Bǐ Xiānggǎng wàijí jiāwù zhùlǐ de gōngzī gāo
好傢伙！比香港外籍家務助理的工資高
duō le Guàibude bàozhǐ shang shuō lián yìxiē dàxué běnkē-
多了！怪不得報紙上説連一些大學本科
shēng yě cóng qítā zhuānyè lǐngyù zhuǎnháng dāngqǐle yuèsǎo
生也從其他專業領域轉行當起了月嫂，
kèhùmen zhēngxiāng qiǎngdān yí gè hái chǔzài péixùn-
客戶們爭相「搶單」，一個還處在培訓
qī de xīnshǒu yuèxīn jiù yǒu bāqiān duō kuài zhēn chéng
期的新手，月薪就有八千多塊，真成
xiāngbōbo la
「香餑餑」啦！

Zǐfēng
子峯：

Néng nàme bǐ ma Guòqù zhè hángyè niánlíng dà jiù yù-
能那麼比嗎？過去，這行業年齡大就預
shìzhe yǒu jīngyàn shòu huānyíng rújīn zuì chīxiāng de
示着有經驗，受歡迎，如今最吃香的，
dōu shì èrshíwǔ suì yǐshàng qǐmǎ běnkē xuélì de yuè-
都是二十五歲以上、起碼本科學歷的月
sǎo Rénjia xuélì gāo sùzhì hǎo nénglì qiáng shàng-
嫂。人家學歷高，素質好，能力強，上
shǒu kuài zhīshímiàn guǎng yùér lǐniàn xiānjìn hé kè-
手快，知識面廣，育兒理念先進，和客

hù jiāoliú shùnchàng hái dǒngdé yíngyǎngxué xīnlǐxué
戶交流順暢，還懂得營養學、心理學，
bùjǐn néng zhàogù yīngér hái néng jiāngù chǎnfù de shēntǐ
不僅能照顧嬰兒，還能兼顧產婦的身體
hé qíngxù zhème zhuānyè néng bú shòu huānyíng ma
和情緒，這麼專業，能不受歡迎嗎？

Jiāxīn
嘉欣：

Kànlái yuèsǎo zhēn bùzhǐ shì dàidai háizi xǐxi shuànshuan
看來月嫂真不只是帶帶孩子、洗洗涮涮
zhème jiǎndān a Hángháng dōu yǒu jìngzhēng rénjia zhèng de
這麼簡單啊！行行都有競爭，人家掙的
yěshì xīnkǔ qián tāmen shì èrshísì xiǎoshí gōngzuò
也是辛苦錢，她們是二十四小時工作，
bùjǐn yào zhuānyè shēntǐ yě děi néng chēng de zhù Búguò
不僅要專業，身體也得能撐得住。不過
zhème gāo de gōngzī yìbān jiātíng nǎr yòng de qǐ ya
這麼高的工資，一般家庭哪兒用得起呀！

Zǐfēng
子峯：

Shì a Fàngkāi shēngyù xiàn'é yǒu rén huānxǐ yǒu rén
是啊！放開生育限額，有人歡喜有人
chóu bù shǎo jiātíng hěn xiǎng zài shēng yí gè wá kě xiāofèi
愁，不少家庭很想再生一個娃，可消費
tài gāo le shēng bu qǐ ya yǎng yí gè háizi děi huā duō-
太高了，生不起呀，養一個孩子得花多
shao qián na Yǒu rén shuō Xiānggǎngrén yǎng yí gè háizi yào
少錢啊？有人說，香港人養一個孩子要
sìbǎiwàn wǒ kàn nèidì zhǐ duō bù shǎo
四百萬，我看內地只多不少！

Jiāxīn
嘉欣：

Suǒyǐ Guójiā Wèijìwěi shuō le yào zēngjiā xiāngguān de jī-
所以國家衛計委說了，要增加相關的基
běn pèitào fúwù gè dì yào duō yǐ shèqū wéi yītuō
本配套服務，各地要多以社區為依託，
xīngbàn sān suì yǐxià yīngyòuér de tuō'érsuǒ yě gǔlì
興辦三歲以下嬰幼兒的託兒所，也鼓勵

nǚxìng yuángōng bǐjiào jízhōng de jīgòu hé qǐyè huīfù
女性員工比較集中的機構和企業，恢復
tuō'érsuǒ Jiù xiàng zánmen xiǎoshíhou yíyàng quán dōu rù-
託兒所。就像咱們小時候一樣，全都入
tuō le pǔtōng jiātíng méile hòuguzhīyōu jiù kěyǐ
託了，普通家庭沒了後顧之憂，就可以
fàngxīn shēng èrtāi sāntāi le
放心生「二胎」、「三胎」了！

Zhōngguó de Hùjí Zhìdù

中國的戶籍制度

Jiù rénkǒu guǎnlǐ ér yán dāngjīn dàduōshù guójiā cǎiqǔ
就人口管理而言，當今大多數國家採取
shēnfènzhèng guǎnlǐ rénhào huò shèhuì ānquánhào guǎnlǐ děng cuòshī
身份證管理、人號或社會安全號管理等措施，
dànshì Zhōngguó què réngrán shíshī hùjí guǎnzhì shì dāngjīn shìjiè
但是中國卻仍然實施戶籍管制，是當今世界
shang shǎoshù yángé shíxíng hùjí zhìdù de guójiā
上少數嚴格實行戶籍制度的國家。

Xiàndài hùjí zhìdù shì guójiā yīfǎ shōují quèrèn
現代戶籍制度是國家依法收集、確認、
dēngjì gōngmín chūshēng sǐwáng qīnshǔ guānxi fǎdìng zhùzhǐ
登記公民出生、死亡、親屬關係、法定住址
děng gōngmín rénkǒu jīběn zīxùn de fǎlǜ zhìdù yǐ bǎozhàng gōng-
等公民人口基本資訊的法律制度，以保障公
mín zài jiùyè jiàoyù shèhuì fúlì děng fāngmiàn de quányì
民在就業、教育、社會福利等方面的權益，
yǐ gèrén wéi běnwèi de rénkǒu guǎnlǐ fāngshì
以個人為本位的人口管理方式。

Zhídào jīntiān nèidì jūmín de bùcèxíng jūmín hù-
直到今天，內地居民的簿冊型「居民戶

kǒubù yòuchēng hùkǒuběn yīrán shì Zhōngguó nèidì gōng-
口簿」（又稱「戶口本」）依然是中國內地公
mín zuì zhòngyào de shēnfèn zhèngjiàn yóu gōng'ānbù jiānzhì yòng yú
民最重要的身份證件，由公安部監製，用於
dēngjì zhùhù rényuán de xìngmíng jíguàn chūshēng nián-yuè-rì děng
登記住戶人員的姓名、籍貫、出生年月日等
nèiróng jùyǒu zhèngmíng gōngmín shēnfèn zhuàngkuàng yǐjí jiātíng chéngyuán
內容，具有證明公民身份狀況以及家庭成員
jiān xiānghù guānxi de fǎlǜ xiàolì shì hùkǒu dēngjì jīguān jìn-
間相互關係的法律效力，是戶口登記機關進
xíng hùjí diàochá héduì de zhǔyào yījù Mínzhòng zài shàngxué
行戶籍調查、核對的主要依據。民眾在上學、
jiéhūn lǐngqǔ hùzhào yǐjí bànlǐ zhòngyào shìqing shí dōu xū-
結婚、領取護照、以及辦理重要事情時都需
yào shǐyòng hùkǒubù Cǐwài gōngzuò pìnyòng gòu fáng nà shuì
要使用戶口簿。此外，工作聘用、購房、納稅、
tóuzī děng fāngmiàn yě dōu xūyào tígōng hùkǒubù jí xiāngguān de
投資等方面，也都需要提供戶口簿及相關的
shēnfèn zhèngmíng děng wénjiàn zuòwéi shēnfèn de zuì zhòngyào píngzhèng
身份證明等文件，作為身份的最重要憑證。

Zài Jìhuà Jīngjì shídài yóuyú shāngpǐnliáng de yīnsù
在「計劃經濟」時代，由於商品糧的因素，
zhèngfǔ gēnjù dìyù hé jiātíng chéngyuán de guānxi jiāng hùjí shǔ-
政府根據地域和家庭成員的關係，將戶籍屬
xìng huàfēn wéi nóngyè hùkǒu hé fēinóngyè hùkǒu liǎngzhǒng lèixíng
性劃分為農業戶口和非農業戶口兩種類型。
Nóngyè hùkǒu zhǐ de shì kào zìjǐ shēngchǎn kǒuliáng de jūmín fēi-
農業戶口指的是靠自己生產口糧的居民，非
nóngyè hùkǒu zé shì zhǐ kào guójiā fēnpèi kǒuliáng de chéngshì hùkǒu
農業戶口則是指靠國家分配口糧的城市戶口
jūmín Dànshì chéngxiāng hùjí zhī jiān cúnzàizhe chāoguò liùshí
居民。但是，城鄉戶籍之間存在着超過六十
zhǒng shèhuì fúlì chāyì guòqù xǔduō nóngyè hùkǒu de nóngcūn
種社會福利差異，過去許多農業戶口的農村
rén cǐ shēng zuì dà de yuànwang jiù shì bǎituō nóngcūn shēnfèn biàn-
人，此生最大的願望就是擺脫農村身份，變
chéng chénglǐrén chī shang shāngpǐnliáng
成城裏人吃上商品糧。

Suízhe guójiā de fāzhǎn chéngxiāng jiāoliú rìyì pínfán
隨着國家的發展，城鄉交流日益頻繁，
hùjí zhìdù suǒ dàilái de bù jūn dàiyù yǐjīng chéngwéi jīngjì
戶籍制度所帶來的不均待遇，已經成為經濟
shèhuì fāzhǎn de zǔ'ài shǐ zhè zhǒng zhìdù yǐnqǐ yuè lái yuè guǎng-
社會發展的阻礙，使這種制度引起越來越廣
fàn de zhēngyì hé zhǐzé Rúguǒ yào jiākuài xíngchéng chéng xiāng jīngjì
泛的爭議和指責。如果要加快形成城鄉經濟
shèhuì fāzhǎn yìtǐhuà de xīn géjú hùjí zhìdù jiù bìxū
社會發展一體化的新格局，戶籍制度就必須
gǎigé
改革。

Qíshí zì Gǎigé Kāifàng yǐlái Zhōngguó yǐjīng jìn-
其實，自「改革開放」以來，中國已經進
xíngguò duō cì hùjí gǎigé yǐ jiǎnshǎo chéngxiāng zhījiān de chājù
行過多次戶籍改革，以減少城鄉之間的差距。
Èr líng yī sì nián qī yuè sānshí rì guówùyuàn zhèngshì gōngbù Guān-
二零一四年七月三十日，國務院正式公佈《關
yú Jìnyíbù Tuījìn Hùjí Zhìdù Gǎigé De Yìjiàn yāoqiú
於進一步推進戶籍制度改革的意見》，要求
qǔxiāo nóngyè hùkǒu yǔ fēinóngyè hùkǒu de qūfēn bìng qǔxiāo
取消農業戶口與非農業戶口的區分，並取消
yóu cǐ yǎnshēng de lányìn hùkǒu děng hùkǒu lèixíng tǒngyī dēngjì
由此衍生的藍印戶口等戶口類型，統一登記
wéi jūmín hùkǒu Cǐwài Yìjiàn hái tíchūle yǒu guān
為居民戶口。此外，《意見》還提出了有關
fēichéngshì rénkǒu zài gè chéngzhèn luòhù de zhèngcè nà jiù shì quán-
非城市人口在各城鎮落戶的政策，那就是全
miàn fàngkāi xiǎo chéngshì luòhù xiànzhì yǒuxù fàngkāi zhōngděng chéngshì
面放開小城市落戶限制，有序放開中等城市
luòhù xiànzhì hélǐ quèdìng dà chéngshì luòhù tiáojiàn yángé
落戶限制，合理確定大城市落戶條件，嚴格
kòngzhì tè dà chéngshì rénkǒu guīmó
控制特大城市人口規模。

(1) 商貿專業詞彙

Wèijìwěi 衛計委	shāngpǐnliáng 商品糧	shìchǎng jīzhì 市場機制
quánmiàn èrhái 全面二孩	Jìhuà Jīngjì 計劃經濟	jīnpái yuèsǎo 金牌月嫂
hùjí zhìdù 戶籍制度	shàngmén fúwù 上門服務	Sānhái Zhèngcè 三孩政策
jūmín hùkǒubù 居民戶口簿		

(2) 口語詞句

朗讀並理解下列句子，並運用加線的詞語造句。

1. Zhè xiē yìjiàn nǐ shuōle yě shì báidā, méiyǒu rén huì lǐ nǐ de.
   這些意見你説了也是白搭，沒有人會理你的。
   白搭：沒有用處，不起作用，白費力氣。

2. Zhè cì gōngsī biǎoxiàn píngshěn, jiù shǔ nǐmen bùmén zuì gěi lì!
   這次公司表現評審，就數你們部門最給力！
   給力：表現出色、很有力、很棒。

3. Tā tóunǎo línghuó, dòngzuò máli, gōngzuò xiàolǜ méi rén bǐ de shàng.
   他頭腦靈活，動作麻利，工作效率沒人比得上。
   麻利：迅速敏捷的意思。

4. Wǒ de huór hái méiyǒu gàn wán, bú zài zhèr gēn nǐmen xiánchě le.
   我的活兒還沒有幹完，不在這兒跟你們閒扯了。
   閒扯：指漫無邊際地隨便談話。

5 Píngshí wǒmen jùhuì dōu lái zhèr hēhe jiǔ chuīchui niú
平時我們聚會都來這兒，喝喝酒，吹吹牛，
měizīzī de
美滋滋的。

美滋滋：形容心裏高興而在臉上表現出很得意的樣子。

6 Wǒ bùguǎn tā shì bu shì gè shùnmáolǘr zuò de bú duì jiù yào
我不管他是不是個順毛驢兒，做得不對就要
pīpíng
批評。

順毛驢兒：比喻愛聽恭維話和奉承話，不聽批評的人。

7 Méi xiǎngdào gōngsī huì fāshēng zhèyàng de rénshì biànhuà Zhè xiāo-
沒想到公司會發生這樣的人事變化。這消
xi tài léi rén le
息太雷人了。

雷人：出人意料且令人格外震驚。

8 Zánmen zhènghǎo shì dān-shuānghào yǒu xìngqu pīn chē shàngbān ma
咱們正好是單雙號，有興趣拼車上班嗎？
Chē fèi píngtān
車費平攤。

拼車：相同路線的幾個人乘坐同一輛車。

9 Nǐ bié qiáo bu qǐ tā tā kě shì gè lǎopàor gōngsī li de
你別瞧不起他，他可是個老炮兒，公司裏的
rén dōu zūnzhòng tā jǐfēn
人都尊重他幾分。

老炮兒：原指進出監獄已成為日常生活的老混混兒；引伸為行業中有經驗的人。

10 Jiātíng de lěngbàolì bǐ zhíchǎng de lěngbàolì gèng ràng rén nán-
家庭的冷暴力比職場的冷暴力更讓人難
shòu qiānshè qízhōng de dōu shì zìjǐ de jiārén
受，牽涉其中的都是自己的家人。

冷暴力：指長期以精神虐待或惡意操弄，使人身心受創的行為。

五 聆聽練習

請根據錄音選擇一個正確的答案。

1. 目前內地共有約多少留守兒童？

   A. 約 4000 多萬
   B. 約 5000 多萬
   C. 約 6000 多萬
   D. 約 8000 多萬
   ______

2. 中國農民自主或被迫選擇進城打工，下面哪一項不是他們要割捨的事物？

   A. 自己的孩子
   B. 傳統的鄉村
   C. 年邁的父母
   D. 富饒的土地
   ______

3. 「留守」的標簽，會對孩子們哪方面造成傷害？

   A. 自我概念
   B. 身體健康
   C. 學習能力
   D. 教育權益
   ______

4. 引起「留守兒童」輟學潮的主要原因是以下哪一項？

   A. 上學距離拉長
   B. 沒有校車接送
   C. 父母沒錢交學費
   D. 學校被撤銷或合併
   ______

5. 留守兒童最希望的是甚麼？

   A. 進城上學
   B. 零用錢多
   C. 不被人欺負
   D. 跟父母在一起
   ______

6. 以下哪一項不是國家為解決留守兒童問題提出的措施？

A. 從源頭上改變「兒童進不了城，父母回不去鄉」的現象。
B. 實現留守兒童在 2020 年減少的目標。
C. 提供城市就業機會，鼓勵父母留守鄉村。
D. 創造留守兒童與父母團聚的條件。

模擬對話

和朋友一起分析國內留守兒童的問題，討論解決問題的方法。

分組討論

對比中港兩地的生育政策，談談人口發展與社會發展的關係。

第一課

聆聽文本 「一帶一路」：國家所需，香港所長

「一帶一路」橫跨亞非歐，沿線地區的發展潛力巨大。香港一直順應世界及國家發展的形勢，利用自身的優勢，尋找合適的定位。香港在「一帶一路」中可以擔當甚麼角色呢？

以基建為例，中國跟「一帶一路」沿線國家簽署的基建項目要面向國際投資者，必須採納國際的通用標準，需要具有國際水準的專業服務。香港的建築業多年來一直在營運和管理各方面和國際接軌，擁有大量熟悉國際標準的專業人才。香港的建築業界可扮演橋樑的角色，在「一帶一路」基建中把中國建設標準與國際標準對接，為國家建設標準國際化發揮作用。

在為「一帶一路」基建項目開闢國際化融資渠道等方面，香港的專業服務同樣具有優勢。除了現在已有的亞洲基礎設施投資銀行、絲路基金等資金池外，香港作為世界最大的離岸人民幣市場，可以為「一帶一路」基建企業提供更多的集資融資服務；在風險管理和解決爭議方面，香港擁有具有國際水準的法律仲裁服務，根據《紐約公約》，在香港作出的仲裁可在全世界一百五十個地方執行。因此，香港有優勢在「一帶一路」的建設上提供專業的法律和仲裁服務。

香港是國際航運中心，受惠於「一帶一路」各國基建設施的擴充和改善。香港憑藉優越的地理位置、完善的海陸空物流網絡、專業的運輸服務人士等優勢，成為「一帶一路」的主要商貿平台，為「一帶一路」沿線的企業，提供全球供應鏈管理等服務。

「一帶一路」的貿易網絡遍及世界各地，香港作為國際樞紐，可以發揮眾多行業優勢，有望成為推動中國企業進入亞洲和歐洲市場的「超級聯繫人」。「一帶一路」是香港發揮所長的平台，香港積極參與構建「一帶一路」，協助企業參與投資項目的管理及商業活動，既可以尋找新的經濟增長動力，又可以幫助國家長遠發展。

答案

1. B　2. C　3. C　4. A　5. D

第二課

聆聽文本　電子支票

電子支票是紙張支票的電子對應本，由開票到存票都在網上進行，可以隨時隨地簽發。電子支票本由付款銀行保管，開票的人不需要使用實物支票本。電子支票提供了一個完全無紙化的電子支付體驗，更加方便環保。

電子支票以 PDF 檔案格式展示與紙張支票相似的基本資料，並印有電子支票的標誌，和紙張支票一樣具有同等的法律地位。電子支票必須指定收款人，並且只能存入該收款人的銀行賬戶。電子支票具備嚴密的保安措施，付款人必須通過收發的雙重認證才能發出電子支票，付款銀行可根據內部支票發出紀錄進一步核實電子支票。電子支票採用數碼簽署，有效防止電子支票被篡改。如果有需要，付款人也可以考慮在發送電子支票前預先加密，加強保障。

付款人簽發電子支票前，必須先通過網上銀行賬戶，登記電子支票服務，同時申請數碼簽署，還必須提供收款人的電郵地址，以收取電子支票。簽發電子支票時，付款人要先登入自己的網上銀行賬戶，選擇電子支票服務，然後輸入收款人姓名、支票日期和支票金額，銀行就會按付款人的指示，發出附有數碼簽署的電子支票。付款人下載電子支票後，要以電郵等電子方式傳送給收款人。銀行會在發出電子支票後，把有關的手機短訊傳到用戶所登記的手機號碼，電郵通知會發送到用戶登記的電郵地址，用戶也可以通過電子記錄查閱電子支票的交付情況。

使用電子支票應該要注意以下幾點：（1）付款人發出電子支票前，應確保電子支票上的資料正確無誤，使用安全的電子渠道傳送電子支票。（2）除非需要保存電子支票作記錄用途，否則付款人應在發票後刪除電腦或智能電話內的電子支票。（3）付款人簽發支票時，除了收款人的名稱外，不要輸入任何個人資料，例如身份證號碼及電話號碼等。

答案

1. D　2. C　3. B　4. A　5. C

第三課

聆聽文本　服務式公寓與酒店式公寓

服務式公寓為中長期商住客人提供完整、獨立、具有自助式服務功能的住宿設施，其客房由一個或多個卧室組成，帶有獨立的起居室，以及裝備齊全的廚房和飯廳。服務式公寓的本質是酒店性質的物業，但卻融合了酒店設施與家庭特色為一體，並提供低於酒店價格的中長期住宿服務。由於普通的酒店不會提供洗衣機、電磁爐等居家必備的電器，因此居家特色是服務式公寓與酒店的最大區別之一。

在經營管理方面，服務式公寓配套功能相對較少，更加容易管理，管理成本也較低。在投資回報方面，由於服務式公寓主要是以中長期客源為主，平均出租率能達到百分之八十五左右。產品多為四十到七十平方米的小戶型，精裝修房源平均單價也僅為同地段住宅的百分之六十五到八十，具有面積小、總價低、可以拎包入住等特點，客戶可接受程度高。

而酒店式公寓的戶型，從幾十平方米到幾百平方米不等，不同戶型有不同的裝修格調，提供全套的家居設計和電器，可以滿足使用者的個性化需求。在根據住戶要求提供高檔、到位的酒店式服務的同時，附屬設施還增加了銀行、會所、小超市等其他項目。酒店式公寓項目本身的設計也是個性化的，因為其客戶羣是知名跨國企業的總裁、經理等高級員工。物業由星級酒店直接管理或有酒店背景的物業公司進行管理，這就消除了房客對物業管理公司水平的懷疑。

選擇酒店式公寓自住最大的特點就是自由方便，而且價格相對同類酒店低，隨時可以得到酒店式的各種服務，如洗衣服、換被單、收拾房間等。一般酒店式公寓的公共設施均類似酒店，所以可以彰顯居住者的身份和地位，滿足這一特定人羣的心理需求。

酒店式公寓一般採取固定價格模式，即收取的房費包含所有費用，而服務式公寓通常在房費之外，另行收取水、電、煤氣、寬頻、物業管理等費用，房屋內設施的破損也由客戶承擔相應的維修費用。

答案

1. C　2. D　3. D　4. C　5. A

第四課

聆聽文本　社交媒體帶來的生活變革

二十一世紀對人類生活產生最大影響的，恐怕非社交媒體莫屬了，有人甚至把它的普及視為工業革命以後人類生活最大的變革。社交媒體平台使人們能夠在全球範圍內與他人聯繫和互動，從而徹底改變了溝通方式。截至二零二一年一月，全球約有四十三點三億社交媒體用戶，佔全球人口的百分之五十五點一。皮尤研究中心二零二零年的一項調查顯示，百分之七十二的美國成年人至少使用一個社交媒體平台。美國一家社交網絡服務網站聲稱：千禧年以後出生的年青人當中，已經有百分之九十六加入了不同種類的社交網絡。而根據《華盛頓郵報》的報導，從二零零五年到二零一二年之間，約有兩成的美國人是通過網絡尋找配偶，並最終結成良緣的；這與通過傳統方式結婚的人羣比率大致相同。美國的大學校園裏，也正在流行着一款手機交友應用軟件，每天向使用者推薦他所在位置附近的四個對象，並根據各人在社交網站上所分享的信息、照片和日常活動，將背景和興趣相近的人聯繫起來。當然，由於社交網站的資訊公開，也容易導致家人朋友之間的各種猜疑和嫉妒。美國婚姻律師學會的一項調查顯示，美國有五分之一的離婚案件與社交網站有關。香港家庭福利會的調解員也發現，不少夫婦因為各自通過社交媒體結識新朋友而導致感情發生變化，使婚姻亮起了紅燈。

除了個人生活以外，社交媒體也對商業活動模式帶來極大的衝擊。據一些媒體的統計顯示，要吸納五千萬使用者，收音機需要用上三十八年，電視機需要十三年，而互聯網只需要四年，社交網站「臉書」甚至可以在一年之內就擁有兩億用戶，其他一些類似的網站也以驚人的速度在不同的族羣之間普及。當前全球不少企業都設有自己的網頁，並積極通過社交媒體打造企業和產品的形象。有調查顯示，百分之七十三的行銷人員認為社交媒體行銷對其業務「有些有效」或「非常有效」；而有關全球最大的二十個品牌的網絡搜尋中，就有百分之二十五是連結到使用者所張貼的內容的。一些消費模式的調查就發現：超過三分之一的博客文章會包含對產品或品牌的意見，接近八成的消費者會相信其他用家在網絡上表達的意見，只有百分之十五左右會相信廣告所宣傳的信息。可見社交媒體不只是一種新興的潮流，而是人類交際模式的一種根本改變。

答案

1. D　2. A　3. B　4. C　5. B

第五課

聆聽文本 (1)京津冀協同發展

京津冀地區的協調發展是一個重大的國家政策，其核心目標在於有序地疏解北京非首都的功能，也就是把與首都職能無關的建設和活動，逐步由北京轉移到附近的地區，同時帶動周邊地區的一體化發展。要貫徹這個目標，首先要考慮的，是如何進行複雜的資源整合，怎樣消除行政上的各種障礙，包括統籌社會事業等方方面面的問題。既要平衡企業、項目等「硬體」的一體化問題，也要做好區域行政管理模式、公共服務等「軟體」的一體化。這些因素決定着京津冀共同發展的速度和成效。

所謂與首都職能無關的建設，包括一些低效益的企業和一些覆蓋範圍較小的公共部門，這些建設如果要轉移出去，不能用簡單的「甩包袱」和「接包袱」的做法，而是配合各周邊地區經濟職能和角色，優化發展空間。如果各地都爭搶那些高效益、高附加值、高投入的項目，那麼產業的轉移對接就可能出現混亂的情況，難以形成平衡發展的局面。因此，投資時要做好三地的人口、產業分佈特徵、生態環境保護等的全面調查分析，避免盲目投資、重複投資和過度投資，既要讓落後地區與發達地區步調一致，又要讓三地的生態環境保持長期良好狀態。這種複雜的協調光靠政府政策是行不通的。

要有序地疏解北京非首都功能，三地各經濟重心都要建立利益共享、風險共擔的財政機制，建立起整體利益增長的決策和協調機制。另外，協調京津冀區域主要資源、市場意願、法律意識和統籌行政步調，是跨區治理的首要條件。因此，京津冀協同發展的，不僅是一個區域經濟協同發展的問題，更是治理機制不斷改進的問題。

答案

1. C　2. D　3. A　4. C　5. D

聆聽文本 （2）商機處處

小敏：咦？這不是大劉嗎？怎麼在這兒碰見你了？甚麼時候來北京的？

大劉：哦，這不是小敏嗎？我也沒想到在這兒遇見你，咱們有好多年沒見了吧？

小敏：聽説你在香港發展得不錯，當了總經理了，咱們班就屬你最棒了！

大劉：哪裏，老嘍。誒，志國呢？他怎麼沒一塊兒來？

小敏：他呀，東北人就是不喜歡喝早茶。我是從小養成的習慣，就喜歡這一口兒。這次來北京是觀光呢還是有任務？

大劉：這不，現在搞京津冀一體化，大首都概念，我來看看，尋找商機唄，順便會會朋友，看看展覽甚麼的。

小敏：那你可來對了，商機多着哪！國家不是提出要支持香港的企業來內地發展嗎？你就偷着樂吧。

大劉：好，就衝你這句話，今天我請客。

答案

1. C　2. D　3. B　4. B

第六課

聆聽文本　春節聯歡晚會

一九八三年農曆大年三十晚上，中央電視台舉辦了史上第一次直播的春節聯歡晚會，和全國人民一起慶祝農曆新年。從那時起一直到今天的每年除夕，中央電視台都舉辦春節聯歡晚會，現在這個節目已經成為中國人民一個不可或缺的新民俗。

每年一到除夕之夜，家家戶戶一定要坐在電視機前觀看春晚。從這個現象來看，央視的春晚的確是為電視綜藝節目開了個好頭，由此激發了電視節目內容和形式的重大變革。春節聯歡晚會的成功舉辦，標誌着電視綜藝節目成為了廣大人民羣眾所喜聞樂見的形式。在此基礎上，央視又推出類似的一系列綜藝晚會節目，比如戲曲晚會、相聲小品晚會、元旦晚會、國慶晚會、中秋晚會、五一晚會等節目。後來，全國的省級電視台也頻頻效法這種綜藝節目形式，並不斷創新。

央視春節晚會現在是全世界收視率最高的節目之一。它在收視率、播出時間、演員人數、演出規模上，創下了多個世界之最。每年大年三十晚上的八點整，中央電視台一套、四套、九套、國際台和高清頻道都會準時開始現場直播。節目時間持續四個半小時左右，這時全國觀眾都在電視機前，高高興興迎接農曆新年的到來。

春晚一九八三年首次播出時，節目的結尾是一首大合唱《難忘今宵》。這首歌後來也在一九八五、一九八六、一九九零年晚會的結束時用過。從一九九零年開始，這首歌就被固定下來做晚會的結束曲，一直到現在。首屆春節聯歡晚會還有很多創新，如設立節目主持人、實況直播、開設熱線電話等。這些也成為春晚一直沿用的「規矩」。

答案

1. B　2. A　3. B　4. C.　5. D

第七課

聆聽文本　滬港通

「滬港通」是「滬港股票市場交易互聯互通機制試點」的簡稱，於二零一四年十一月十七日起正式啟動。是由上海證券交易所和香港聯合交易所有限公司建立技術連接，使內地和香港的投資者能夠通過當地證券公司或經紀商買賣規定範圍內的對方交易所上市的股票。

而「港股通」的股票範圍是香港聯合交易所恒生綜合大型股指數、恒生綜合中型股指數的成分股和同時在香港聯合交易所、上海證券交易所上市的 A 加 H 股公司股票。

在「滬港通」推出初期，投資者在「滬港通」中購買的股票範圍是上海證券交易所上證一百八十指數、上證三百八十指數的成分股，以及上海證券交易所上市的 A 加 H 股公司股票。在試點初期，香港證監會要求參與「港股通」的內地投資者僅限於機構投資者及證券賬戶及資金賬戶餘額合計不低於人民幣五十萬元的個人投資者。「滬港通」業務實行雙向人民幣交收制度，內地投資者買賣以港幣報價的「港股通」股票以人民幣交收，而香港投資者買賣「滬港通」股票以人民幣報價和交收。

「滬港通」分為「滬股通」和「港股通」。「滬港通」在推出初期，對人民幣跨境投資額度實行總量管理，並設置每日額度，實行實時監控。其中，「港股通」的總額度為兩千五百億人民幣，每日額度為一百零五億人民幣；而「滬港通」的總額度則為三千億人民幣，每日額度為一百三十億人民幣。

作為中國資本市場對外開放的重要內容，「滬港通」在推動中國資本市場雙向流動和加強內地與香港資本市場聯繫方面發揮着重要作用，具有以下三個積極意義：首先，有利於通過一項全新的合作機制增強中國資本市場的綜合實力；其次，有利於鞏固上海和香港兩個金融中心的地位；最後，有利於推動人民幣國際化，支持香港發展成為離岸人民幣業務中心。

答案

1. C　2. C　3. D　4. A.　5. B

第八課

聆聽文本　長江三峽

長江三峽位於重慶與湖北的長江幹流上，它西起重慶市奉節縣的白帝城，東至湖北省宜昌市的南津關，全長一百九十三公里。三峽區域範圍內還有兩個國家級 5A 旅遊風景區：即三峽水利樞紐工程和三峽人家景區，它們都是我國著名的十大名勝古跡之一，也是首批公佈的國家級風景名勝區。

長江自西向東有三個大的峽谷地段，即位於重慶的瞿塘峽、巫峽和位於湖北的西陵峽，三峽因而得名。三峽的形成是由於這一區域的地殼不斷上升，長江水強烈下切而致。兩岸的山峯一般高出水面一千至一千五百米，最窄的距離不足百米，形成斷崖壁立、雄偉險峻的高山峽谷。其中，瞿塘峽所在的奉節境內，有中國歷史名勝白帝城、劉備託孤的永安宮、諸葛亮的八陣圖，還有摩崖石刻、懸棺等人文景觀。巫峽則以幽深秀麗著稱；峽中奇峯突兀、怪石嶙峋、峭壁屏列，雲霧繚繞，宛如一條曲折的畫廊。西陵峽由高山峽谷和險灘礁石組成，以灘多水急而聞名。各具特色的長江三峽，不但是中國一個著名的旅遊熱點，哪怕是在古代，也經常是騷人墨客描摹讚歎的對象。李白、杜甫、蘇軾等有關長江的詩文就傳頌千古。

除了成為國家級風景區之外，舉世聞名的三峽水利樞紐工程，是迄今為止世界上最大的水利綜合利用樞紐工程，它的功能是：防洪、發電、航運、供水和灌溉等。新中國成立後，一九五五年就全面開展長江流域的規劃和三峽工程的勘測科研工作。至一九九二年，三峽工程的決議在第七屆全國人大第五次會議上通過，並在一九九四年正式動工，二零零六年完成主體工程。到目前為止，三峽船閘已經有三億多噸貨運總量安全通過，超過了蓄水前葛洲壩船閘二十二年貨運量的總和，實現了發電和航運的雙重效益。三峽的全部工程在二零零九年徹底完工；二零一零年十月二十六日，三峽水庫水位升至一百七十五米，順利達到設計的最高水位，標誌着這項工程的各項功能都達到和超過了設計要求。後來追加的兩個項目——地下電站和升船機也在「十二五」期間按時完成。現在，舉世文明的三峽工程正在發揮巨大的經濟效益和社會效益。

答案

1. C　2. A　3. C　4. B　5. C

第九課

聆聽文本　跨境電子商務

1. 與傳統商務一樣，電子商務同樣包括批發、零售等形式，目前常見的電子商務模式包括企業對消費者的 B2C，例如亞馬遜；消費者之間的 C2C，比如淘寶網；還有目前越來越火的線上線下互動 O2O 模式。還有，近幾年才興起的 OMO 模式，將線上及線下購物深度融合。就具體操作方式而言，有自主建站銷售、協力廠商平台開店、網絡分銷、微商（Micronet）、網上團購等。

2. 據統計，跨境電子商務企業平台現已超過五千家，中國境內通過各類平台開展跨境電子商務業務的外貿企業已超過二十萬家。據估算，目前每年在跨境電子商務平台上註冊的新經營主體中，中小企業和個體商戶已經佔百分之九十以上。另外，巴西、俄羅斯、印度等新興市場交易額大幅提升，推動了境內跨境電子商務平台的發展。目前，內地跨境貿易電子商務的進口規模小，出口規模大。進口商品主要包括奶粉等食品和化妝品等奢侈品，規模較小；出口商品主要包括服裝、飾品、小家電、數碼產品等日用消費品，規模較大，每年增速很快。

3. 目前內地跨境電商的集貨模式主要有海外直郵、集貨直郵和保稅直郵三種模式。海外直郵即是商家在消費者下單之後通過物流公司一單一單發回內地；集貨直郵是商家在接到訂單之後將貨物集中存放在海外的集貨倉，達到一定包裹量之後再統一發回內地；保稅直郵則是商家通過大數據分析提前將熱賣商品囤放在內地的保稅區，消費者下單之後，商家直接從保稅區發貨。

4. 微商是低成本創業，不需要投入太多的資金就可以給草根創業者帶來很多機會，這也是微商發展迅速的原因之一。首先微商門檻低，沒有經驗的微商投資幾百塊錢就可以開始，屬於低成本創業。第二操作簡單，真正實現一部手機創業，只要你的手機有網絡就可以了，在朋友圈發發產品，跟好友聊聊天，通過互動建立信任，做成交易。又比較方便，隨時隨地都可以做生意。第三，針對人羣廣，媽媽族、大學生、白領等都適應，只要肯花一點時間跟用戶交流互動，就可以建立好感情。

5. 現有的跨境物流主要有國際小包和快遞、海外倉儲、聚集後規模運輸這三種方式。對於規模較小的但又佔跨境電商主體的中小企業來説，國際小包和快遞幾乎是唯一的選擇。未來跨境物流的發展方向應該是加強資源整合能力，建立新型跨境協力廠商物流企業，提高處理倉儲、庫存、訂單、物流配送的效率，提升服務質量，為跨境貿易電子商務提供更好的服務。

答案

1. C　2. B　3. C　4. A　5. B

第十課

聆聽文本　中國列車的主要類型

目前中國鐵路網上行走的時速超過每小時兩百公里的列車主要有三個類型，它們是 D 字頭的動車、G 字頭的高速動車組、C 字頭的城際動車，這往往弄得人們很迷糊。這些究竟都是些甚麼概念，彼此又有甚麼異同呢？

那要先從承載他們的鐵路類型來看：中國的鐵路共分為高速鐵路、快速鐵路和普通鐵路三檔。

高速鐵路在不同國家不同時代有不同的規定。中國國家鐵路局的定義為：新建設計開行每小時兩百五十公里及以上的動車組列車，初期運營速度不小於每小時兩百公里的線鐵路。高速鐵路除了列車在營運達到一定標準的速度外，車輛、路軌、操作等都需要配合提升。快速鐵路指的是在兩個或以上臨近城市或衛星城市之間運行的客運專線列車，設計開行時速大多是兩百公里的動車型鐵路。普通鐵路就是普通速度的鐵路。

動車指的是列車的類型，它是中國獨有的叫法，區別於以前的普通列車。一般情況下，普通列車是靠機車牽引的，車廂本身不具有動力；動車組的中文名叫和諧號，英文名是 CRH，就是「中國高速鐵路」(China Railways Highspeed)的簡稱。動車車廂本身就具有動力，運行時，不光是機車帶動，車廂也會「自己跑」，這樣就可以把動力分散，運行速度也就更快。同時，與普通列車相比，動車組的震動和噪音都偏小，所以動車是和普通列車相區別的列車車型。

如何來區分動車和高鐵呢？在現在的中國，動車和高鐵指代兩種不同的鐵路線路運行類型。首先從速度上區別，動車的時速在兩百公里級別，高鐵的時速在三百公里級別。

其次是從軌道上來區別：一個是有砟，一個是無砟。一般而言，動車在有砟鐵路上運行，而高鐵的線路類型則是無砟鐵路。甚麼是砟呢？鋪在鐵路路基上面的石子叫道砟。新建的無砟軌道指的就是沒有小石頭的軌道。在無砟軌道上，普通鐵路中常見的枕木被混凝土枕取代，枕木下的小石頭也不見了，而是直接將鐵軌鋪在一個高強度混凝土板上。「無砟軌道」適用於時速超過兩百五十公里的高速鐵路。這樣的車速如果在「有砟軌道」上行駛，那些碎石子就會被掀起來，會給列車運行造成極大危險。

再次，動車和高鐵在車型的選擇上是不同的，就算同樣在京滬高鐵上跑，D字頭和G字頭的車，車型一定不同。一般而言，高鐵使用的車型時速更高，所以安全要求更高，比如對轉向架和擋風玻璃的性能要求都更高。

另外，列車運行的中樞神經系統，即是控制系統，還有信號系統監控設備也不同。

答案

1. B　2. D　3. A　4. B　5. C

第十一課

聆聽文本　農耕文化下的新農村

無論你生在哪裏，走得有多遠，財富是多少，總是希望葉落歸根。中國人無法抹去自己祖先與鄉村農民千絲萬縷的關聯，而我們當下的生活也與農村、土地、農民息息相關。到底中國未來的新農村該是怎樣的呢？讓我們走進江西南昌市進賢縣前坊鎮西湖李家，來看看美麗鄉村是怎樣建設起來的吧！

這個典型的中國鄉村，傳統的鄉賢氣息濃厚，村子邀約讀書人、商人和幹部「告老還鄉」，安居於此，讓出生於這片土地的人才走出鄉村後再返回故鄉，服務故鄉，為農村的可持續協調發展提供了人才保障。

近年來，它以山水文化、田園文化、農耕文化為理念，在還鄉做農夫的前官員的帶領下，依照「先村容，後文化，再產業」的建設進程，不斷向前推進。

上世紀七十年代已砍伐殆盡的山地荒坡，田邊路旁，房前屋後種上了五十多萬棵樹；改變了祖先留下的人畜混居的習慣，實現了人畜分離，另建牛欄、豬圈、化糞池、公共廁所；整修房屋，重鋪道路；山塘水庫清除污泥，田園耕地梳理平整，荒蕪山野栽樹綠化。

走進西湖李家這個遠離塵囂、小路蜿蜒、碧水環繞的小村莊，院舍整潔，到處綠樹濃蔭，鳥語花香。

農村博物館裏農耕農具、農家各式生產生活用品一應俱全，讓自己的後代，城裏的孩子還原祖先的記憶：「農夫草堂」延續了「百善孝為先」的孝悌文化。用紅石壘砌的門樓和簇新的牆壁上刻着《二十四孝》、《三字經》和西湖李家李氏名人圖像及故事，濃縮了中國鄉村文化的精華。

農村文明在鄉間潛移默化，傳承弘揚，各種「村規民約」使村民敬老愛幼、孝敬父母、文明禮讓，鄰里和睦、和平相處，「文明村民」蔚然成風，民風更加淳樸。

良好的生態環境，文明和諧的村風，濃郁的農耕文化，西湖李家被授予4A級景區的殊榮，許多懷揣鄉愁的城裏人期盼的山明水秀、恬靜淡泊、清茶素菜的神仙一樣的生活呈現在眼前。鄉村的旅遊業紅火起來了，同時帶動了餐飲業和土特農產品銷售業。村民犁田耕地、種菜打糧、導遊銷售；大人有事做，家家有錢糧，孩子忙讀書，村子裏的子弟每年都有人考入大學。

山鄉美了，精神純淨了，出外經商打工的鄉民們回來了，留下來經營着自己的家園，西湖李家不再是「空心村」，從此更不再貧窮。

在推動農村城鎮化、工業化、現代化的滾滾大潮下，鄉村該如何保留原有的風貌和文化，西湖李家的新農村啟迪人們的是更多的思考。

答案

1. C　2. D　3. B　4. A　5. D

第十二課

聆聽文本　在一起・中國留守兒童報告

留守兒童是中國特有的現象。是指父母雙方或其中一方外出到城市打工，而自己留在農村生活的孩子。他們一般由父母的上一輩老人，甚至村裏的其他親戚或村民朋友照顧。

在短短的三十多年間，數億中國農民自主或被迫選擇進城，融入了人類史上最大規模的城市化進程。他們割捨的，是漸漸瓦解的傳統鄉村，年邁的父母，還有孩子。

目前中國共有六千一百零二點五五萬留守兒童，這個數字相當於英國全國人口數的巨大羣體，長期過着沒有父母相陪的「一個人」的生活。而湮沒在歷史時光中的留守者，至少有整整一代人。

「留守」的標籤，會反噬孩子們的自我。身心健康而有創造力的兒童，才是家庭與國家民族的終極希望之所在。兒童權利植根於孩子天性，更植根於成人基於人性的真實行動。

説是孩子由隔代撫養，很多時候因為祖輩年紀大身體差，反而是留守的孩子在照看老人、牲口和田地。村裏許多年齡相仿的留守少年就這樣長大，也進了城，成了農民工二代，結婚生子後，又把孩子留在故鄉，成為留守兒童的第二代。他們缺乏關愛，又不懂得怎樣去愛自己的下一代。

一場始於二零零一年並延續十餘年之久的農村中小學佈局調整政策，使許多學校被撤銷或合併。從二零零零年到二零一零年，中國農村平均每天消失六十三所小學、三十個教學點、三所初中，幾乎每過一小時，就要消失四所農村學校。「村村有小學」的鄉村辦學面貌被徹底打破。農村學生上學平均距離從一點六公里延長至四公里。上學距離拉長，引來了「輟學潮」。二零零八年是全國小學輟學率出現大幅度回升的臨界點。

在隨遷教育難解的同時，因大量兒童在鄉村留守逐漸累積的各種社會秩序問題開始暴露。多年來媒體及研究者不斷報道披露了令人觸目驚心的故事和數字：

二零一四年的調查數據顯示，百分之四十九點二的留守兒童在過去的一年中遭遇過不同程度的意外傷害；

二零一三到二零一四年期間，曝光的女童性侵案件高達一百九十二起，其中留守女童受侵害案件佔百分之五十五點二；

二零一五年六月，國內首部留守兒童心靈狀況白皮書顯示，近一千萬留守兒童一年到頭見不到自己的父母。

阻止悲劇重演，歷史輪迴，不僅事關國家的現代化，更事關民族的未來。這註定是一項長期而艱巨的工程。留守兒童問題不僅關乎社會福利，更是中國社會發展和轉型中城鄉二元割裂，地區發展差距等諸多矛盾的縮影。

二零一六年二月，國務院首次提出解決農村留守兒童問題的頂層設計。明確提出，要從源頭上改變「兒童進不了城，父母回不去鄉」的無奈現實，實現「到二零二零年兒童留守現象明顯減少」的目標。

「和父母在一起」，是幾千萬農村留守兒童，樸實而奢侈的願望；更是國家社會所有相關方必不可推卸的責任。必須要創造條件，解決這個複雜而迫切的問題，只有從根源上解決，中國的留守兒童問題才有希望解決！

答案

1. C　2. D　3. A　4. D　5. D　6. C

中華人民共和國一級行政區劃

中華人民共和國自一九九九年十二月二十日對澳門恢復行使主權為止，劃分為二十三個行政省、五個自治區、四個直轄市、兩個特別行政區共計三十四個一級行政區，之後數量一直穩定不變。

中國三十四個一級行政區的名稱、簡稱及省會或首府

名稱	簡稱	省會或首府
Běijīng Shì 北京市	Jīng 京	Běijīng 北京
Tiānjīn Shì 天津市	Jīn 津	Tiānjīn 天津
Héběi Shěng 河北省	Jì 冀	Shíjiāzhuāng Shì 石家莊市
Shānxī Shěng 山西省	Jìn 晉	Tàiyuán Shì 太原市
Nèiměnggǔ Zìzhìqū 內蒙古自治區	měng 蒙	Hūhéhàotè Shì 呼和浩特市
Liáoníng Shěng 遼寧省	Liáo 遼	Shěnyáng Shì 瀋陽市
Jílín Shěng 吉林省	Jí 吉	Chángchūn Shì 長春市
Hēilóngjiāng Shěng 黑龍江省	Hēi 黑	Hā'ěrbīn Shì 哈爾濱市
Shànghǎi Shì 上海市	Hù 滬	Shànghǎi 上海
Jiāngsū Shěng 江蘇省	Sū 蘇	Nánjīng Shì 南京市
Zhèjiāng Shěng 浙江省	Zhè 浙	Hángzhōu Shì 杭州市

名稱	簡稱	省會或首府
Ānhuī Shěng 安徽省	Wǎn 皖	Héféi Shì 合肥市
Fújiàn Shěng 福建省	Mǐn 閩	Fúzhōu Shì 福州市
Jiāngxī Shěng 江西省	Gàn 贛	Nánchāng Shì 南昌市
Shāndōng Shěng 山東省	Lǔ 魯	Jǐnán Shì 濟南市
Hénán Shěng 河南省	Yù 豫	Zhèngzhōu Shì 鄭州市
Húběi Shěng 湖北省	È / Chǔ 鄂 / 楚	Wǔhàn Shì 武漢市
Húnán Shěng 湖南省	Xiāng 湘	Chángshā Shì 長沙市
Guǎngdōng Shěng 廣東省	Yuè 粵	Guǎngzhōu Shì 廣州市
Guǎngxī Zhuàngzú Zìzhìqū 廣西壯族自治區	Guì 桂	Nánníng Shì 南寧市
Hǎinán Shěng 海南省	Qióng 瓊	Hǎikǒu Shì 海口市
Chóngqìng Shì 重慶市	Yú 渝	Chóngqìng 重慶
Sìchuān Shěng 四川省	Chuān / Shǔ 川 / 蜀	Chéngdū Shì 成都市
Guìzhōu Shěng 貴州省	Guì / Qián 貴 / 黔	Guìyáng Shì 貴陽市
Yúnnán Shěng 雲南省	Yún / Diān 雲 / 滇	Kūnmíng Shì 昆明市
Xīzàng Zìzhìqū 西藏自治區	Zàng 藏	Lāsà Shì 拉薩市

名稱	簡稱	省會或首府
Shǎnxī Shěng 陝 西 省	Shǎn / Qín 陝 / 秦	Xī' ān Shì 西 安 市
Gānsù Shěng 甘 肅 省	Gān / Lǒng 甘 / 隴	Lánzhōu Shì 蘭 州 市
Qīnghǎi Shěng 青 海 省	Qīng 青	Xīníng Shì 西 寧 市
Níngxià Huízú Zìzhìqū 寧 夏 回 族 自 治 區	Níng 寧	Yínchuān Shì 銀 川 市
Xīnjiāng Wéiwú'ěr Zìzhìqū 新 疆 維 吾 爾 自 治 區	Xīn 新	Wūlǔmùqí Shì 烏 魯 木 齊 市
Xiānggǎng Tèbié Xíngzhèngqū 香 港 特 別 行 政 區	Gǎng 港	Xiānggǎng 香 港
Àomén Tèbié Xíngzhèngqū 澳 門 特 別 行 政 區	Ào 澳	Àomén 澳 門
Táiwān Shěng 台 灣 省	Tái 台	Táiběi Shì 台 北 市

□ 責任編輯 潘沛雯 董點
□ 裝幀設計 高林
□ 排版 楊舜君
□ 印務 劉漢舉

商貿普通話 第三版

陳瑞端 馬克芸 袁振華 曾 潔｜編著

出版｜中華教育 香港語言研究中心
香港北角英皇道499號北角工業大廈1樓B室
電話：(852) 2137 2338 傳眞：(852) 2713 8202
電子郵件：info@chunghwabook.com.hk
網址：http://www.chunghwabook.com.hk

發行｜香港聯合書刊物流有限公司
香港新界荃灣德士古道220-248號荃灣工業中心16樓
電話：(852) 2150 2100 傳眞：(852) 2407 3062
電子郵件：info@suplogistics.com.hk

印刷｜美雅印刷製本有限公司
香港觀塘榮業街6號海濱工業大廈4字樓A室

版次｜2025年7月第3版第1次印刷

規格｜16開（240mm x 170mm）

ISBN｜978-988-8914-22-7